NICK – PIONIER DES WELTALLS

FRED HARTMANN

ALBTRAUM ERDE 2

NICK

PIONIER DES WELTALLS

ALBTRAUM ERDE 2

Teil 3 des Zyklus *Unternehmen Magellan*

von

FRED HARTMANN

nach Motiven von Hansrudi Wäscher

Originalausgabe August 2022

Printed in Germany
redaktionelle Betreuung: Ingraban Ewald
Titelillustration: © Axel Blotevogel
Satz: Reinhard Armbrüster
Druck und Bindung: Schaltungsdienst Lange, Berlin

Verlag: Fred Hartmann Verlag
Hansrudi-Wäscher-Lizenzen werden vertreten durch Becker-Illustrators,
Gehrden 85, 21635 Jork
www-hansrudi-waescher.de

ISBN 978-3-9824719-0-7

Gewidmet Hansrudi Wäscher,
dem Erfinder meines Lieblingshelden,
der mich seit dem 9. Lebensjahr begleitet
und meine Kindheit geprägt hat.

Inhalt

Begriffe mit Sternchen sind im Glossar näher erklärt.

Rückblick

Auf der ersten transkosmischen Expedition gelangt Nick mit seiner Mannschaft auf den über zwanzig Milliarden Lichtjahre entfernten Planeten *Colour,* dessen Bewohner durch die *Strukturverdünner* nahezu vollständig ausgelöscht wurden. Die Wissenschaftler entwickeln nach intensiver Forschung gegen den *Roten Tod*, wie die energiefressenden Nebel von den wenigen Überlebenden genannt werden, eine wirksame Waffe, und durch den mutigen Einsatz von Nick Steel und seinen Leuten kann der Planet von dieser Geißel befreit werden. Die Sternenschiffbesatzungen starten ein Rekultivierungsprogram zur Wiederherstellung der Tier- und Pflanzenwelt sowie der einzigen intelligenten Lebensform auf *Colour*, kugelförmige Wesen, die mit einer auf ihrer Körperoberfläche schnell ablaufenden Segmentfolge unterschiedlicher Farben und Farbschattierungen optisch miteinander kommunizieren.

Alle Probleme scheinen zunächst gelöst, aber unter den Besatzungen der drei Expeditionsschiffe breitet sich eine zunehmende Unzufriedenheit aus. Vielen dauert das Projekt zu lange, andere beklagen Nicks Risikobereitschaft, die in ihren Augen zu hoch ist und Schiff und Mannschaft gefährdet. Aber das ist noch nicht alles. Gordon Banks, stellvertretender Kommandant der *Lascasas,* schart einige Unzufriedene um sich und plant eine Meuterei. Im Zuge dieses Aufstandes gelangt das Flaggschiff, die *Delcano*, in ein anderes Sonnensystem und gerät dort in die *Progerie-Falle*, aus der Nick und seine Mannschaft nur mit viel Glück wieder herausfinden.

Nach Überwindung aller Gefahren setzt die Expedition ihre Reise durch den Kosmos fort und wird in den unendlichen Weiten des Alls mit einer gigantischen Leere zwischen den Welteninseln konfrontiert, bis sie schließlich nach über 1000 Milliarden Lichtjahren auf eine zweite Erde trifft, die sich für die Besatzungen, aber vor allem auch für Nick, als ein bisher nie dagewesener Albtraum herausstellen soll.

Prolog

Das Böse besiegt,
doch im Leeren gefangen,
die Hoffnung verblasst -
wie ein weichender Weg,
der im Nebel zerfließt.
Ziel und Vollendung
In Ferne versunken.
Das Ende bleibt sicher,
das ahnend ich sehe
als fahlen Vollstrecker.
Ich spüre es schon –
das Ende.

Kapitel 1
Meuterei

Seine Hände wirbelten über die Konsolen der Transitionsautomatik, nervös blickte er auf Messanzeiger und Kontrollleuchten. Die Oberfläche von *Colour** wurde auf dem Hauptbildschirm immer kleiner. Mit vernichtenden Strahlen würde man nicht auf ihn schießen. Dazu kannte er die Einstellung der Schiffsleitungen zu gut. Außerdem schützte ihn der bereits aktivierte Energieschirm. Aber er musste so schnell wie möglich den Einzugsbereich der anderen Raumer hinter sich lassen. Eine schnell berechnete Teleportation zu ihm in das Raumboot, der Einsatz entschlossener Sicherheits-Leute, und seine Flucht hätte schnell ein trauriges Ende gefunden. Und den Einsatz einer anderen Waffe ahnte er auch noch ...

Dann blitzte es unvermittelt auf und der Flash expandierte zu einem bildschirmfüllenden, grellgelben Glühen.

Das war ein Traktorstrahl! So ein Mist!

Seine schlimmste Befürchtung hatte sich bestätigt. Jetzt blieb ihm nur noch ein sofortiger Blindsprung durch den Hyperraum - für eine sorgfältige Berechnung gab es keine Zeit mehr. Es ging um Sekunden. Die Knie zitterten wie Espenlaub. Das könnte das Ende bedeuten, aber es war ohnehin alles gescheitert und er hatte nichts mehr zu verlieren.

Seine Lippen verzogen sich zu einem bitteren, freudlosen Grinsen. Gescheitert! Ein einziges Desaster! Dabei war alles so perfekt vorbereitet.

Was ist da bloß schiefgegangen?

Keine Zeit zum Nachdenken. Er musste handeln. Ein flüchtiger Blick auf die Kontrollleuchten bestätigte ihm: Alle Systeme waren hochgefahren und liefen normal.

Schnell! Schnell!

Das Boot verlor bereits an Geschwindigkeit. Gleich würden die Strahlen einen Umkehreffekt bewirken, dann wäre alles verloren.

Jetzt! Aktivierung des Hyperantriebs. Eine warnende Stimme schrillte ohrenzerberstend aus dem Lautsprecher: »Achtung! Gefahr! Sie sind gerade im Begriff, ohne Berechnung einen Hypersprung vorzunehmen. Höchstes Risiko! Geben Sie die Zielkoordinaten ein!“

Er deaktivierte die Warnanlage, dann presste er seinen rechten Zeigefinger auf den Auslöser.

»Noch zehn Sekunden bis zum Sprung!« Eine weiche, androgyne Stimme füllte nervenberuhigend den kleinen Leitstand des Raumbootes aus. »Noch fünf Sekunden, vier ... drei ... zwei ... eins! Jump-off!«

Das Bild auf dem Panoramaschirm änderte sich. Ein wolkenverhangener Planet wurde sichtbar, das Gleißen des Traktorstrahls war erloschen, die Flucht geglückt. Vor ihm eine etwa erdengroße Welt. Er war wieder in das vierdimensionale Raum-Zeit-Kontinuum zurückgetaucht. Seine Verfolger hatte er abgeschüttelt.

Aufatmen!

Aber jetzt wollte er wissen, was das für ein Himmelskörper war, der ihm aus dem Zentralmonitor milchig-weiß entgegenleuchtete. Ein Blick mit bloßen Augen auf die Oberfläche war nicht möglich, aber die Observer-Sensoren übermittelten bereits erste Daten: Eineinhalbfacher Erddurchmesser, Entfernung zu einer Sonne der Spektralklasse A mit zweifachem Umfang von Sol: einhundert Millionen Kilometer, Atmosphäre des Planeten: sauerstofffrei, Wasserstoff 60 %, CO_2: 20 %, Methan: 12 %, der Rest sind Edelgase, Temperatur am Äquator: 80 °C.

Nicht sehr wirtlich.

Die Observer stießen mit Gasfilter und laserunterstützt durch die Wolken und ließen eine wässrig-trübe Oberfläche erkennen. Für Details müsste er eine Sonde auf die Oberfläche schicken. Aber lohnte sich der Aufwand? Eine depressive Stimmung bemächtigte sich seiner. Er war verloren im All, einsam, perspektivlos. Was sollte er machen? Hilf- und ziellos durch den Weltraum gondeln wie ein verlorenes Blatt auf dem Ozean? Immer auf der Suche nach einer neuen Heimat, wo er sich niederlassen konnte? Und dann? Sein Lebenstraum war zerronnen, geplatzt wie eine fragile Seifenblase, die bei der ersten sanften Berührung mit feuchtem Niederschlag ihren Geist für immer aufgegeben hatte.

Er ließ seinen Blick minutenlang auf dem Bildschirm verweilen. Das Boot war inzwischen auf eine Kreisbahn um diesen fremden Himmelskörper eingeschwenkt, der Planet war jetzt nahe dran, aber ihm nicht wirklich nahegekommen, und er konnte auch nicht ahnen, wie tödlich fremd sich diese Welt für den Menschen erweisen sollte.

Nein - das Gestirn war der Mühe nicht wert. Er würde weiterpilgern - aber jetzt mit Berechnung.

Gerade wollte er einen von der Raumerfassung registrierten Stern in die Transitionsautomatik zur Berechnung der Zielvektoren für den Hypersprung eingeben, als er plötzlich ein Zittern in seinen Fingern vernahm.

Was war das?

Verdutzt betrachtete er seine Hände. Die Haut sah faltig und zerknittert aus, wie die eines Greises. Was war mit ihm passiert?

Er wollte sich von seinem Sessel aufrichten - es ging nur mit großer Mühe, und der erste Schritt bereitete ihm in den Gelenken unerträgliche Schmerzen. Sein Blick fiel auf einen nicht aktivierten Bildschirm, in dem sich sein Konterfei dunkel spiegelte - eine Schockwelle durchströmte seinen Körper und ließ ihn vor Entsetzen auf der Stelle erstarren.

Jetzt hatte er keine andere Wahl. Mit letzter Kraft und in den Knien immer schwächer werdend, schleppte er sich zur Hyperfunkanlage, seine Hände schlenkerten in unkontrollierten Kreisbewegungen über die Konsole, am ganzen Leib zitternd aktivierte er die Sendeautomatik und schickte einen Notruf in die Unendlichkeit, dann brach er röchelnd und laut aufschnaufend in sich zusammen. Mit dem Kopf stieß er gegen die Kante eines Tisches und verlor das Bewusstsein. Sofort umgab ihn tiefe Nacht.

Zwei Wochen zuvor.

Der Aufklärer des dreiköpfigen Geo-Erkundungstrupps überflog die Hochebene eines Tafelgebirges am Rande des Nordkontinents. Metallisch blau schimmerte den Wissenschaftlern der zentral gelegene See entgegen. Mel Connan, Pilot und Chefgeograf der *Wilberforce*, wies plötzlich mit fahrigen Bewegungen seines rechten Arms auf das felsige Ufer des Gewässers hin. Hatte er da nicht soeben eine Bewegung wahrgenommen?

»Sektor 4.7 auf Vergrößerung stellen!«, ordnete er seinem Co-Piloten an, aber dann leuchtete auf dem Armaturenbrett grellrot und unvermittelt ein Alarmsignal auf. »Sofort beisteuern!«, dröhnte laut und ohrenbetäubend die warnende Automatenstimme aus dem Bordlautsprecher. Mel Connan reagierte sofort. In Sekundenbruchteilen riss er das Steuer herum. Wenige Augenblicke später war der Aufklärer aus der Gefahrenzone heraus, das Alarmsignal erlosch. Mel drosselte die Geschwindigkeit und der Aufklärer zog eine Schleife um die geheimnisvolle Hochebene.

»Was war das?«, wollte Mels Kollegin Lill Ferguson wissen, die auf dem Rücksitz von den Vorgängen der letzten Sekunden kaum etwas wahrgenommen und noch weniger verstanden hatte.

»Ich weiß es nicht!«, erwiderte Mel grunzend und presste seine Lippen zu zwei schmalen Strichen zusammen. »Aber wir werden das gleich herausfinden. Ich bin zu neugierig.«

Er aktivierte das gespeicherte Messprotokoll und wenig später war das Rätsel gelöst.

Co-Pilot Mike Anders schüttelte fassungslos den Kopf. »Das ist ja ..., das bedeutet ja ...«, stotterte er mit fragendem Blick auf seinen Kollegen.

Connan nickte. »Für die Bewegung, die ich am Ufer des Sees wahrgenommen habe, gibt es nur eine Erklärung. Ich werde umgehend die Expeditionsleitung informieren.«

»Meine Damen und Herren, ich bitte um Ihre geschätzte Aufmerksamkeit!«

Dr. Betty Huigens, Chefastronomin der *Lascasas* und Vorsitzende des Komitees zur Erforschung der Kosmosstruktur, ließ ihre Augen mit leicht gehobenem Haupt und scharfgebündelten Blicken über die Konferenzteilnehmer schweifen. Astronomen, Astrophysiker und die Schiffsleitungen der drei Expeditionsschiffe *Delcano*, *Lascasas* und *Wilberforce* hatten sich im großen

Konferenzraum zu einer wichtigen Besprechung zusammengefunden. interessierte Besatzungsmitglieder konnten vor den Bildschirmen auf ihren Stationen per Videoschalte die Beratungen mitverfolgen.

Nachdem sich die Astronomin von der Wirkung ihrer Begrüßung und ihres Auftretens überzeugt hatte und die ungeteilte Aufmerksamkeit der gesamten Zuhörerschaft auf sich gerichtet sah, setzte sie zu ihrem Bericht an.

»Ich will nicht lange um den heißen Brei herumreden. Das Komitee zur Erforschung der Kosmosstruktur, zu dessen Vorsitzender und Sprecherin ich gewählt wurde, hatte von der Expeditionsleitung den Auftrag erhalten, zu ermitteln, ob das Universum flach ist im Sinne von unendlich oder gekrümmt und damit wieder in sich zurückläuft, vergleichbar mit einer zur Kugel gebogenen Fläche. Als Basisgröße für unsere Messungen und Berechnungen standen uns 26 Milliarden Lichtjahre zur Verfügung, nämlich genau die Entfernung vom Sol-System bis zu unserem jetzigen Standort, dem Planeten *Colour*. Wir mussten zahlreiche Untersuchungen vornehmen, Messdaten miteinander vergleichen, Parameter verifizieren und neue Modelle definieren, um zu belastbaren Ergebnissen zu kommen. Das war eine Sisyphus-Arbeit und nahm Wochen in Anspruch. Heute bin ich in der glücklichen Lage, Ihnen das Resultat unserer Forschungen zu präsentieren.«

Sie unterbrach sich für einen Moment, schaute zufrieden in die Monitorkamera und genoss es, im Mittelpunkt des allgemeinen Interesses zu stehen. Alle Zuhörer hingen förmlich an ihren Lippen und es war so still, dass man eine Stecknadel hätte fallen hören.

Dann setzte sie ihre Berichterstattung fort: »Unsere Vermutungen haben sich bestätigt. Das Universum ist nicht linear, sondern gekrümmt, und wenn dieser Befund keine Momentaufnahme der untersuchten Region ist, sondern die Krümmung sich kontinuierlich fortsetzt, können wir davon ausgehen, dass das All in sich selbst zurückläuft. Die von der Erde und auch von anderen Punkten aus zu beobachtende sichtbare Grenze des Universums ist der physikalische Horizont, hinter den wir wegen des Krümmungseffekts keinen optischen Zugriff haben. Dass der Kosmos mit seinen drei Raumdimensionen in einer vierten, uns übergeordneten Dimension eingebettet ist, brauche ich Ihnen nicht extra zu erklären. Wir nutzen diese Hierarchie für unser Hypersprünge.«

Wieder legte sie eine kurze Pause ein, die sie dazu nutzte, sich dem Digitalboard des Konferenzraumes zuzuwenden. Von der Leiste nahm sie sich einen Eingabestift und zog damit auf der grauweiß schimmernden Fläche einen Kreis mit dem ungefähren Durchmesser von sechzig Zentimetern, dann begann sie zu erläutern:

»Genauso interessant wie die Struktur des Kosmos ist seine Größe. Auch dazu ist das Komitee zu einem vorläufigen Ergebnis gekommen.« Sie zeigte mit ihrer linken Hand auf die Kreiskrümmung. »Wenn wir das Universum auf die erste Dimension reduzieren, dann gleicht es einer gekrümmten Linie, die eine Fläche umfasst und wieder in sich selbst zurückläuft. Aber wie groß ist der Umfang dieses Kreises bzw. des Universums?«

Pause. Abwartende Blicke aus der Zuhörerschaft.

Nick wiegte sein Haupt von einer Seite auf die andere.

Warum muss es diese Frau immer so spannend machen?

»Wir sind durch akribisch genaue Messungen mit ungezählten Kontrolldurchgängen tatsächlich zu einem Ergebnis gekommen und darüber hinaus auch in der Lage, Ihnen einen Vorschlag für den weiteren Weg unserer transkosmischen Expedition zu unterbreiten.«

Pause. Kritisch abschätzende Blicke.

Nick rutschte unruhig auf seinem Sitz hin und her.

Mensch, Mädchen, mach's nicht so spannend!

Dr. Huigens hob ihre rechte Hand, nahm in die linke ein Lineal und maß an ihrem Zeigefinger für alle gut sichtbar ein kleines Stück von ungefähr 0,5 Zentimetern ab, dann übertrug sie diese kaum wahrnehmbare Länge auf die Kreislinie, indem sie an der Oberseite einen entsprechenden Abschnitt mit dem Eingabestift verdickte.

»Ich habe Ihnen soeben auf der Kreislinie einen Bogen von einem halben Zentimeter markiert. Dieser relativ kleine Ausschnitt ist bei der Größe des aufgezeichneten Kreises ungefähr die Länge eines Grades, und Sie wissen, dass der Kreis davon 360 hat.«

Sie hielt einen Augenblick inne, dann kam sie zu ihrer entscheidenden Aussage: »Den sechzigsten Teil von einem Grad bezeichnet man als eine Bogenminute, und genau dieser Teil des Kreises entspricht den gemessenen 26 Milliarden Lichtjahren, die wir bisher zurückgelegt haben. Mit anderen Worten: Wir haben mit der bisher zurückgelegten Entfernung von 26 Milliarden Lichtjahren gerade mal eine Bogenminute unseres Gesamtweges geschafft.«

Jetzt war es raus. Tiefes Durchatmen. Schock!

Aber die Astronomin ließ den konsternierten Zuhörern keine Zeit zum Verschnaufen. Unbeirrt fuhr sie mit ihren Erläuterungen fort: »Unter der Voraussetzung, dass die Krümmung des Alls gleichmäßig und beständig ist und sich der Kosmos nicht doch linear bis ins Unendliche weiter ausdehnt, kann in einer einfachen Rechnung der Umfang des Universums ermittelt werden: Wir brauchen nur die 26 Milliarden Lichtjahre mit 60 zu multiplizieren - dann haben wir die Länge eines Grades - und anschließend noch einmal mit 360 zum gesamten Kreisumfang. Das ist einfache Schulmathematik.«

Ohne weitere Verzögerung schrieb sie das Ergebnis an die Tafel und sagte: »Der Umfang des Universums beträgt 561 Billionen 600 Milliarden Lichtjahre.«[1]

Erschütterte Zuhörer. Fassungslosigkeit. Ratlose Blicke.

Aber Huigens kannte noch immer keine Gnade.

»Und jetzt das Entscheidende für unsere Expedition: Weil wir nicht hinter den Horizont von 13 Milliarden Lichtjahren blicken können und deswegen auch nicht wissen, was uns dahinter erwartet, halten wir vom Komitee es für zu riskant, ohne Weiteres größere Sprünge als jeweils 13 Milliarden Lichtjahre vorzunehmen.« Sie atmete tief durch, dann brachte sie die Bombe zum Platzen. »Um es auf den Punkt zu bringen, meine Damen und Herren: Unter den gegebenen Voraussetzungen benötigen wir circa 43 200 Hypersprünge, um das All zu durchqueren, und das würde bei einer angesetzten Expeditionsdauer von drei Jahren täglich 39 Sprünge bedeuten.« Sie lächelte und fügte etwas sarkastisch hinzu: »Wobei es bei dieser Anzahl auf einen Sprung mehr oder weniger wirklich nicht ankommt.«

Nein, wirklich nicht. In der Tat. Die Frau hat Humor. Und Raskin hat nicht zu viel versprochen. Das wird kein Wochenendausflug.

Nick lächelte verlegen, schüttelte leicht seinen Kopf und blickte verstohlen in die Runde.

Weit geöffnete Münder. Staunen. Schweigen. Dann aufgeregtes Gemurmel, das zu einem Orkan sich überschlagender Stimmen permanent anschwoll.

»Wie sollen wir das schaffen?«

»Unmöglich!«

1 *Eine detaillierte Berechnung im Anhang*

»Der helle Wahnsinn!«

»Ohne mich!«

»Das ist eine Foltertour!«

Es dauerte mehrere Minuten, bis Betty Huigens wieder das Wort ergreifen konnte.

»Meine Damen und Herren! Bitte beruhigen Sie sich! Was ich Ihnen soeben mitgeteilt habe, sind nur die Rahmenbedingungen, bei weitem ist es nicht die praktische Durchführung. Aber auch für das Wie haben wir einen Vorschlag ausgearbeitet, den wir bereits mit den Navigatoren und den Technikern durchdacht haben, Alfredo Rossi, der Navigator der *Delcano,* wird Ihnen jetzt Genaueres dazu sagen!«

Der schwarzgelockte Italiener trat vor die Konferenzteilnehmer und lächelte überlegen und völlig entspannt in die Kamera. Dann begann er mit seinen Erklärungen:

»Meine Damen und Herren, geschätztes Publikum, wackere Männer und liebreizende Damen.«

Wieder schüttelte Nick ungehalten den Kopf.

Kann dieser alte Charmeur nicht wenigstens bei so einer wichtigen Besprechung gleich auf den Punkt kommen?

Missmutige Blicke. nervöses Tuscheln. Verärgerung.

Aber man hielt sich mit Kommentaren zurück. Die Neugierde war zu groß, Rossis Macken fanden diesmal keine weitere Beachtung.

»Die Lösung ist ganz einfach!«, fuhr der Navigator fort. »Ich möchte es mit einem Vergleich verdeutlichen: Bevor Einbrecher den ausgewählten Tatort aufsuchen, prüfen sie, ob die Luft rein ist. Manchmal schicken sie dazu einen der ihren zum Ausspionieren vor, und erst, wenn dieser meldet, dass kein Risiko besteht, schreiten sie zur Tat. Und genauso machen wir es auch. Wir schicken Raumsonden in die nicht einsehbare Region, gerne auch schon gleich über viele Milliarden oder auch schon eine Billion Lichtjahre. Sie prüfen die Bedingungen und melden uns per Hyperfunk, ob die Luft beziehungsweise das Vakuum rein ist, und dann springen wir hinterher. Auf diese Weise können wir die 43 200 Sprünge auf eine überschaubare Anzahl reduzieren. Das wäre der Vorschlag des Komitees.«

Rossi hatte seine Ausführungen beendet und vor den Bildschirmen setzte wieder verhaltenes Gemurmel ein, aber bevor dies zu einem erneuten Stimmenorkan anschwoll, ergriff Nick Steel das Wort. Mit fester Stimme verkündete er: »Mein Dank geht an die Mitglieder des Komitees. Meine Damen und Herren, Sie haben ausgezeichnete Arbeit geleistet. Wir werden uns mit der Expeditionsleitung Gedanken über Ihren Vorschlag machen.« Dann richtete er das Wort an die anderen: »Machen Sie sich bitte auch Ihre Gedanken über den Vorschlag des Komitees, und wenn Sie noch weitere Ideen haben, dann können Sie diese bei Tamara Orlow in der Kommunikationszentrale der *Delcano* einreichen. Wir werden alle Optionen mit den zuständigen Experten auf ihre Durchführbarkeit hin überprüfen. Ich gebe Ihnen eine Woche Zeit, dann findet die nächste Videokonferenz statt, in der wir die weiteren Schritte unserer Expedition beschließen werden. Damit ist diese Übertragung beendet. Ich bitte Sie, sich wieder an Ihre Plätze zu begeben!«

Nick wollte sich gerade mit einer Frage an Professor Raskin wenden, als Mario Gonzales' Gesicht auf dem Bordmonitor erschien, die Augen weit aufgerissen. Er schien aufgeregt. »Kommen Sie bitte sofort in die Zentrale, Sir! Der Geo-Erkundungstrupp unter der Leitung von Mel Connan hat eine unglaubliche Entdeckung gemacht.«

»Danke, ich bin gleich bei Ihnen!«

Die Überraschung war perfekt, als Nick den Bericht des Geografen zur Kenntnis genommen hatte. Es gab einen magnetischen Berg im Nordgebirge.

»Das Feld ist nicht ganz so stark wie das künstlich erzeugte von der unterirdischen Versuchsstation der *Colourianer*[2], aber stark genug, dass der Aufklärer beisteuern musste«, hatte Mel erklärt. »Das bedeutet, dass diese Region auch für die SVs* nicht zugänglich war, und die von mir beobachtete Bewegung kann nur bedeuten, dass noch weitere Überlebende existieren müssen.«

Nick reagierte sofort und kontaktierte umgehend die technische Leitzentrale. »An Iwanow. Ich habe für Sie eine Anweisung von höchster Dringlichkeitsstufe: Stellen Sie sofort einen Aufklärer mit Magnetfeldneutralisator bereit. Als Besatzung sollen sich die Linguistin Maria Martinez und der Offizier Eric Marsh unverzüglich nach Hangar 5 begeben, die Flugleitung wird Eric übernehmen. Und *Freund** soll ebenfalls mit dabei sein. Es gibt gute Gründe für die Annahme, dass wir überlebende *Colourianer* gefunden haben. Für diesen Fall wäre *Freund* der beste Vermittler. Er befindet sich zurzeit im Konferenzraum drei und tauscht sich dort mit unserem Exo-Soziologen Dr. Stelljes über seine Kultur aus. Der Start soll so schnell wie möglich erfolgen. Die Zielkoordinaten werden umgehend in die Navigationsautomatik des Bordcomputers eingespeist. Bitte um Bestätigung!«

Die Bestätigung erfolgte umgehend: »Hier Iwanow. Befehl wird augenblicklich ausgeführt. Ende!«

»Danke! Ende!«

Nick rieb sich gut gelaunt die Hände und wandte sich an seine Stellvertreterin Chau Yong. »Ha! Das sind großartige Neuig-

2 Siehe: Nick - Unternehmen Magellan Folge 2 „Angriff der Strukturverdünner“, S. 255f.

keiten. Wenn es im Schutz dieses Magnetfeldes wirklich noch weitere Überlebende gegeben hat, dann würde das eine nicht zu unterschätzende Entlastung für *Freund* bedeuten.«

Die Chinesin lächelte. »Er bräuchte sich dann nicht alleine um 67 Nachwuchs*colourianer* kümmern«, bestätigte sie. Das wäre in der Tat eine Herkulesaufgabe gewesen.« Einschränkend fügte sie aber gleich hinzu: »Es können auch andere Lebewesen sein, die den SVs entkommen sind.«

»Natürlich!«

In diesem Augenblick betrat Alfredo Rossi die Zentrale und setzte sich an die Navigationsgeräte. Seine Finger glitten über Knöpfe und Schalter, aktivierten einen Kontrollschirm. Zahlenreihen und Diagramme leuchteten auf, in der unteren linken Hälfte öffnete sich ein Fenster mit einem Luftbild der Hauptstadt.

»Ich überlege mir schon einmal einen geeigneten Landeplatz für die *Delcano,* wenn wir demnächst auf Bodenstation gehen.«

Kopfnicken.

»Eine gute Idee. Senden Sie dann Ihren Vorschlag für den Landeplatz auf meinen Sekundärmonitor«

»Gerne, aber kommen Sie doch mal bitte an meinen Bildschirm. Ich möchte Ihnen signifikante Bodenmerkmale zeigen, nach denen wir uns orientieren können.«

Nick trat näher zu seinem Navigator heran und beugte sich über die Konsole, um Details der Metropole besser auszumachen. »Können Sie die Bildschirmvergrößerung aktivieren?«

»Machen Sie es bitte selbst, ich brauche gerade beide Hände, um Parameterdaten für den ersten Scan einzugeben.«

»Kein Problem!«

Nick führte seine Hand zum Touch für die Vollbildschaltung, damit das Bildsegment den gesamten Schirm einnehmen konnte, da geschah etwas Unerwartetes. Plötzlich spürte er Rossis rechte Hand in der seinen.

Was sollte das?

Dann legte sich etwas Hartes, Knittriges auf seine Hautoberfläche. Sein Navigator hatte ihm ein Stück Papier in die Hand geschoben.

»Stecken Sie das weg und lesen Sie es in Ihrer Kabine!«, hauchte ihm Rossi kaum hörbar zu, dann sagte er wieder etwas lauter: »Und jetzt der Scan!«

Nick ließ den Zettel unauffällig in der Seitentasche seines roten Overalls verschwinden, dann konzentrierte er sich wieder auf den Bildschirm.

Die beiden Männer betrachteten im Vollbildmodus eingehend verschiedene Details der Luftansicht und diskutierten einen optimalen Landeplatz für das Sternenschiff.

Zehn Minuten vergingen für Nick quälend langsam, schließlich bemerkte er: »Sie sind auf einem guten Weg und werden mir sicher in spätestens einer Stunde Detailvorschläge für einen passenden Standort präsentieren.«

Er blickte auf seinen Armbandchronometer. »Ich habe gleich ein privates Gespräch mit Professor Raskin über kosmologische Fragen und möchte für die nächste halbe Stunde nicht gestört werden, es sei denn, es gibt Neuigkeiten zu der magnetischen Hochebene.« Zu Chau Yong gewandt ergänzte er: »Sie übernehmen so lange die Leitung. Bei wichtigen Anlässen kontaktieren sie mich über das Havi![3]«

Die Chinesin nickte. »Jawohl, Sir!«

Beim Verlassen der Zentrale schickte Nick eine kurze Sprachmitteilung an Raskin: »Ich erwarte Sie in fünf Minuten in meiner

3 Havi = Handgelenkvisiphon

Kabine. Es geht um Kosmologie.« Aber ihm war klar, dass das Thema wahrscheinlich ein anderes sein würde.

Sie landeten am Rande eines steil abfallenden Hangs, der eine Fläche von drei Kilometern Durchmesser einschließlich des vom Geo-Erkundungstrupp entdeckten Sees umschloss, dessen Wasseroberfläche tot und bewegungslos - erstarrter Lava gleich und wie hingeworfen - einen großen Teil der graufelsigen Hochebene ausfüllte.

Nach dem Entsteigen näherte sich die ungleiche Gruppe mit vorsichtigen Schritten den dunklen Höhlen, in deren Innern sie Überlebende der Katastrophe vermuteten. *Freund* stakste den Terranern mit seinen Bewegungstentakeln gut sichtbar voran, gefolgt von Martinez mit ihrem Translator und Eric Marsh, der sich aus taktischen Gründen mehr im Hintergrund aufhielt, aber seinen Strahler schussbereit im Holster verborgen hielt, jeden Augenblick bereit, ihn per Gedankenbefehl in seine rechte Hand zu teleportieren.

Als sie nur noch zwanzig Meter vom ersten Eingang entfernt waren, tauchten aus dem Dunkel des Höhlenhintergrunds drei Kugelwesen auf. Es waren eindeutig *Colourianer* - die intelligente Lebensform dieses Planeten. Die Hoffnungen auf Überlebende der untergegangenen Zivilisation hatten sich erfüllt, aber zunächst musste sich entscheiden, wie sie auf den Anblick der Terraner reagierten. Würde man sie als Freund oder als Feind empfangen?

Nick war geschockt.

Das darf doch nicht wahr sein.

Seine Stirn war in tiefe Falten gezogen, immer wieder musste er auf dem zerknitterten Blatt Papier Alfredo Rossis flüchtig gekritzelte Nachricht lesen.

»Warnung! Gordon Banks und einige Besatzungsmitglieder planen eine Meuterei. Halten Sie ihn unter Beobachtung.«

Der Kapitän der *Delcano* kam nicht weiter zum Nachdenken. Es klopfte. Lautlos entriegelte er die Tür. Professor Raskin bat um Einlass und Sekunden später standen sich die beiden Männer in der Kabine gegenüber.

»Ich habe alle Kommunikatoren ausgeschaltet, bis auf mein Havi, das ist im Stand by-Modus, damit man mich jederzeit erreichen kann.« Er schaute den Professor ernst und mit verkniffenen Lippen an. »Es gibt neue Probleme«, presste er schließlich hervor und reichte seinem Freund das Papier.

Raskin las, seine Miene verfinsterte sich. Fast flüsternd fragte er: »Von wem?

»Rossi!«

»Er scheint mehr zu wissen.«

»Aber wenn wir ihn kontaktieren, kann es riskant werden.«

»Was sollen wir tun?«

»Ich habe eine Idee!«

Die *Colourianer* hielten beim Anblick der Menschen in ihrer Bewegung inne. Ihre Tentakel ruhten, zwei auf dem Boden, um sich abzustützen, die beiden anderen waren auf das Rund ihres Körpers gelegt. Was würden die Wesen jetzt unternehmen?

Es blieb zunächst beim Verharren.

Starre. Keine Reaktion.

Dann begann *Freund* zu leuchten und sandte in der faszinierenden Sprache der *Colourianer* eine Botschaft an seine Artgenossen. Die Signale auf seiner Schuppenoberfläche irrlichterten dabei wie ein ungestümer Tanz in wilden, zuckenden, scheinbar ungezielten und ständig wechselnden Farbspots über die Rundungen seiner kugeligen Gestalt.

»Wir sind eure Freunde. Wir bringen euch Befreiung.«

Die dunklen Segmente der drei Kugelwesen verwandelten sich von einem Augenblick zum anderen in einen Feuersturm aus sich ablösenden Farbmosaiken, die in schneller und immer wieder positionsändernder Abfolge mit Gelb- und Orangetönen den Ankommenden entgegenstrahlten.

Der Translator übersetzte unvermittelt: »Wir sind so glücklich, dass endlich jemand kommt, um uns zu befreien. Wir sind seit Jahren an diesen Ort verdammt. Ist der *Rote Tod* besiegt? Und wer sind diese Fremden?«

Freund erklärte den »Verdammten«, was auf ihrem Planeten in den vergangenen Wochen und Monaten geschehen war. Als er geendet hatte, leuchteten die Farben der *Colourianer* noch heller und in solch schnellen Intervallen, dass man sie mit dem menschlichen Auge nicht mehr verfolgen konnte. Es war Ausdruck überschäumender Freude und explodierender Euphorie.

Dann oblag es Maria Martinez, mit einem freundlichen Grußwort das Vertrauen der Geretteten auch zu den Terranern weiter zu befestigen: »Wir kommen von einer fernen Welt«, hob sie feierlich an, »und wir wollen euch helfen, euren schönen Planeten wieder bewohnbar zu machen. Eure Zeit der Einsamkeit und Isolation ist vorbei. Ihr seid die Keimzelle einer neuen Zivilisation, die sich wieder über alle Kontinente ausbreiten wird. Arbeitet mit an diesem großartigen Projekt und begleitet uns zu eurer Hauptstadt. Dort werden wir eine erste Kolonie für euch aufbauen!«

Die begeisterten Kugelwesen signalisierten mit gleißenden Lichtkaskaden in den hellsten Weiß- und Gelbstufen ihre freudige Zustimmung.

Ähnliches vollzog sich auf *Freunds* Oberfläche. »Das ist ein großartiger Moment und ein unvorstellbar schönes Geschenk für mich!«, leuchtete er den Terranern jubelnd entgegen. »Stellt euch vor: Ich bin nicht mehr allein und nicht der einzige Erwachsene, der überlebt hat. Ich bin wieder in Gemeinschaft mit anderen.«

Maria lächelte. »Wir freuen uns mit dir. Du hast es verdient. Auf unserer Welt würde man sagen: Du bist ein Pfundskerl, mit dir könnte man Pferde stehlen.«

Freund wechselte seine Farben und strahlte in Rosa, ein Zeichen für Irritation. »Pferde? ... Stehlen? Ich verstehe nicht recht.«

Die Linguistin winkte ab. »Das sagt man so bei uns und ist nicht wörtlich gemeint. In unserer Sprache muss man manchmal zwischen Gesagtem und Gemeintem unterscheiden.«

»So etwas kennen wir bei uns nicht. Wer nicht genau das sagt, was er meint, gilt als unaufrichtig und wird der Lüge bezichtigt!«

»Dann sage ich es dir mit anderen Worten: Du heißt nicht nur *Freund*, du *bist* es auch, und einen besseren Freund als dich kann man sich nicht wünschen.«

Die Oberfläche des *Colourianers* verwandelte sich wieder in Weiß-Gelb-Orange. »Danke! Über deine Worte freue ich mich, und ich wünsche mir, dass wir für immer Freunde bleiben.«

»Dasselbe wünschen wir uns auch.«

Als sich nach langen Minuten das Gewitter von Blitzen und

Farbreflexen wieder gelegt hatte, wollte Maria Martinez von den neuen Freunden noch zwei wichtige Fragen beantwortet wissen: »Wie habt ihr auf dieser Hochebene überleben können und wie viele seid ihr?«

»Unser Heimatdorf befindet sich einige Tagesreisen von hier entfernt«, begann eine der Kugeln zu berichten. »Als wir von der Katastrophe hörten, flohen wir durch die Höhlen an diesen Ort. Der See bietet uns mit seinen Schwärmen von Muscheln genügend Nahrung, außerdem züchten wir unten am Fuß des Berges verschiedene Pflanzen, die unseren Vitaminbedarf decken. Der *Rote Tod* ist uns bis hierher nicht gefolgt, obwohl der Abstand zwischen ihm und uns immer geringer wurde. Wir glaubten uns schon verloren, aber plötzlich machten diese roten Bestien auf uns keine Jagd mehr, sondern kehrten um, als hätten sie das Interesse an uns verloren. Den Grund dafür kennen wir nicht.«

Schnell erklärte ihnen *Freund* die Zusammenhänge.

Dann fuhr der *Colourianer* fort: »Wir sind eine kleine Kolonie von 34 Einheiten, und seitdem wir hier verborgen leben, sind 10 Einheiten neu geschlüpft.«

Eric nickte zufrieden. »Das ist zusammen mit *Freund* und den verbliebenen Eiern ein solider Grundstock für den Aufbau einer neuen Zivilisation.« Er aktivierte sein Havi und sendete einen Bericht an das Sternenschiff.

Einer der *Colourianer* hob seinen oberen rechten Tentakel und vollzog mit ihm kreisförmige Bewegungen in Richtung der Höhleneingänge.

»Er lädt uns zu einem Besuch in ihrem Dorf ein«, erklärte *Freund.*

Maria Martinez freute sich. »Die Einladung nehmen wir gerne an.«

Sie durchschritten eine der graufarbenen Felshöhlen, die von innen mit kugelgestaltigen Fackeln mäßig beleuchtet war, und folgten ihrem Gastgeber durch labyrinthartige Gänge, bis sich die unterirdische Röhre zu einem kleinen Talkessel hin wieder öffnete. Mehrere behelfsmäßig konstruierte Hütten - alle in Kugelform und den Gebäudekomplexen der großen Städte nicht unähnlich - fielen den erstaunten Terranern sofort ins Auge. Einige *Colourianer* staksten auf ihren Fortbewegungstentakeln zwischen den Behausungen hin und her, manche trugen etwas Korbähnliches von einer Hütte zur anderen, andere begleiteten eine Minikugel, die sie mit ihren Vorderextremitäten durch die schmalen Gassen dieses so exotisch wirkenden Dorfes führten.

»Großartig!«, entfuhr es Eric Marsh. »Ihr seid hier toll eingerichtet. Aber aus welchem Material bestehen eigentlich eure Wohneinheiten?«

»Aus Bäumen, die außerhalb dieses Berges wachsen.«

Der Offizier pfiff anerkennend durch die Zähne. »Sehr beeindruckend«, kommentierte er, »nun würde mich auch interessieren, wie ihr es geschafft habt, eure Hütten in dieser Kugelform zu errichten. Das ist doch architektonisch sehr schwierig und nach unserem Verständnis viel zu aufwändig. Wenn wir unsere Häuser aus Holz bauen, dann benutzen wir dafür geradlinig zugeschnittene Balken.«

Ein rosafarbenes Aufleuchten ihres Gastgebers signalisierte Unverständnis, aber *Freund* sprang schnell für seinen irritierten Artgenossen ein. »Bei uns wächst alles in dieser Form - bis auf einige mutierte Pflanzen und Tiere, die eher einem Ellipsoiden gleichen. Geeignete Bäume brauchen also nur entsprechend gefällt und in kleine Stücke zerlegt werden, dann bringen wir die bereits gebogenen Segmente in unser Dorf und fügen sie dort zu den Hütten zusammen.« Er unterbrach sich kurz, dann fügte er seiner Erklärung noch hinzu: »Jede Lebensform nimmt bei uns - anders als auf eurer Welt - die Kugelform an. Das ist genetisch bedingt. Wir kennen nichts anderes. Ich werde das den Bewohnern hier noch genauer erklären, damit sie eure Fragen richtig verstehen.«

Inzwischen war die Dorfbevölkerung auf die Ankömmlinge aufmerksam geworden und viele näherten sich ihnen mit aufgeregtem Leuchten. Ihre bevorstehende Befreiung hatte sich bereits herumgesprochen.

Freund wandte sich an Maria. »Sprich zu meinen Leuten eine Begrüßung. Du kannst das so schön.«

Von seinen Worten gerührt und geschmeichelt, richtete die Argentinierin sich gerne noch einmal an die *Colourianer* und fand einige herzliche Worte der Freundschaft und Verbundenheit, die von ihren Zuhörern mit einem erfreuten Aufleuchten in hellen Farben erwidert wurden.

»Xutl, du bist jetzt für uns der wichtigste Mann. An dir hängt alles.«

Sie hatten sich einen Tag später wieder in Nicks Kabine getroffen. Der Marsianer Xutl und André Coomb als unmittelbar Betroffener waren dazugekommen, Jane Lee und Tom Brucks hatte Nick aus Sicherheitsgründen außen vorgelassen. Sie sollten weiter an dem Wiederaufbauprojekt von *Colour* arbeiten. Alle ihre Aktionen mussten unauffällig und im Verborgenen bleiben.

Der Kommandant der *Wilberforce* sah fragend auf seinen alten Freund, den er vor Jahrzehnten auf dem Mars dem sicheren Tod entrissen hatte. Als ehemaliger Spion unter dem Decknamen *Bentley* hatte er zusammen mit Nick Steel, Tom Brucks und Professor Raskin an der ersten interplanetaren Expedition teilgenommen und nach der Rückkehr von der Venus die Besatzung an seine marsianischen Auftraggeber ausgeliefert. Erst der selbstverschuldete Untergang der Marszivilisation durch einen nuklearen Krieg hatte in ihm ein Umdenken bewirkt und seitdem waren er und Nick zusammen mit Tom und dem Professor unzertrennliche Freunde.[4]

»Ich soll also Banks telepathisch aushorchen!«

Ein Nicken des Oberkommandanten erfolgte als Antwort. »Ich weiß, Xutl, dass dieser Auftrag deinem Grundsatz widerspricht, nicht in die Gedanken anderer Menschen einzudringen. Das finde ich auch sehr pietätvoll und ich rechne dir das hoch an. Aber hier geht es um die Planung einer Meuterei und die Bewahrung der Expedition vor irreparablen Schäden. Da müssen andere moralische Grundsätze den Vorrang haben.«

Xutl bestätigte. »Das ist mir klar. Ich habe keine Bedenken und bin auch sehr zuversichtlich, dass wir Erfolg haben, denn außer euch wissen nur ganz wenige, dass ich Telepath bin - auch von der Besatzung nur diejenigen, die bei dem Verhör mit dem Lorg und bei der Entwicklung des Translators für die Kommunikation mit *Freund* dabei waren. Ich habe alle um Stillschweigen gebeten. Es ist besser, wenn keiner von meiner besonderen Fähigkeit weiß, damit jeder normal und natürlich mit mir umgeht und niemand befürchten muss, dass ich in seinen Gedanken herumschnüffeln will.« Er unterbrach sich für einen Augenblick, seine Augen richteten sich fest auf Nick. »Aber wie soll ich das bewerkstelligen? Mir ist es nicht möglich, den gesamten Bewusstseinspool eines anderen tele-

4 Siehe Nick-Piccolo, 1. Serie Teil a, Heft 15 bis 26

pathisch zu entschlüsseln. Wenn ich jemandem etwas von seinen Geheimnissen entlocken will, muss er direkt daran denken, sonst wird es schwierig, und wie mir scheint, komme ich an Banks‘ Planungen nur über die Hintertür heran, denn schließlich kann ich ihn ja nicht direkt fragen, ob er eine Meuterei plant.«

Nick musste trotz der ernsten Situation schallend lachen. »Da hast du völlig recht«, entgegnete er schließlich. »Wir müssen uns etwas Geschickteres einfallen lassen, etwas, das völlig unverdächtig ist.«

»Ich habe da schon eine Idee«, warf André ein und blickte seine Mitstreiter herausfordernd an. »Unsere Situation macht es immer wieder nötig, dass wir als Expeditionsleiter Beratungsgespräche führen. Wir könnten doch bei der nächsten Runde unsere Stellvertreter mal wieder dazunehmen und über den weiteren Verlauf der Expedition unsere Meinungen austauschen. Ich bin mir sicher, dass Banks dann auch an seinen geplanten Aufstand denken wird.«

»Eine gute Idee«, fand Professor Raskin. »Wie sieht es aber mit Rossi aus? Kann er uns nicht auch als Informant dienen?«

Nick schüttelte den Kopf. »Ich habe noch einmal darüber nachgedacht. Der Kontakt mit ihm muss niederschwellig bleiben, damit niemand Verdacht schöpft. Wir wissen nicht, wer alles zu den Rebellen gehört. Ich vermute mal, Rossi hat entweder irgendwelche Leute belauscht oder ihm wurde ein Angebot unterbreitet und er ist zum Schein auf die Meuterer eingegangen. Wir konnten nicht darüber sprechen. Aber es ist kein Geheimnis, dass der Navigator und ich in der Vergangenheit häufig Meinungsverschiedenheiten hatten. Das wird Banks dazu ermutigt haben, ihn für sich und seine Sache zu gewinnen. Aber möglicherweise bleibt er misstrauisch und wird Rossi beschatten lassen.«

»Banks hat sich in seiner Auswahl gewaltig getäuscht - zu unserem Vorteil«, resümierte Raskin.

»Rossi ist schon ok. Ich rechne ihm seine Loyalität hoch an. Trotz seines affektierten und oftmals nervigen und selbstgefälligen Auftretens hat er einen guten Kern«, erklärte Nick und fügte etwas nachdenklicher hinzu: »Wir werden ihn noch brauchen. Seine Zeit wird kommen.«

»Warum nehmen wir Banks nicht einfach fest?«, wollte André Coomb wissen. »Dann wird es möglicherweise erst gar nicht zu einer Meuterei kommen.«

Nick widersprach. »Zwei Gründe sprechen für mich dagegen: Wenn wir vorher zuschlagen, müssten wir ihm den geplanten Aufstand nachweisen. Ob das gelingen würde, ist bei seinem geschickten Vorgehen zweifelhaft, und dann wären es plötzlich wir selbst, die wegen angeblich falscher Anschuldigungen mit dem Rücken an der Wand stünden. Zum anderen kann nur durch einen offenen Aufstand deutlich werden, wer zu den Meuterern gehört, und nur so können wir alle Rebellen zur Verantwortung ziehen und verhindern, dass jemand im Untergrund weiter an einem Umsturz arbeitet, der die Expedition zum Scheitern bringen könnte.«

Er legte eine kurze Pause ein und atmete einmal tief durch, dann fuhr er mit seinen Erklärungen weiter fort. »Außerdem will ich unbedingt etwas über die Beweggründe der Rebellen erfahren. Mir wurde in den letzten Wochen wiederholt gemeldet, dass einige Besatzungsmitglieder wegen meiner hohen Risikobereitschaft und der unpopulären Entscheidungen unzufrieden sind. Wer von diesen zu den Rebellen gehört, weiß ich natürlich nicht, aber ich bin mir ziemlich sicher, dass die wenigsten von den Unzufriedenen eine Meuterei wollen. Wenn die Rebellion vereitelt wird und alle begriffen haben, was ein Teil der Besatzung im Schilde geführt hat, sind das die besten Voraussetzungen, die Unzufriedenen wieder zurückzugewinnen.«

»Eine offene Kommunikation mit diesen Leuten wird Ihnen trotzdem nicht erspart bleiben«, warf Raskin ein.

»Und die scheue ich auch nicht«, antwortete Nick klar und bestimmt, dann wechselte er das Thema mit einer wichtigen Frage: »Wann rufen wir die Schiffsleitungen zu einer Besprechung zusammen?«

»Wir wissen nicht, wie weit die Vorbereitungen für die Meuterei schon gediehen sind, deswegen denke ich, so bald wie möglich«, schlug André Coomb vor.

Raskin erwiderte: »Wenn der Aufstand unmittelbar bevorstünde, würde uns Rossi sicherlich warnen, trotzdem teile ich Ihre Meinung, André: Je eher, desto besser.«

Das Kopfnicken der anderen signalisierte Zustimmung.

»Dann gleich morgen Vormittag um 10 Uhr Ortszeit«, entschied Nick. »Ich werde die Einladungen vorbereiten.«

»Banks‘ Gedanken lagen vor mir wie ein offenes Buch«, berichtete Xutl nach der abgeschlossenen Besprechung von seinen telepathischen Bemühungen. Mit sich zufrieden ergänzte er: »Er hat die ganze Zeit über in allen Details an seine Pläne gedacht.«

Nick, André Coomb und Professor Raskin saßen gespannt in ihren Sesseln und musterten den Marsianer mit aufmerksamen Blicken.

»Dann erzähl mal!«, erwiderte Nick. »Alle Geräte sind abgeschaltet. Keiner kann unser Gespräch belauschen.«

Xutl gab sich einen Ruck, sein olivgrünes Gesicht färbte sich dunkel, die Stirn lag in Falten.

»Es ist ernst!«, begann er schließlich seinen Bericht. »Neben Gordon Banks gehören wahrscheinlich noch 19 weitere Personen oder mehr zu der Verschwörergruppe, darunter S-Leute, Techniker und einige Wissenschaftler. Sie werfen dir ein zu riskantes Verhalten und Zögerlichkeit im Kampf gegen die *Strukturverdünner** vor. Durch dein unentschlossenes Handeln hättest du die gesamte Expedition und das Leben aller Teilnehmer leichtsinnig in Gefahr gebracht. Ich habe mir Namen notiert.« Er reichte Nick ein Blatt Papier mit der Liste, die der Kommandant der *Delcano* mit schnellen Blicken überflog. Dann senkte er traurig den Kopf.

»Keine Personen meines engsten Vertrauens, aber um jeden Namen tut es mir leid. Ich hoffe, dass ich ihnen allen die Gründe für meine Maßnahmen so erklären kann, dass sie mein Vorgehen verstehen und es nachträglich akzeptieren.« Nach diesen Worten richtete er sich wieder hoch und wandte sich seinem marsianischen Freund zu. »Erzähl weiter. Gibt es schon einen Termin für den Aufstand und weißt du, wie er ablaufen soll?«

»Der Zeitpunkt steht noch nicht genau fest. Wahrscheinlich wird er ganz kurzfristig und unter größter Geheimhaltung angesetzt, um auf diese Weise das Risiko so gering wie möglich zu halten, dass Informationen durchsickern und in falsche Hände geraten.«

Xutl blickte Nick, André und den Professor noch ernster an, dann setzte er seinen Bericht mit leiser Stimme fort. »Der Ablauf ist raffiniert durchdacht und gibt kaum eine Chance zur Gegenwehr. An einem bestimmten Tag sollen die Zentralen und Transmitterräume aller drei Schiffe gleichzeitig besetzt und die diensthabende Crew mit Hypnosestrahlen gefügig gemacht werden, dann will Banks die gesamte Besatzung über Konferenzschaltung davon überzeugen, dass die Expedition eine neue Leitung braucht. Als obersten Kommandanten und Expeditionschef will Gordon Banks sich selbst einsetzen, für die Leitung der *Delcano* Alfredo Rossi, die Leitung der *Wilberforce* soll der Antriebsspezialist Samuel McGyver übernehmen und die *Lascasas* Banks selbst. Der Angriff auf die Zentralen soll mit Energieschutzschirm und Deflektor erfolgen. Damit haben die Meuterer die Überraschung auf ihrer Seite, die Hypnosestrahlen tun das Ihrige. Ihr wisst auch, dass es sich bei dieser Strahlenart um mentale Schwingungen handelt, die jeden Schirm durchdringen, so dass ein Schutz des Personals durch aktivierte Energieschirme nicht möglich ist, ebenso wenig sind wir in der Lage, die Angreifer mit einer besonderen Vorrichtung sichtbar zu machen, weil die Schlüsselfrequenz dafür noch nicht gefunden wurde, um das abgeleitete Licht in der richtigen Kombination wieder zusammenzuführen, damit es für das Auge wieder sichtbar wird. Der Gegner ist also so gut wie unangreifbar, zumal er plant, auch die Kontrolle über die Transmitterräume zu übernehmen. Banks selber will sich zum Zeitpunkt des Überfalls aus Sicherheitsgründen mit dem Vorwand von Unpässlichkeit in seine Kabine zurückziehen und nach erfolgreichem Abschluss der Aktion zu den Schiffsbesatzungen sprechen. Er ist davon überzeugt, die Mehrheit durch die bekannten Vorwürfe auf seine Seite zu ziehen. Die alte Schiffsleitung, also wir, sowie unsere Freunde und alle, die nicht mit der neuen Leitung zusammenarbeiten wollen, sollen in einem speziell noch zu installierenden Gefängnis bis zu unserer Rückkehr sicher verwahrt und dann gerichtlich zur Verantwortung gezogen werden.«

André Coomb schüttelte verständnislos den Kopf und zog die Brauen weit in die Stirn, seine Gesichtszüge verspannten sich. »Das ist doch absolut kurzsichtig. Meint dieser Banks denn wirklich, dass er damit vor einem irdischen Gericht bestehen kann?«

»Das ist typisch für alle Fanatiker, die entgegen jeglicher Vernunft von sich und ihren Zielen überzeugt sind«, legte Raskin seine Einschätzung der Lage dar.

Nick wurde ungeduldig. »Wir sollten uns dringend überlegen, was wir gegen diese Attacke unternehmen können.«

Xutl pflichtete bei. »Wir müssen unbedingt verhindern, dass die Zentralen und Transmitterräume besetzt werden. Wer die kontrolliert, hat Macht über das ganze Schiff.«

»Unser Vorteil ist aber: Banks und seine Leute wissen nicht, dass wir über ihre Pläne informiert sind«, bemerkte André Coomb.

»Und das muss auch um jeden Preis so bleiben«, ergänzte Nick. »Die Augen und Ohren unserer Gegner scheinen überall gegenwärtig zu sein. Ich werde Rossi per Zettelpost signalisieren, dass wir an der Sache dran sind und nur im Notfall Nachrichten von ihm brauchen, zum Beispiel, wann Banks losschlagen will. Mit Rossi wäre ein weiterer Austausch von Informationen zu riskant, und letzten Endes darf auch der Rest der Besatzung nicht eingeweiht werden.«

Xutl sah ihn forschend an. »Alles schön und gut. Aber damit haben wir noch kein Konzept zur Gegenwehr. Banks‘ Plan scheint perfekt und wir können den Rebellen mit unseren Waffen kaum beikommen.«

»Die Zentrale abzuriegeln, sodass man von außen keinen Zutritt hat, ist wohl nicht möglich?«, wollte sich Coomb vergewissern.

Nick bestätigte. »So ist es. Ich erinnere dich daran, dass jedes Besatzungsmitglied über den Entriegelungscode verfügt und sich damit Zutritt zur Zentrale verschaffen kann. Diese Schutzmaßnahme soll verhindern, dass sich jemand in der Zentrale einkapselt und das Raumschiff über einem Planeten zum Absturz bringt, wie es im letzten Jahrhundert selbstmörderische Piloten mit Flugzeugen getan haben.«

Plötzlich schnippte Professor Raskin mit seinen Fingern. »Ich hab's!«, rief er triumphierend aus und sein Oberlippenbart zuckte dabei auf und ab. »Wir müssen die Meuterer mit ihren eigenen Waffen schlagen. Hört zu, welcher Einfall mir gekommen ist.«

Gordon Banks stützte sich mit beiden Ellenbogen schwerfällig auf das Armaturenbrett und atmete tief durch.

André Coomb wusste Bescheid. Jetzt war die entscheidende Stunde gekommen, auf die sie durch eine geheime Botschaft Rossis seit zwei Tagen vorbereitet waren. Die *Lascasas* hatte in der Zwischenzeit zusammen mit der *Wilberforce* ihre Stellung in der Nähe der Hauptstadt von *Colour* eingenommen, um von dort den weiteren Aufbau der geplanten Kolonie und das *Colour Restitutionsprojekt** effektiver zu koordinieren, Nick befand sich dagegen mit der *Delcano* noch im Orbit - für alle Fälle.

»Ist Ihnen nicht gut?«, fragte Coomb seinen Stellvertreter mit gespielter Fürsorge.

»Ich hab' eine Magenverstimmung. Mir ist übel und schwindelig.« Er hielt sich mit beiden Händen seinen Unterleib und krümmte sich gegen die Schalttafel.

»Dann gehen Sie am besten in ihre Kabine und erholen Sie sich. Zurzeit ist ohnehin nur Routinedienst angesagt und da kann jeder mal abkömmlich sein.«

»Danke, das ist ein guter Vorschlag!« Schwerfällig erhob sich der stellvertretende Kapitän der *Lascasas* von seinem Platz und wankte zum Zentralenschott.

»Soll ich einen Sanibot[5] ordern?«

Gordon Banks winkte ab. »Danke, nicht nötig! Den kurzen Weg schaffe ich schon alleine! Bitte sorgen Sie dafür, dass ich ungestört bleibe, ich muss dringend eine Runde schlafen!«

Coomb nickte. »Das geht klar. Wenn Sie Hilfe benötigen, dann melden Sie sich einfach. Ich wünsche Ihnen eine gute Besserung!«

»Danke!«

Der zweite Mann der *Lascasas* kämpfte sich mit gespielter Mühe durch die Schottöffnung - zur selben Zeit betätigte Coomb auf seinem Armaturenbrett einen neu installierten Schalter.

Als Banks den Zugang zur Zentrale geschlossen hatte, wollte er seinen Weg mit schnellen Schritten wieder aufnehmen.

Stopp!!

Er blieb abrupt stehen.

Es gibt über dem Eingang Überwachungskameras. Wenn mich einer so forsch gehen sieht, wird er Verdacht schöpfen.

Mit schweren Schritten den Gang entlangwankend und mühsam das Gleichgewicht haltend, setzte er nun den Weg zu seiner Kabine weiter fort. Dabei kreisten seine Gedanken fortwährend um den bevorstehenden Angriff. Hatte er alles richtig geplant oder hätte er vielleicht doch in der Zentrale bleiben sollen, um den Überfall zu unterstützen? Quälende Zweifel, penetrant und

5 Sanitätsroboter mit Krankenbahre

zermürbend, nagten an seinem Selbstbewusstsein und dämpften die sonst immer offen zur Schau getragene arrogante Sicherheit.

Er versuchte, sich selbst zu beruhigen.

Und dann schoss ihm durch den Kopf: *Wenn die Aktion wider Erwarten schieflaufen sollte, brauche ich Zeit und einen ausreichenden Vorsprung für die Flucht.*

Nein, er hatte richtig gehandelt. Alles war gut vorbereitet. Dies war auf jeden Fall die bessere Entscheidung.

Gordon Banks hielt in seinen Überlegungen einen Augenblick inne, dann kamen ihm neue Gedanken: *Eigentlich wollte ich den Spaß von meiner Kabine aus mitverfolgen, aber die anschließende Konferenzschaltung live aus dem Kommunikationszentrum ist offizieller und damit wirkungsvoller als aus meinem privaten Zimmer. Ich werde also nicht in meine Kabine gehen.*

Aber kaum zu Ende gedacht, durchfuhr ihn ein eisiger Schreck.

Halt, so einfach geht das nicht. Wenn mich jemand beobachtet … Ich muss die Überwachungskamera überlisten.

Er dachte einen Augenblick intensiv nach, dann hellte sein Gesicht auf. Ihm war eine gute Idee gekommen …

Nur kurz verschwand er in seiner Kabine, ließ aber die Tür geöffnet, die sich wenig später endgültig schloss. Für einen uneingeweihten Beobachter hätte es so ausgesehen, als habe er die Tür erst in die Arretierung gezogen, als er sich bereits in seinem Appartement aufhielt, aber was keine Kamera sichtbar machen konnte: Im Schutz des Deflektorfeldes hatte Banks seine Kabine gleich nach dem Betreten wieder verlassen und die Tür von außen geschlossen.

Unsichtbar und quicklebendig eilte er jetzt durch die verzweigten Gänge der *Lascasas* und machte erst vor der Kommunikationszentrale wieder Halt. Eine kurze Knopfbedienung, eine Schiebetür ging zur Seite und Banks trat ein.

Hoffentlich hat das niemand beobachtet.

Der Raum war nicht besetzt.

Umso besser.

Er aktivierte den Bildschirm für den Live-Stream direkt aus der Zentrale, damit er alle Ereignisse in der Schaltstelle der *Lascasas* zeitgleich mitverfolgen konnte, dann fuhr er mit einem weiteren Tastendruck das Konferenzmodul einschließlich Sendefunktion hoch, versetzte beides aber sofort in den Stand by-Modus. Jetzt konnte niemand bemerken, dass die Anlage aktiviert war. Banks verharrte noch einige Sekunden in meditativer Versenkung, konzentrierte sich auf sein Statement, das er nach der erfolgreichen Übernahme an alle drei Schiffsbesatzungen abgeben wollte, und betätigte sogleich den Signalknopf auf seinem Havi. Sechzehn Männer und drei Frauen waren einsatzbereit und hatten auf dieses Zeichen gewartet. Jetzt konnte es losgehen. Die nächsten Minuten würden alles entscheiden.

Die Überwachungskameras hatten niemanden vor der Zentrale registriert, trotzdem öffnete sich wie von Geisterhand das Schott. Es war soweit. Der Angriff der Rebellen stand unmittelbar bevor. Jetzt musste sich zeigen, ob die getroffenen Abwehrmaßnahmen Erfolg haben würden.

Und dann geschah es! Die Unsichtbaren wollten gerade ihre Pistolen für ihren Hypnoseangriff betätigen, als aus der Decke unsichtbare Strahlen auf sie schossen. Unvermittelt verharrten sie in ihrer Bewegung.

»Hypnosestrahler nicht benutzen! Deflektor deaktivieren!«,

befahl Coomb und grinste. Die durch das Öffnen des Schotts automatisch ausgelösten Deckenstrahler hatten ihre Wirkung nicht verfehlt. Zwei Männer und eine Frau wurden sichtbar, die Coomb und seine unvorbereiteten und völlig überraschten Crewmitglieder ohne innere Regung mit ausdrucklosen Gesichtern anstarrten. Die Strahler ruhten noch in ihren Händen, aber die Arme hingen schlaff herab. Von diesen Leuten ging keine Gefahr mehr aus.

»Waffen auf den Boden werfen!«, befahl der Kapitän weiter. Die Rebellen gehorchten aufs Wort. Der Aufstand war im Keim erstickt - mit List zurückgeschlagen, bevor er überhaupt richtig begonnen hatte. Gleichzeitig meldete Sven Lennen aus dem Transmitterraum mit gelassener Stimme, dass auch dort die Situation unter Kontrolle sei.

Coomb stürzte an die Bordsprechanlage und kontaktierte die Einsatzzentrale. »Drei S-Leute zu Festnahmen in den Transmitterraum, drei zu mir in die Zentrale und in Banks‘ Kabine. Es hat an Bord eine Revolte gegeben. Banks war ihr Kopf. Aber vorsichtig, er ist bewaffnet!«

In diesem Augenblick meldete sich Nick. »Alles ok, André?«

»Ja, bei euch auch?«

»Bei uns auch! Und auch auf der *Wilberforce*. Die Rebellen sind besiegt.«

»Es fehlt nur noch Banks. Er wird gerade in seiner Kabine verhaftet.«

»Prima! Ich bereite eine Konferenzschaltung vor, um die Besatzungen über den Aufstand zu informieren.«

»Ja, es wird Zeit, darüber aufzuklären. Die Geheimhaltung muss jetzt ein Ende haben.«

In diesem Augenblick meldete sich ein S-Mann. »Gordon Banks ist nicht in seiner Kabine!«

»Verflucht!«, schimpfte André Coomb.

»Wir erwarten Ihre Befehle!««, drängte der S-Mann.

»Banks wird versuchen zu entkommen. Alle Hangars blockieren!«

»Zu Befehl, Sir!«

Aber es war schon zu spät.

Als seine Leute in der Zentrale sichtbar wurden, erkannte Banks blitzartig, dass der Aufstand gescheitert war, und reagierte sofort. Wie von einer Tarantel gestochen schnellte er von seinem Sitz in die Höhe, hatte in Sekundenschnelle die Kommunikationszentrale hinter sich gelassen und gelangte im Schutz seines Deflektorfeldes innerhalb weniger Minuten unbemerkt zum nahen Hangar. Problemlos verschaffte er sich Zutritt zu einem der Raumboote, die für den Katastrophenfall immer zum sofortigen Start bereitstanden, stürzte sich auf die Kontrollen, aktivierte den Öffnungsmechanismus der Hangarschleuse und Sekunden später glitt das Boot mit Antigrav aus dem Sternenschiff, um über der *Colour*-Metropole schnell an Höhe zu gewinnen.

»Boot X-1 hat ohne Starterlaubnis das Schiff verlassen!«, tönte Leslie Browns erregte Stimme durch die Zentrale. »Was ist hier überhaupt los? Ich kapiere gar nichts mehr!«

»Erklärung später!«, rief Coomb zurück und stellte eine Verbindung zur waffentechnischen Abteilung her. »Hier Zentrale! Boot X-1 entfernt sich von der *Lascasas*! Versuchen Sie, es mit Traktorstrahlen wieder einzufangen!«

»Zu Befehl, Sir!«

Es dauerte nur wenige Sekunden, als ein grellgelber Blitz aus der *Lascasas* dem Raumboot entgegenschoss und es mit reflektierendem Leuchten wie eine wärmende Decke umhüllte.

»Geschafft!«, freute sich Coomb. »Jetzt ziehen Sie das Boot zurück und setzen Sie es auf dem Brachland neben der *Lascasas* auf!«

Der Einsatzzentrale für Sicherheit meldete er: »Gleich landet die X-1 auf der Freifläche neben unserem Schiff. Sofort zehn S-Leute zum Raumboot. Sie sollen Hypnosestrahlen einsetzen und Banks gefangen nehmen!«

»Wird gemacht, Coomb!«

Aber in diesem Augenblick meldete der Offizier für Raumüberwachung: »X-1 verschwunden!«

»Wie bitte?«

Fassungslos starrte André auf den Bildschirm. Brown hatte recht. Die optische Erfassung zeigte nur noch einen wabernden Lichtball ohne Inhalt.

Wie ein Schlag in den Magen traf ihn die bittere Erkenntnis: Gordon Banks war mit Überlicht entkommen. Jetzt gab es keine Möglichkeit mehr, ihn aufzuspüren. Enttäuscht wandte er sich vom Bildschirm wieder ab.

»Nimm's nicht so tragisch!«, versuchte Nick ihn zu trösten. »Du hast deine Sache gut gemacht. Hauptsache, die Rebellion wurde niedergeschlagen. Ich schätze, mit der Flucht wird Banks bei seinen Leuten gründlich verspielt haben.«

»Danke, Nick, das hilft mir, aber der Verlust des Raumbootes trifft uns schon hart. Das könnte uns eines Tages mal sehr fehlen.«

Wenige Minuten später waren alle Meuterer festgenommen und Nick wollte gerade über den Bordsender eine Erklärung zu den Ereignissen geben, als der Notruf von Gordon Banks die Sternenschiffe erreichte.

Kapitel 2
In der Progerie-Falle

Die *Delcano* ging in eine Kreisbahn um den dritten Planeten eines Sterns der Spektralklasse A mit zweifacher Sonnengröße. Auf dem Panoramaschirm leuchtete ihnen eine wolkenverhangene Welt milchig-weiß entgegen.

Nick hatte nach Gordon Banks' SOS-Ruf ohne zu zögern den Standort des Senders ermitteln lassen und Raskin angewiesen, die Zielvektoren in die Überlichtelektronik zu geben. Schon einige Minuten später waren die Berechnungen abgeschlossen und der Sprung durch den Hyperraum konnte erfolgen.

Aber war es überhaupt richtig, mit dem Flaggschiff und einem Großteil seiner Besatzung ein Rettungsmanöver einzuleiten, dessen Ausgang alles andere als sicher erschien? Und hatten nicht gerade Entscheidungen dieser Art zu Unmut und Verdrossenheit unter den Mannschaften geführt? Nick wälzte schwere Probleme in seinem Innern, aber keine Lösung erschien ihm wirklich befriedigend. Die Rettung von Leben empfand er nach wie vor als oberste Priorität, aber er trug auch die Verantwortung für seine Mannschaft. Keiner wusste, was Banks widerfahren war und auf welches Risiko er sich mit dieser Aktion eingelassen hatte.

»Raumboot X-1 erfasst, 47 Grad voraus, Entfernung 10 000 Kilometer«, meldete Mario Gonzales und holte Nick aus seinen selbstanklagenden Überlegungen zurück. »Ich lege die Aufnahme auf den Hauptbildschirm.«

Augenblicke später erschien vor Nicks Augen ein kleiner, leuchtender Fleck, der sich weder entfernte noch näherte. Offenbar bewegte er sich mit derselben Geschwindigkeit wie die *Delcano* und hatte auch die gleiche Richtung eingeschlagen.

»Stellen Sie auf Vergrößerung!«

Es war tatsächlich das Beiboot, aber ohne erkennbaren äußeren Schaden. Warum hatte Banks bloß SOS gefunkt?

»Nehmen Sie Funkkontakt auf, Tauber!«, ordnete Nick an.

»Schon geschehen!«, rief der Schwede zurück. »Es meldet sich keiner!«

»Versuchen Sie es weiter!«

Nick wollte gerade die Bordsprechanlage aktivieren, um eine Anweisung an die technische Leitzentrale und den Transmitterraum zu geben, als er unvermittelt zusammenzuckte. Was war das? Warum fühlten sich seine Arme auf einmal so schwer an und woher kamen die plötzlichen Schmerzen in den Gelenken? Irritiert blickte er auf seine Hände und erschrak. Die Haut war fleckig und faltig geworden. Mit wachsender Besorgnis registrierte er, dass sein Körper eine unheimliche, unerklärbare Veränderung vollzog. Er versuchte sich aufzurichten. Es gelang ihm nur mit größter Mühe. Er fühlte sich erschöpft wie nach einem langen Marsch durch Dschungel und unwegsames Gelände.

Ein vorsichtiger Blick zu den anderen bestätigte ihn in seiner Gewissheit, dass irgendetwas nicht stimmen konnte. Alle kämpften mit denselben Symptomen. Mario sah ihn aus trüben, glasigen Augen an, sein Gesicht erschien faltig und runzelig, die Haarpracht auf seinem Kopf war sichtbar gelichtet, die schwarzen Locken ergraut. Chau Yong hatte sich in eine alte Dame verwandelt, die sich schwerfällig an seiner Lehne abstützte und tränenüberströmt ein mitleiderregendes Schluchzen anstimmte.

»Ich fühle mich so elend!«, jammerte sie und vergrub ihre zitternden Hände in einem faltigen Gesicht.

Dann krächzte Mario Gonzales mit gebrochener Stimme: »Was ist mit mir los? Ich fühle mich alt, schlaff und kann auf dem Bildschirm nichts mehr erkennen. Mein Sehvermögen ...«

Weiter kam er nicht, er sank auf seinem Sessel zusammen.

»Hier Technik«, meldete sich Iwanow mühsam und müde. »Bei mir ... sind alle ... zusammengebrochen. Sehen ... furchtbar ... alt aus. Wir ... sind ... am Ende!«

»Bei uns ... nicht anders!«, bellte Nick zurück und nahm mit einer fahrigen Bewegung Kontakt zu Professor Raskin auf.

»Professor, was ... ist ... los?« Seine Stimme wurde immer schwächer und drohte jeden Augenblick zu ersterben.

Raskins Antwort kam leise, kaum vernehmbar und nur in Fragmenten: »Alterungsprozess ... beschleunigt ... andere Physik ... Strahlung ... letzte Rettung ... Flucht!«

Nick brauchte viel zu lange, um die Wortfetzen des Professors in einen logischen Zusammenhang zu bringen, aber dann dämmerte es ihm:

Flucht!, schoss es knochenhart durch seine matten Sinne. Sie mussten fort, bevor es zu spät war. So schnell wie möglich! Aber wie? Fieberhaft suchte er in seinem Gedächtnis nach einem Weg. Wo hatte er das nur abgespeichert?

Dann kam ihm die Erinnerung:

Überlicht! Blindsprung! -

Überlicht? Wie ging das noch ...

Verzweifelt überlegte er, mit welchen Schaltvorgängen er einen Hypersprung in die Transitionsautomatik einprogrammieren konnte. Aber in seinem Kopf war alles leer. Es gelang ihm nicht, sein Wissen um die Lenkung des Sternenschiffes zu aktivieren. Die Speicherzellen versagten ihm den Dienst. Hilflos starrte er auf Messanzeiger und Displays.

Welche Funktion haben die vielen Kontrollleuchten? Was sollen die Knöpfe und Schalter? Und dann diese Balken und Kreise auf den schimmernden Flächen - welchen Sinn erfüllen sie?

Er hatte die Kontrolle über sich und das Schiff verloren. Chau Yong und alle anderen in der Zentrale waren bereits kollabiert und lagen ohne Besinnung wie hingeworfen auf dem Boden der Zentrale. Greisenhafte Gesichter boten sich leer und leblos seinen bekümmerten Blicken dar. Schleier erschwerten die Sicht, sein Augenlicht brach. Ein letzter Versuch, sich von seinem Platz zu erheben, ein Kraftakt ohnegleichen gegen das scheinbar unabwendbare Schicksal, dann versagten ihm Arme und Beine den Dienst und der Weltraumpionier Nick Steel stürzte benommen auf die blanke Bodenfläche, wo er neben seinem Sessel regungslos liegen blieb.

Währenddessen setzte die *Delcano* ihre Bahn um den Planeten mit unverminderter Geschwindigkeit fort.

Werden Leblose wieder lebendig? Kann neues Leben zurückkehren in verfallene Leiber? Weiß die Natur einen Weg zurück in die lebendige Welt? Kann ein Wunder neues Leben bewirken?

Die menschliche Vernunft sagt: Nein!

Was tot ist, ist tot, Verwelktes ist verwelkt, Verbrauchtes verbraucht.

Aber das Unglaubliche geschah!!

Lebloses begann sich zu regen, Verfallenes feierte Auferstehung, Totes triumphierte und verlorene Energie kam kräfteerneuernd zügig zurück in Körper und Geist.

Nick blinzelte benommen in das künstliche Licht der Deckenbeleuchtung und versuchte, sich aufzurichten. Es fiel ihm noch schwer, aber in seinen ermüdeten Gliedern spürte er neues Leben.

Was ist passiert? - Nicks Gedanken formten eine quälende Frage, die aber unbeantwortet in den unergründlichen Tiefen seines angeschlagenen Bewusstseins verhallte. Kein Verstehen. Unsicher blickte er sich um, versuchte, sich zu erinnern. Andere standen neben ihm, gerade mühsam wieder aufgerichtet, schauten sich fragend an.

Gesichter!, durchfuhr es Nick schlagartig. Und dann sah er vor seinem inneren Auge faltige Hautflächen, Altersflecken, trübe Augen, gelichteten Haarwuchs, ergraute Strähnen.

Und die Erinnerung kam, füllte sein Gedächtnis wie ein zur Seite geschobener Vorhang, der ihm den Blick wieder freigab auf Vergangenes und Vergessenes.

Es musste ein Alterungsprozess gewesen sein, dem sie unterlegen waren und der ihnen das Handeln und Denken genommen hatte. Dann war ihm schwarz vor Augen. So stellte er sich das Sterben vor - aber sie lebten. Irgendetwas hatte sich wieder verändert, musste das Verhängnis abgewendet und den verhängnisvollen Vorgang wieder umgekehrt haben.

Er betrachtete seine Hände, dann die Gesichter der anderen. Falten hatten sich zurückgebildet, Hautflächen waren nicht mehr zerknittert und grau, sondern glatt und geschmeidig. Seltsam. Alles sah wieder normal aus. Ein Blick auf den Panoramaschirm zeigte, dass die *Delcano* sich noch immer im Orbit befand. Auf die Automatik des Sternenschiffes konnte er sich verlassen. Dann wurde er mit tausend Fragen bombardiert - von der Crew in der Zentrale und aus vielen Stationen über die Bordsprechanlage.

»Was ist passiert?«

»Wo sind wir?«

»Wurden wir angegriffen?«

»Waren wir tot?«

Professor Raskins Gesicht erschien auf dem großen Bildschirm. Sofort verstummte das Stimmengewirr.

»Meine Damen und Herren, ich bitte um Ihre Aufmerksamkeit. Wir alle haben ein schreckliches Erlebnis hinter uns, für dessen Ursache ich momentan noch keine Erklärung habe, aber was ich vermute, möchte ich Ihnen mitteilen.«

Er unterbrach sich für einen kurzen Augenblick, hustete und begann mit seiner Erklärung: »Wir müssen in ein Strahlungsfeld geraten sein, das unseren Alterungsprozess beschleunigt hat. Wir kennen dieses Phänomen auf der Erde als eine sehr seltene Krankheit mit dem Namen *Progerie*, umgangssprachlich auch *Frühvergreisung* genannt. Diese Erkrankung ist genetisch bedingt und bis heute nicht heilbar. Sie entsteht durch Defekte bei der Zellteilung. Das Gewebe erneuert sich nicht mehr und die Organe stellen ihren Dienst ein, was den Tod der betroffenen Person zur Folge hat. Das ist übrigens derselbe Vorgang, der auch als Ursache für den natürlichen Alterungsprozess auftritt, nur, dass er bei der Progerie um ein Vielfaches schneller verläuft als bei einem gesunden Menschen. Kinder, die daran erkranken, vergreisen im Zeitraffertempo und haben eine durchschnittliche Lebenserwartung von nur 14 bis 15 Jahren. Durch die Strahlung bedingt, in die wir hineingeraten sind, vollzog sich bei uns der Alterungsprozess ebenfalls in einem unnatürlich hohen Tempo. Wir waren - wie Sie ja alle selbst erfahren haben - schon nach wenigen Minuten extrem gealtert und kaum noch lebensfähig.«

Nick wollte es noch genauer wissen. »Und wie erklären Sie

sich, dass wir plötzlich wieder lebendig waren und der Alterungsprozess offenbar gestoppt und sogar umgekehrt wurde?«

»Ich kann mir nur vorstellen,« erwiderte der Professor, »dass wir die Alterungs-Zone wieder verlassen haben und jetzt einer umgepolten Strahlung ausgesetzt waren, die einen rückläufigen Prozess, sozusagen eine Verjüngungskur, eingeleitet hat.«

»Das war aber noch gerade rechtzeitig vor dem endgültigen Exitus«, bemerkte Nick.

»Möglich«, spekulierte Raskin, »es kommt da ganz auf die Natur dieses Phänomens an. Wie Sie sich sicher erinnern können, ist uns eine Alterung im Zeitraffertempo nicht unbekannt. Vor einigen Jahren war ein Forschungsschiff in der Andromeda-Galaxis auf dem zweiten Planeten der Sonne Alpha-938 in eine Zeitschleife geraten, in der die Spanne von nur einer Minute Hunderten von Jahren in unserem Zeitkontinuum entspricht. Die Folge war eine beschleunigte Alterung der Mannschaft binnen kürzester Zeit. Nur Skelette kamen damals zur Erde zurück.«[6]

»So war es«, bestätigte Nick traurig. »Der Planet wurde von der Weltraum-Behörde anschließend zur Tabu-Zone erklärt. Aber was hat das mit uns zu tun?«

»Nun, wir haben mehr Glück gehabt als die Mannschaft des Unglücksraumers, denn augenscheinlich sind wir in ein Umkehrfeld geraten, in dem sich der Prozess wieder rückwärts vollzog. Möglicherweise sind wir sogar schon tot oder zumindest nahe dran gewesen und dann wieder lebendig geworden.«

»Das ist mir zu hoch!«, stöhnte Rossi.

Raskin nickte: »Ja, es geht über unser Begriffsvermögen,

6 Siehe Nick Piccolo-Doppelband „Das Zeiträtsel“ / „Ma-Sols Wahn“, Beilage zu Knigge „Der Griff nach den Sternen“, becker-illustrators aber rückwärtslaufende Prozesse müssen physikalischen Gesetzen nicht zwingend widersprechen, man hat sie allerdings bisher nur als rein theoretische Modellvorstellung betrachtet und nie für eine realistische Möglichkeit gehalten.«

»Danke Professor!«, beendete Nick den Dialog. Dann wandte er sich wieder an die Allgemeinheit: »Meine Damen und Herren, die Übertragung ist hiermit beendet. Wir werden uns jetzt um Gordon Banks kümmern.«

Plötzlich ein entsetzter Aufschrei der Thailänderin Sivaporn Ruenkam: »Khun Pho Nick, Commander! Ihr Gesicht ... Sie sehen plötzlich viel jünger aus!« Als Masseurin und trainierte Beobachterin war sie es gewohnt, Veränderungen auf der Haut und am Gewebe schnell und sicher zu erkennen und hatte sie bei Nick als Erste entdeckt.

Aufgeregtes Gemurmel, panikartige Reaktionen. Auch die anderen bemerkten jetzt, dass mit ihnen etwas nicht stimmte.

»Natürlich!«, rief Nick, »das ist doch logisch! Warum fällt mir das jetzt erst ein? Der Alterungsprozess ist ins Gegenteil verkehrt. Wir befinden uns in einer Phase der Verjüngung!«

In diesem Augenblick tönte Raskins Stimme durch die Bordsprechanlage. »Beisteuern! Sofort beisteuern und zurück in die Alterungs-Zone, um die Verjüngung zu kompensieren. Der Prozess hat bedrückend schnell an Fahrt aufgenommen und verläuft jetzt deutlich schneller als die Alterung.«

»Das ist ja der helle Wahnsinn!« Nick hechtete mit einem Riesensatz an die Kontrollen und stoppte das Raumschiff, dann ging er auf Gegenkurs, aber das Tempo des unheimlichen Vorgangs steigerte sich exponentiell. Die jüngeren Crew-Mitglieder sahen bereits wie Jugendliche aus und hockten hilflos vor ihren Geräten. Auch Nick wusste plötzlich nicht mehr, was er mit den Schaltern und Hebeln anfangen sollte. Nicht nur sein körperlicher, auch sein geistiger Zustand hatte sich innerhalb kürzester Zeit zurückentwickelt, und der Prozess nahm an Tempo weiter zu.

»Helfen Sie mir, Professor!«

»Beschleunigen Sie das Schiff mit der roten Taste gleich links neben dem Schirm direkt vor Ihnen, Sie sehen ihn schon: Es ist der mit den springenden Balken!« Er hatte für den jungen Nick den Schaltvorgang mit einfachen Worten erklärt.

Der Angesprochene begann fieberhaft zu suchen, fand das Display mit den leuchtenden, dicken Strichen, die in einer ständigen Auf- und Abwärtsbewegung die aktuelle Funktion der Antriebsaggregate anzeigten, fokussierte den roten Button links daneben, presste ihn und erhöhte die Geschwindigkeit des Schiffes.

Die *Delcano* vollzog einen mächtigen Satz nach vorne und schoss, wie von Nick programmiert, in die entgegengesetzte Richtung. Kurze Zeit später kehrte das alte Wissen um die Bedienung zurück. Der Verjüngungsprozess war gestoppt. Nick atmete tief durch, aber dann erkannte er mit Schrecken, dass sie wieder älter wurden.

Raskins lächelndes Gesicht erschien auf dem Bordmonitor. »Das war knapp«, stellte er nüchtern fest. »Zum Glück bin ich etwas älter als Sie und mein Geist für die Bedienung des Schiffes war noch klar, aber jetzt müssen wir schnell gegenlenken, damit wir nicht wieder an Altersschwäche zugrunde gehen. Unser Ziel muss es sein, eine Gleichgewichtszone zu erreichen, in der sich Alterung und Verjüngung gegenseitig aufheben, und dort müssen wir die Position der *Delcano* fixieren.«

»Ich verstehe«, nickte der inzwischen wieder älter gewordene Kommandant und nahm schnell die notwendigen Handgriffe auf seiner Schalttafel vor. »Das ist so ähnlich wie mit der

Zwielichtzone auf dem Merkur, wo die ewige Weltraumkälte der sonnenabgewandten Seite und die Gluthitze der sonnenzugewandten aufeinandertreffen und sich gegenseitig kompensieren, sodass in diesem schmalen Streifen die Temperaturen relativ moderat sind. Aber wie können wir sicher sein, dass wir eine Gleichgewichtszone erreicht haben? Ich kann doch nicht ununterbrochen mal in die eine und mal in die andere Richtung steuern.«

»Ich werde eine Analyse der uns umgebenden Strahlungsfelder vornehmen und hoffe, dass wir dann Aufschluss über die verschiedenen Zonen bekommen.«

»Wie lange schätzen Sie, wird das brauchen?«, erkundigte sich Nick etwas unsicher und strich sich mit der Hand nervös über seinen Bürstenhaarschnitt.

»Sie müssen mit den Manövern etwas durchhalten. Unsere Computer brauchen mindestens dreißig Minuten, um die Messergebnisse auszuwerten«, prognostizierte Raskin.

»Ok, ok, aber nach welchen Kriterien kann ich mich orientieren, damit wir nicht zu weit in die eine oder in die andere Zone geraten?«

»Machen Sie es intuitiv!«

Eine bessere Antwort wusste Raskin nicht, dann gab er noch den guten Rat: »Beruhigen Sie in der Zwischenzeit auch die Mannschaft!«

»Danke, Professor. Ich werde mein Bestes geben. Also: auf zum fröhlichen Pendelflug!«

Raskin schmunzelte. Auch in gefährlichen Situationen konnte Nick mit seinem Galgenhumor die größte Spannung etwas abbauen.

Eine knappe halbe Stunde später meldete sich der Professor zurück. »Wir sind zu einem brauchbaren Ergebnis gekommen. Die Messgeräte haben eine hochfrequente elektromagnetische Strahlung mit hyperenergetischen Anteilen ausgemacht, die an unser Kontinuum adaptiert sind. Das ist eine Anomalie, für die selbst ich keine Erklärung habe. Des Weiteren konnte eruiert werden, dass diese Strahlung ihren Ursprung in der Sonne hat und sich in bipolare Felder differenziert, die sich fächerförmig um das Zentralgestirn gelagert haben. Genau das sind offenbar die Verjüngungs- und Alterungszonen, und diese Zonen scheinen sich in schneller Folge abzuwechseln. Der Planet kommt auf seiner Umlaufbahn immer wieder in einen anderen Bereich. Eine Fixierung unseres Standorts ist also unumgänglich. Wir werden dazu den Orbit verlassen müssen und uns in den freien Raum zurückziehen.«

»Das leuchtet ein, aber was machen wir mit Banks?«

»Der Kurs von X-1 ist gespeichert. Wir können jederzeit die Koordinaten berechnen und in das Boot teleportieren, um uns Banks zu holen und das Raumboot so zu programmieren, dass es eine Position ansteuert, wo wir es wieder sicher benutzen können, ohne ein Greis oder ein Baby zu werden.« Er strich sich mit seiner rechten Hand über den Schnauzbart, dann erklärte er: »Ich habe aufgrund der bereits vorgenommenen Manöver die Konstellation der Zonen in den Bordcomputer gegeben. Die für uns günstigste Position in der nächstgelegenen Kompensationszone wird gerade berechnet. Das Ergebnis wird wegen der geringen Datenlage natürlich nur ein Provisorium darstellen, aber es dürfte reichen, um eine fixe Position in dem betreffenden Raumsektor mit R4 oder besser per Hypersprung einzunehmen. Vorher müssen wir aber noch zu unserem wirklichen biologischen Alter zurückkehren.«

»Wie wollen Sie das machen, Professor?«

»Ganz einfach, Nick. Wir brauchen nur zwei Daten zu synchronisieren: Zum einen unser natürliches biologisches Alter, das vor Expeditionsbeginn im Bordcomputer gespeichert wurde und gemäß der fortschreitenden Zeit immer neu berechnet wird, und zum anderen unser augenblickliches biologisches Alter, das aus unserer Aufenthaltsdauer in den verschiedenen Zonen dieses Sonnensystems resultiert. Ich werde jetzt eine Messsonde an meinen Körper legen, die mein biologisches Alter des aktuellen körperlichen Zustandes in dieser Zone ermittelt. Wir schwenken mit dem Schiff dann so lange hin und her, verjüngen uns und machen uns dann wieder älter, bis die gespeicherten Computerdaten und die durch die Sonde aktuell ermittelten Messwerte unseres augenblicklichen Zustandes übereinstimmen, dann habe ich wieder mein wirkliches Alter erreicht, und was für mich gilt, das gilt natürlich auch für alle anderen.«

Nick lächelte anerkennend. »Herr Professor, Sie sind mal wieder genial!«

»Danke für die Blumen. Und jetzt an die Arbeit!«

»Bäääh!« »Bäääh!« »Bäääh!«

Der Fernsehroboter übertrug Babygeschrei. Wenig später sah man auf dem Bildschirm einen hilflos im Overall einer erwachsenen Person strampelnden Säugling. Sein Kopf ragte aus der Kragenöffnung, der Stoff des einteiligen Raumanzugs beulte in unregelmäßigen Abständen aus. Es schien, als wollten Füßchen und Händchen sich einen Weg ins Freie treten.

Heiteres Lachen in der Zentrale. Die *Delcano* hatte eine sichere Position in der Gleichgewichtszone bezogen, jetzt war es Zeit, sich um das Schicksal des Geflüchteten zu kümmern. Ein Fernsehroboter, den man in das Innere des Raumbootes teleportiert hatte, vermittelte die Gewissheit, dass Gordon Banks noch am Leben war und dass von ihm momentan keine Gefahr ausging.

»Ich verstehe das nicht«, bemerkte Alfredo Rossi. »Gordon Banks hat die Alterungs- und die Verjüngungs-Zone mit der X-1 sicherlich schon mindestens zweimal durchflogen. Er hätte doch mit dem Boot durch den Hyperraum fliehen können, als er zwischenzeitlich im Vollbesitz seiner physischen und psychischen Kräfte war.«

Nick war anderer Meinung. »Das bezweifle ich. Er muss wie wir einen durch Altersschwäche bedingten Zusammenbruch erlebt haben und ist möglicherweise gegen einen harten Gegenstand gestoßen, vielleicht die Kante der Konsole. Davon sieht man natürlich jetzt nichts mehr. Dass Banks mit dem Boot das System nicht fluchtartig verlassen hat, mag vielleicht damit zusammenhängen, dass er durch den Sturz längere Zeit ohne Besinnung war.«

Der Schiffsarzt Terence Clark schaltete sich in das Gespräch ein und ergänzte. »Eine Gehirnerschütterung wird das Mindeste gewesen ein, was er sich dabei zugezogen hat, möglicherweise auch verbunden mit einer Amnesie. Er wird sich bei Wiedererlangung des Bewusstseins eventuell nicht mehr daran erinnert haben, wie er in diese Situation gekommen ist. Darüber hinaus musste er - ähnlich wie wir - durch die Veränderungen an Körper und Geist einen Schock mit anschließendem Trauma erlebt haben, sodass er zu einer sinnvoll durchdachen Flucht nicht mehr in der Lage war, vorausgesetzt, er konnte überhaupt noch normal denken und war durch das Erlebte geistig nicht völlig umnachtet.«

»Banks ist ein harter Bursche und verträgt einiges!«, warf Nick ein.

Clark widersprach. »Auch die härtesten Kerle haben ihre Schwächen. Das haben alle Erfahrungen aus den beiden Weltkriegen des 20. Jahrhunderts gezeigt. Fragen Sie mal unsere Psychologin. Dr. Shukow hat momentan alle Hände voll zu tun, sich um die Traumatisierten zu kümmern. Unter ihnen sind auch S-Leute, hartgesottene Burschen.«

Nach einer kurzen Pause setzte er noch hinterher: »Ich halte es auch für möglich, dass er bei den schnellen Wechseln der Zonen gar nicht die Zeit hatte, für den Hypersprung ein Ziel zu berechnen und dann den Kurs zu programmieren.«

»Er hätte wieder blind springen können!«, wandte Chau Yong ein.

»Nach dieser Erfahrung war ihm ein erneuter Blindsprung sicher zu riskant«, vermutete der Arzt.

»Das halte ich auch für möglich!«, pflichtete Nick bei.

In diesem Augenblick meldete sich Sören Tauber mit einer interessanten Beobachtung zu Wort: »Die X-1 scheint in den letzten Minuten von der Verjüngungs-Zone in die Alterungs-Zone gewechselt zu haben. Sehen Sie!« Er verwies auf den Bildschirm, der jetzt einen etwa 8-jährigen Jungen in einem immer noch zu großen Overall zeigte. »Woher ist aber plötzlich seine Masse gekommen? Hat der Körper an Zellen zugenommen - und das in so kurzer Zeit?«

Raskin wusste eine Antwort. »Ich gehe davon aus, dass es bei diesem Phänomen nicht nur um biologische Alterung und Verjüngung geht, sondern dass auch die Zeit - aber nur bezogen auf die Zellen - in einem gegenläufigen Prozess abläuft. Jetzt, wo sich Banks wieder in der Alterungszone befindet, läuft die Zeit vorwärts, und zwar beschleunigt, was zur Folge hat, dass sein Körper alles wieder herstellt, was bereits vorhanden war.«

Rossi war mit Raskins Erklärung noch nicht ganz zufrieden. »Wo ist denn die verschwundene Körpermasse in der Zwischenzeit geblieben?«, fragte er interessiert nach.

Der Professor schmunzelte. »In einer anderen Zeit ist sie noch vorhanden. Sie sehen den Körper von Banks nur immer in seinem temporal aktuellen Zustand in einer für ihn schneller ablaufenden Zeit. Stellen Sie sich vor, Sie wiegen 150 Kilogramm ...« - Rossi sah den Professor mit empörten Augen an - »... und beginnen eine Abmagerungskur. Um die Wirksamkeit dieser Maßnahme zu überprüfen, reisen Sie drei Jahre in die Zukunft und sehen Ihren Körperumfang nach diesen drei Jahren in einem deutlich geringeren Umfang. Wo, meinen Sie, ist in der Zwischenzeit die verschwundene Körpermasse abgeblieben?«

Rossis Gesicht hellte sich auf. Ihm war einiges klargeworden. »In den zurückliegenden drei Jahren natürlich.« Dann fügte er etwas pikiert hinzu: »Aber mich als solch ein Schwergewicht darzustellen, finde ich von Ihnen ganz schön makaber.« Er zeigte mit einer Armbewegung stolz an seinem Körper herunter. »Schauen Sie sich doch an, wie herrlich schlank ich bin!«

Raskin nickte. »Dann ist es ja gut!« Die andere Bemerkung des Navigators ließ er unkommentiert.

»Mir ist noch etwas anderes aufgefallen«, bemerkte Chau Yong und zeigte auf den Bildschirm. Die seelischen Belastungen der vergangenen Stunde merkte man ihr nicht an. Alle musterten sie mit neugierigen Blicken. Was hatte sie entdeckt? Jedes Wort betonend, erklärte sie: »Sein Blick!«

Und jetzt registrierten es auch die anderen.

»Sie haben gut beobachtet, Chau«, kommentierte Sören Tauber. »Der Blick ist leer und ausdruckslos, als habe Banks seine Seele verloren.«

Nick bestätigte. »So sieht es aus. Er ist eindeutig traumatisiert. Seine Psyche hat den Belastungen nicht standgehalten, aber wen wundert das? Und dann vermute ich, dass die Enttäuschung über den missglückten Aufstand ihn psychisch noch zusätzlich ramponiert hat. Die Strahlenfelder dieser Sonne haben ihn dann seelisch endgültig zerbrochen.«

»Ich gebe Ihnen recht!«, ließ sich Dr. Clark noch einmal vernehmen. »Banks gehört dringend in die Hände von medizinischem und psychologischem Fachpersonal.«

»Dann wollen wir dafür sorgen, dass dies so schnell wie möglich geschieht. Bereiten Sie zwei Medibots für den Einsatz auf der X-1 vor! Raskin, Sie kümmern sich um die Teleportation. Wir wissen ja inzwischen, dass Maschinen von der Wirkung der Strahlen nicht betroffen sind. Die Bots sollen Banks' aktuelles biologisches Alter mit den gespeicherten Daten synchronisieren. Die dafür notwendigen Manöver werden wir von der *Delcano* aus durch Fernsteuerung vornehmen. Wenn wir unser Ziel erreicht haben, holen wir ihn an Bord.«

Dr. Clark war mit Nicks Anweisung zufrieden. »So soll es sein. Anschließend werden wir ihn medizinisch und psychotherapeutisch behandeln. Ich bin mir sicher, dass wir ihn umfassend wiederherstellen können.«

»Das will ich hoffen. Er soll für seine Meuterei unbedingt zur Verantwortung gezogen werden, aber das geht nur, wenn er wieder bei vollem Bewusstsein ist.«

Der Chefarzt wollte sich gerade aus der Video-Schalte abmelden, als Nick noch etwas zu ergänzen hatte: »Wegen der traumatisierten Besatzungsmitglieder tut es mir sehr leid. Ich werde mich um die Betroffenen kümmern, sobald ich Zeit habe, und danke Ihnen, Dr. Clark.«

»Gerne!«

»... und so sind wir nach eingehender Beratung mit Vertretern aller relevanten Disziplinen zu dem Entschluss gekommen, von unserer derzeit sicheren Position aus, die sich im Kompensationsfeld zwischen Zellalterung und Zellverjüngung befindet, weitere Nachforschungen vorzunehmen, um dem Wesen dieser Anomalie genauer auf den Grund zu kommen«, schloss Nick seinen Bericht vor den Besatzungsmitgliedern. Er schaute auf den großen Konferenzschirm, der mit vielen kleinen Bildsegmenten alle zugeschalteten Stationen zur Anzeige brachte. »Hat noch jemand eine Frage?«

William Buck, Einsatzleiter der Sicherheitsleute, meldete sich zu Wort. »Sir, ich schätze Ihre Haltung mitsamt Zielen und Vorgehensweisen, aber ich bin mir nicht sicher, ob Sie diesmal den Bogen nicht doch überspannen. Einige meiner besten S-Männer sind nach den jüngsten Ereignissen traumatisiert und in psychologischer Behandlung. Wir wissen noch viel zu wenig über diese Sonne und können überhaupt nicht abschätzen, welche Gefahren von ihr ausgehen. Die sogenannte sichere Position beruhigt mich keinesfalls. Zu schnell kann es zu neuen Komplikationen kommen, die wir jetzt noch gar nicht überblicken und auf die wir noch weniger vorbereitet sind.«

Zustimmendes Gemurmel.

Nick versuchte einzulenken. »Ihre Unsicherheit akzeptiere ich.« Er wandte seinen Blick von Bucks Bildausschnitt ab und richtete sich wieder an alle Besatzungsmitglieder, dann fuhr er mit seiner Erklärung fort: »Und auch die Bedenken aller anderen kann ich absolut nachvollziehen. Wenn ich auf meine Gefühle hören würde, wäre ich schon längst aus diesem System verschwunden, - jedoch ...«, er unterbrach sich für einen kurzen Moment, »... kommt noch ein anderer Aspekt ins Spiel, und der erscheint mir bedeutend wichtiger: Unsicherheiten und Gefahren wird es auf unserer Expedition immer und überall geben, und selbst wenn wir in diesem Sonnensystem noch einmal heil davongekommen sind, weiß keiner, ob wir nicht ein erneutes Mal - und dann vielleicht mit noch radikaleren Konsequenzen - auf eine Sonne dieser Art stoßen. Wir wissen noch nicht, ob sie ein Einzelfall ist oder typisch für eine bestimmte Kategorie von Himmelskörpern. Darüber hinaus wissen wir nicht, ob ihre Eigenschaften eines Tages nicht auch bei unserer heimatlichen Sonne auftreten könnten, und das wäre für eine unvorbereitete Menschheit fatal. Auf den Punkt gebracht: Ein Zweck unserer Expedition ist auch die Erforschung von kosmischen Bedrohungen, und wenn es gelingen sollte, sie abzuwenden oder zumindest zu lernen, wie man damit umgehen kann, dann wäre uns und der Menschheit mehr geholfen, als wenn wir uns jetzt einfach so Hals über Kopf aus dem Staub machen. Deswegen halten die Wissenschaftler eine genaue Untersuchung für unabdingbar, und ich stimme mit ihnen darin uneingeschränkt überein.«

»Können Sie denn dafür garantieren, dass wir auf unserer aktuellen Position sicher sind?«, wollte eine Technikerin wissen.

Nick schluckte seinen Ärger über diesen indirekt ausgesprochenen Vorwurf herunter und ließ sich seinen Missmut nicht anmerken. »Garantieren können wir es nicht«, antwortete er schließlich. »Aber wir halten alle Parameter unter strengster Beobachtung und werden bei Veränderungen umgehend reagieren. Dass wir bedrohliche Prozesse bereits erfolgreich umkehren konnten, haben Sie alle hautnah miterlebt, und ich bin sehr zuversichtlich, dass uns das bei Bedarf auch weiter gelingen wird. Bleiben auch Sie zuversichtlich. Das ist das Beste, was Sie derzeit machen können.«

Mit diesem Schlusswort beendete er die Übertragung und

wandte sich wieder an seine Crew in der Zentrale. »Was sagen eigentlich die Messgeräte zu unserer augenblicklichen kosmischen Position? Wir sind Banks zwar gefolgt und haben ihn auch gefunden, aber ich weiß vor lauter Katastrophen und Aktionen immer noch nicht, wo wir eigentlich aus dem Hyperraum wieder aufgetaucht sind und in welchem Raumsektor wir uns befinden.«

Peter Bruce hatte in der Zwischenzeit Mario Gonzales abgelöst und die Aufgabe der Raumüberwachung übernommen. »Entfernung von *Colour*: 24 Lichtjahre«, gab er zur Antwort. »Banks hat nur einen kurzen Hypersprung durchgeführt.«

»Das hätte auch ganz anders ausgehen können. Wir haben solche Blindsprünge nicht unter Kontrolle«, bemerkte Nick, dann berichtete er von einem Abenteuer, das er mit dem alten Sternenschiff vor vielen Jahren erlebt hatte: »Gleich auf unserer ersten interstellaren Expedition waren wir zu dicht an Proxima Centauri geraten und konnten uns nur mit einem Überlichtsprung ohne Berechnungen dem Einflussbereich der Sonne entziehen. Wissen Sie, wo wir damals gelandet sind?«

Bruce nickte. »Ich habe Ihren Bericht über die Expedition mit dem alten Sternenschiff mehrmals gelesen. Sie kamen zwischen dem Andromeda-Nebel und der Heimatgalaxis wieder zurück in unseren Kosmos.«[7]

Nick bestätigte. »Und das waren etwa eine Million Lichtjahre.«

»Dann sind wir ja hier quasi nur um die Ecke geflogen!«, lachte Rossi und rieb sich vergnügt die Hände, bevor er das Thema wechselte und eine für ihn typische Bemerkung hinterherschob:

7 Siehe Nick-Piccolo 1. Serie Teil a, Nr. 79 „Proxima Centauri“ und Nr. 80 „Unendliches All“

»Eigentlich schade, dass wir wieder unser normales Alter haben.«

»Warum?«, hakte Tauber nach.

»Na!«, grinste der Italiener, »mit zwanzig Jahren wäre ich wieder ein attraktiver junger Mann gewesen, nach dem sich jedes Mädchen umgedreht hätte.«

Chau Yong schüttelte missbilligend den Kopf. »Sie sind und bleiben ein alter Macho. Aber wenn Sie so sehr auf Liebesabenteuer aus sind, vielleicht ist Ihnen ja auf diesem Planeten Erfolg beschieden. Hier scheint ja das genaue Alter überhaupt keine Rolle zu spielen.« Sie drehte sich zu Nick. »Stimmt's, Commander?«

»Wir haben den Planeten noch gar nicht genauer untersucht«, musste Nick einräumen und wandte sich dem Navigator zu. »Aber zu Ihrem Leidwesen, mein lieber Rossi, muss ich leider die von Chau Yong in Aussicht gestellte Perspektive ein wenig relativieren. Ich fürchte, auf dieser Welt würde es nicht einmal zu einem Rendezvous mit einer Echse reichen.«

Der Italiener knirschte mit den Zähnen. »Darauf verzichte ich gerne!«

Peter Bruce war mit Nicks Antwort noch nicht zufrieden. »Sind Sie sich sicher, dass es auf dem dritten Planeten kein Leben gibt?«

»Absolut!« Er schaute nachdenklich auf den großen Panoramaschirm, der die hell flackernde Sonne als zyklisch pulsierendes Zentralgestirn vor dem Hintergrund einer sternübersäten, fremden Galaxis für das menschliche Auge deutlich erkennen ließ.

»Ohne Filter würden wir von dem Anblick geblendet werden. Darüber hinaus schwingt die Sonne in unterschiedlichen Helligkeitsintervallen. Möglicherweise hat das auch etwas mit den kontrastierenden Strahlungszonen zu tun, die den Alterungs- und Verjüngungsprozess unserer Zellen so unliebsam beeinflussen. Es ist nach Meinung der Biologen ausgeschlossen, dass unter diesen extremen und anomalen Bedingungen Leben existieren oder überhaupt entstehen kann. Jedes biologische Material würde ständig zwischen Werden und Vergehen hin und her pendeln. Außerdem enthält die Atmosphäre keinen Sauerstoff, der als Grundlage allen biologischen Lebens unverzichtbar ist. «

»Also keine Mädchen für nette Stunden«, seufzte Alfredo Rossi, aber sein verschmitztes Grinsen ließ erkennen, dass er es mit seiner Bemerkung nicht so ganz ernst gemeint hatte.

»Gibt es schon einen Namen für die Sonne?«, erkundigte sich Peter Bruce.

»Noch nicht endgültig«, erklärte Nick, »aber die Wissenschaftler haben schon einen Vorschlag, der auf der nächsten Expertenkonferenz diskutiert werden soll: *Swing*. Ich finde diesen Namen passend.«

Ein plötzliches Rauschen in ihren Köpfen ließ alle Anwesenden vor Schreck erstarren.

Was war das?

Aufgeregtes Stimmengewirr.

»Ruhe!«, befahl Nick und horchte konzentriert in sich hinein. Hatte er nicht Ähnliches schon früher erlebt?

Es waren Gedankenimpulse. - Aber von wem?

Hilfe - wir brauchen Hilfe!

Nick erkannte mit einem Blick, dass die Crew-Mitglieder denselben Ruf vernommen hatten. Ihre überraschten und fragenden Blicke waren eindeutig und unmissverständlich. Aber von wem kam der Impuls?

Dann wieder:

Hilfe - wir brauchen Hilfe!

Verrückt!! *Wer* brauchte Hilfe?

Dann wurde die Zentrale wieder mit Fragen aus dem Bordlautsprecher bombardiert.

»Wer hat da um Hilfe gerufen?«

»Kann jemand in meine Gedanken eindringen?«

»Ein übler Spaß!«

»Neue Gefahr! Ich will hier raus!«

Nicks Gedanken rotierten. *Haben etwa alle diesen telepathischen Ruf empfangen?*

Er aktivierte den Bordsender und versuchte, die Mannschaft zu beruhigen. »Bleiben Sie entspannt, meine Damen und Herren. Es besteht keine unmittelbare Gefahr. Wir haben offenbar alle denselben Gedankenimpuls empfangen. Jemand ruft um Hilfe. Aber das ist leider auch alles, was ich weiß. Hat jemand von Ihnen vielleicht eine Idee, wer diesen Ruf an uns gerichtet haben könnte?«

Schweigen. Dann meldete sich Professor Raskin. »Es gibt unter der Besatzung niemanden, der telepathisch mit anderen in Kontakt treten kann. Die Quelle für diesen Impuls kann sich nur außerhalb befinden.«

»Unmöglich!«, konterte Pierre Noir. »Als Biologe muss ich ein klares Nein dagegenhalten. Es widerspricht allen Naturgesetzen, dass in diesem Sonnensystem wegen der anomalen Emission des Zentralgestirns überhaupt biologisches Leben existieren kann. Jedes Lebewesen ist einem Alterungsprozess unterworfen. Wenn sich dieser beschleunigt und zum Tode führt oder gar wieder rückgängig gemacht wird mit der Folge kindlichen Vergessens, kann sich kein biologisches Leben entfalten.«

»Und geistiges?«, fragte Nick kritisch nach. »Uns sind schon die seltsamsten Lebensformen begegnet.«

»Ich bin nur für Biologisches zuständig«, knurrte Noir. »Mit Geistern habe ich nichts am Hut.«

Nick musste bedauernd feststellen, dass nicht jeder für die Existenz von Lebewesen in anderen Dimensionen und auf einem völlig anderen Daseinslevel offen war. Seine eigenen Erfahrungen mit Energiewesen wie A-Quadrat[8] aus dem Lauden-System waren von vielen als unglaubwürdig abgetan worden und hatten keine Akzeptanz gefunden.

»Ich habe da eine Theorie«, unterbrach Professor Raskin Nicks Gedankengänge. Ich werde einen Fernsehroboter auf die Oberfläche des dritten Planeten teleportieren. Mir scheint, dass wir etwas Wichtiges übersehen haben.«

»Und was?«

»Darüber möchte ich erst sprechen, wenn mir belastbares Datenmaterial zur Verfügung steht.«

»Gut, die Videokonferenz ist hiermit beendet. Nehmen Sie bitte wieder ihre Arbeit auf und bleiben Sie zuversichtlich. Wir werden Sie informieren, sobald uns neue Erkenntnisse vorliegen.« Mit diesen Worten brach Nick die Übertragung ab. Zu gerne hätte er gewusst, was sich der Professor überlegt hatte. Aber manchmal war es besser zu schweigen, als unnötigen Spekulationen Tor und Tür zu öffnen.

»Das ist ein Albtraum!«

Chau Yong war schockiert, ihre Augen weit aufgerissen, das Gesicht starr vor Entsetzen. Auch die anderen Crew-Mitglieder blickten staunend und mit innerem Schaudern auf den Panorama-

8 Siehe Nick-Piccolo 1. Serie Teil b, Nr. 221 - 241

schirm, der die ersten Aufnahmen von der Oberfläche des dritten Planeten direkt in die Zentrale übertrug.

Und dies war der Horror, den sie auf dem großen Bildschirm beobachten konnten: Auf einer schleimig-trüben, grauweißen Schicht, die halbflüssig erschien und von Zeit zu Zeit schmutzig-braune Blasen hochgluckern ließ, schwammen unförmige, hochhausgroße Klumpen, die ständig ihre Gestalt änderten, an ihren gebuchteten Rändern Ausstülpungen bildeten und fortlaufend ihre Masse verzweigten. Durch eine transparente Membran erkannten die verstörten Raumfahrer bedrohlich wirkende Partikelströme, die wie zähflüssige Lava aus den Zentren träge in die Peripherie flossen.

Hatten sie etwa Lebewesen entdeckt? Zu gerne hätte Nick jetzt Tom und Jane an seiner Seite gehabt und sie um ihre Meinung gefragt, aber sie waren mit dem Restitutionsprojekt auf *Colour* beschäftigt und konnten bei dem spontanen Start nicht an Bord genommen werden. Außerdem hatten sie wichtigere Aufgaben zu erledigen, als den Kopf einer Meuterei zu verfolgen.

Nick heftete seinen Blick noch fester auf den Bildschirm. Nein, es gab keinen Zweifel: Das waren Lebewesen. Dann sprach er seine Einschätzung aus und erntete Zustimmung von Rossi. Sein Nicken kam unerwartet und für den Kommandanten völlig überraschend.

»Ich habe mich mal hobbymäßig mit Mikrobiologie beschäftigt«, erzählte der Navigator. »Die Dinger da unten sehen aus wie riesige Amöben. Man nennt sie auch *Wechseltierchen*, weil sie ständig ihre Gestalt verändern.« Er zeigte auf eines der unheimlichen Lebewesen. »Sehen Sie diese Ausstülpungen? Das sind Scheinfüßchen, mit denen sich die Amöbe mittels Kontraktion fortbewegt. Und weil diese Einzellerart nicht eingeschalt ist, können wir durch die durchsichtige Haut in ihr Inneres blicken.« Er zeigte auf träge dahinfließende Partikel und erklärte: »Dieser Lavastrom ist nichts weiter als Plasma, das unter anderem für die Bildung der Füße zuständig ist.«

»Ich bin beeindruckt«, musste Nick anerkennen. »Und trotzdem bleibt für mich die Frage, warum diese winzige Lebensform so groß geworden ist und wie sie auf dieser Welt überleben kann.«

Aus dem Lautsprecher klang Raskins Stimme. »Die Antwort ist eigentlich ganz einfach. Wir haben bei unseren Überlegungen alle nicht bedacht, dass Einzeller wie diese Amöben keinem Alterungsprozess unterworfen sind. Neben den Süßwasserpolypen sind sie auf der Erde die einzigen Lebewesen mit dieser erstaunlichen Eigenschaft und in gewisser Weise relativ unsterblich und damit natürlich auch resistent gegen die Strahlung dieser Sonne. Meine Annahme hat sich also bestätigt. Außerdem wissen wir, dass Einzeller nicht zwingend auf Sauerstoff angewiesen sind. Sie können sogar im luftleeren Raum überleben. Im Lauf der Zeit müssen sie sich dann durch Mutation zu diesen Riesen entwickelt haben - vergleichbar mit den Rieseninsekten auf der Venus - und sie sind offenbar auch intelligent geworden, dazu mit paranormalen Fähigkeiten.«

»Einleuchtend!«, kommentierte Rossi mit gönnerhafter Miene. »Ihre Schlussfolgerungen, Herr Professor, hätten direkt von mir sein können.«

»Sie alter Angeber!«, zischelte Chau Yong mit einem strafenden Seitenblick auf den Navigator, dann wandte sie sich wieder dem Professor zu. »Bleibt die Frage, ob diese seltsame telepathische Botschaft wirklich von diesen Lebewesen stammt.«

Plötzlich leuchtete eines der Wechseltierchen in allen Farben des Regenbogens auf und verbreitete um sich herum einen sinnbetäubenden Glanz optischer Reflexe, die der Illumination eines grandiosen Feuerwerks überraschend ähnlich kam.

»Was ist das?«, entfuhr es Nick. Er richtete seinen Blick wieder fragend auf den Navigator.

»Diesen Effekt nennt man Biolumineszenz,« erklärte Rossi, der die ungeteilte Aufmerksamkeit aller Anwesenden sichtlich genoss. Sein Gesicht strahlte. »Das Leuchten entsteht durch biochemische Reaktionen, bei denen Lichtphotonen frei werden. Es gibt auf der Erde mehrere Hundert Arten, die über diese Fähigkeit verfügen.«

Rossi hatte seine Ausführungen gerade abgeschlossen, als sie sich wieder zurückmeldete - diese geheimnisvolle Stimme in ihren Köpfen. Sie hatten sie schon einmal vernommen, aber jetzt war der Impuls klarer und deutlicher:

Ihr habt unseren Hilferuf gehört und seid uns nähergekommen. Das sehe ich an einem von euch, der über uns schwebt. Wir freuen uns, dass ihr jemanden geschickt habt, um uns zu helfen, aber ich kann von ihm keine Gedanken orten. Warum nicht?

Atemlose Stille. Jeder hatte die Botschaft in seinem Inneren gehört, aber keiner wagte ein Wort. Dann war es Nick, der sich als Erster aus dem Bann der grenzenlosen Überraschung befreien konnte. Er antwortete der Riesenamöbe mit lauter Stimme, damit jeder verstehen konnte, was er mit ihr besprach. »Das Objekt über euch ist keiner von uns. Es ist künstlich geschaffen. Wir sind weit von eurer Welt entfernt und befinden uns in einem ebenfalls künstlich geschaffenen, aber noch viel größeren Objekt im leeren Raum zwischen euch und der Sonne. Gehörst du zu den Lebewesen, die auf der Oberfläche dieser grauen Flüssigkeit schwimmen? Und bist du es, der gerade so hell aufleuchtet?«

Ich bin es. Mein Name ist Riizk, aber ich verstehe nicht. Was sind künstliche Objekte?

Oh, entfuhr es Nick, *diese Lebensform unterscheidet sich doch erheblich von uns. Da muss ich einiges erklären.*

Und dann begann Nick: »Es sind keine Lebewesen, sondern Körper, die wir aus lebloser Materie hergestellt haben. Was über euch schwebt, übermittelt uns ein Bild von eurer Welt, so dass wir dich auch aus großer Entfernung sehen können. Stellt ihr keine Objekte her?«

Nein! Das ist uns fremd. Ihr müsst ganz anders sein als wir.

»Das hindert uns aber nicht daran, dass wir uns kennen lernen und miteinander kommunizieren. Wir freuen uns darauf!«

Warum kommt ihr nicht näher und zeigt euch? Wir brauchen eure Hilfe im Kampf gegen die Destruktiven.

»Wir müssen in einem gewissen Abstand zu eurer Welt bleiben, sonst wären wir nicht mehr lebensfähig. Die Sonne hat eine Strahlung, die uns alt und schwach werden lässt. Aber wir können euch trotzdem helfen, dazu haben wir die Möglichkeit. Wer seid ihr und was ist euer Problem?«

Die Antwort des Einzellers erfolgte umgehend.

Wir nennen unseren Stamm Vokas und existieren schon sehr lange. Ursprünglich lebten wir alle in einer großen Gemeinschaft und waren friedlich miteinander verbunden. Das Char, in dem wir leben, bietet uns genügend Nährstoffe, die wir aufnehmen, verarbeiten und dann wieder ausscheiden, sodass sie im Char erneuert werden. Dieser ständige Kreislauf war unsere Lebensgrundlage – bis die Destruktiven uns von dieser Nahrungsquelle abgeschnitten haben. Sie kamen als kleiner Stamm von einem abgelegenen Ort unserer Welt, und einer von ihnen, Miirzk, wollte die Macht über uns alle. Für dieses Ziel hat er Gleichgesinnte um sich versammelt. Die Destruktiven gehen rücksichtlos und brutal gegen uns vor, und sie schrecken nicht einmal davor zurück, uns als Nahrung zu verspeisen.

Nick verstand nicht. »Wie können sie euch besiegen, wenn es nur eine kleine Gruppe ist und ihr ihnen zahlenmäßig überlegen seid?«, wollte er von *Riizk* wissen.

Die Antwort der Amöbe war verstörend: *Die Destruktiven haben ein Kampfmittel entwickelt, gegen das wir machtlos sind. Sie können unsere Körper über große Entfernungen beeinflussen. Bei der Nahrungsaufnahme haben sie das gemacht. Sie verhärteten mit der Energie ihrer Gedanken unsere Haut, so dass sie verschlossen wurde und wir keine Nährstoffe mehr aufnehmen konnten. Wir hungern schon seit einiger Zeit und werden von Helligkeitsperiode zu Helligkeitsperiode immer schwächer. Es sind schon viele von uns gestorben. Wenn ihr uns nicht helft, sind wir bald alle verloren.*

Jetzt hatten die Crew-Mitglieder verstanden.

Sören Tauber brachte die Botschaft des *Vokas* auf den Punkt: »Die *Destruktiven* können Materie beeinflussen, sie müssen so etwas wie Telekineten sein!« Über seine Ruhe angesichts dieser bestürzenden Neuigkeit war er selber überrascht.

Chau Yong blickte dagegen unsicher auf Nick, ihre Stimme war leise. »Sind wir dann vielleicht auch gefährdet?«

»Das hängt ganz von der Reichweite ihrer mentalen Kräfte ab«, meldete sich Raskin aus dem Lautsprecher des Bordvisiphons. »Wir befinden uns einige Zehntausend Kilometer von dem Planeten entfernt, und der Abstand wächst. Wir können nur hoffen, dass die Entfernung jetzt groß genug ist, dass wir uns nicht mehr im Einflussbereich der Amöben befinden.«

»Wenn das so ist, dann können wir von hier aus auch ohne Risiko agieren«, vermutete Nick. Er konzentrierte seine Gedanken wieder auf *Riizk*. Seinen Kopf etwas gegen die Decke der Zentrale gerichtet, wollte er jetzt wissen: »Wie können wir euch helfen?«

Wir erwarten in Kürze einen Angriff der Destruktiven. Verfügt ihr über Kampfmittel, die ihr gegen sie einsetzen könnt?

»Ja, über die verfügen wir, aber ich muss vorher noch etwas mehr über euch wissen: Habt ihr gar keine Mittel, mit denen ihr euch zur Wehr setzen könnt?«

Nein!

»Und habt ihr schon versucht, mit den *Destruktiven* zu sprechen, zum Beispiel über eine gemeinsame Lösung für ein friedliches Zusammenleben auf eurer Welt?«

Wir haben es versucht, aber die Destruktiven sind zu keinem Kompromiss bereit. Sie fordern unsere freiwillige Unterwerfung oder wir müssen sterben.

»Und was würde passieren, wenn ihr euch unterwerft?«

Die Impulse der Amöbe wurden plötzlich stärker und intensiver, schwollen zu einem infernalischen Brausen an, pressten machtvoll gegen innere Wände, steigerten sich zu einem scheußlichen Schmerz. Nick hielt beide Hände gegen seine Schläfen, das Gesicht erstarrte zu einer maskenhaften Fratze.

»Aufhören! Sofort aufhören, *Riizk*! Willst du uns alle umbringen?«

Abrupt ließen Druck und Schmerz wieder nach. *Es tut mir sehr leid, dass ich euch mit meinen Gedanken gequält habe.* Bedauern schwang in der Entschuldigung mit, dann erklärte *Riizk*: *Ich habe nicht gewusst, dass die schreckliche Vorstellung von einer Unterwerfung bei euch so heftige Reaktionen auslösen würde.*

Nick bestätigte. »Es muss zu einer unbeabsichtigten mentalen Übertragung gekommen sein und wir haben deinen Kummer körperlich mitempfunden. Das Gefühl wurde unerträglich. Wir nennen das *Schmerz*. Aber du trägst dafür keine Schuld. Es ist einfach noch zu wenig, was wir voneinander wissen.« Nach einer kurzen Pause setzte Nick hinzu: »Eine Unterwerfung ist für euch also nicht denkbar?«

Lieber tot als Sklaven der Destruktiven! Wir ...

Die Amöbe brach mitten im Satz ab.

»Was ist?«, hakte Nick nach.

Sie ... sie greifen an. Soeben wurden an unserer Grenze zwei Außenposten überfallen, das bedeutet: Sie werden sich gleich weiter auf uns zu bewegen. Wir brauchen jetzt dringend eure Hilfe! Die Gedanken der Amöbe drangen wie ein Flehen in das Bewusstsein der Terraner ein.

»Aus welcher Richtung kommen sie? Wenn wir gezielt helfen sollen, müssen wir uns ein Bild von der Situation verschaffen.«

Steuert euer Objekt in Richtung der aufgehenden Sonne. Ich sage euch dann, wohin ihr es lenken müsst.

»Übernehmen Sie das, Peter!«

Mit einer Handbewegung löste Peter Bruce die Stand-by-Schaltung des Fernsehroboters und lenkte das Gerät nach den Anweisungen der Amöbe. Der Panoramaschirm zeigte zunächst eine gleichförmig brodelnde, gallertartige Flüssigkeit, die von etlichen Einzellern belebt war. Den Terranern fiel auf, dass sie sich nicht bewegten, sondern wie erstarrt an ihren Plätzen festzukleben schienen. Warum flohen sie nicht? Dann richtete sich der Blick des Offiziers auf den Horizont. »Dort passiert etwas!«, rief er mit sich überschlagender Stimme. »Ich erkenne es an den Bewegungen!«

»Schalten Sie auf Vergrößerung!«, sagte Nick.

Und jetzt sahen es alle: Ein schleimiger, konturloser Brei hatte sich über sein Opfer gewälzt und hüllte es wie eine kompakte Decke ausweglos ein, dann kam es zu heftigen Zuckungen, die Masse des Angreifers pulsierte heftig und die Terraner mussten machtlos mit ansehen, wie sich die überfallene Zelle in eine brodelnde Brühe verwandelte, die von ihrem Angreifer portionsweise inkorporiert wurde.

»Das ist Kannibalismus!«, schrie Sören Tauber und schüttelte sich vor maßlosem Grauen.

»Warum wehren sich deine Artgenossen nicht?«, sandte Nick eine besorgte Frage an *Riizk*.

Sie können nicht. Die Destruktiven verfügen über Kräfte, die uns erstarren lassen, und dann fallen sie über uns her.

»Das heißt«, schlussfolgerte Nick, »dass alle sich bewegenden Zellen - ich überschaue davon gerade mehr als fünfzehn - zu den *Destruktiven* gehören?«

Ja! Wer sich nicht bewegen kann, gehört zu uns, die anderen sind die Feinde.

Eine einfache Optik. Das erleichtert die Übersicht.

Nick hatte verstanden, und reagierte sofort. Sein erster Befehl ging an François Neige in die waffentechnische Sektion. »Halten Sie sich bereit, auf meinen Befehl umgehend drei Kampfdrohnen auf den Planeten zu schicken - direkt aus ihrer Abteilung. Die Transmissionskoordinaten wird Ihnen Raskin übermitteln. Sie haben die Situation auf dem Bildschirm mitverfolgt. Lassen Sie auf alles schießen, was sich bewegt. Versuchen Sie es mit Hitzestrahlen und Desintegrator!«

Und an Raskin gewandt ergänzte er: »Sie haben mitgehört, was Sie tun sollen!«

Raskin nickte.

»Wann soll der Vollzug sein?«, wollte Neige wissen.

»Ich will vorher noch einmal versuchen, mit den *Destruktiven* telepathisch Kontakt aufzunehmen. Wir wollen alle Möglichkeiten nutzen, um Gewalt zu vermeiden und eine friedliche Lösung zu finden. Vielleicht kann man mit ihnen verhandeln.«

»Wenn man die Aufnahmen betrachtet, hat es eher nicht den

Anschein. Einen Versuch ist es aber wert.« Dann ergänzte Neige mit ängstlichem Blick auf den Monitor: »Sie sollten sich aber beeilen und für den Kontaktversuch nicht zu viel Zeit verwenden, sonst kann es für die *Vokas* zu spät sein.«

Ohne ein weiteres Wort zu verlieren, wandte sich Nick von dem Waffenexperten ab, schloss die Augen und konzentrierte sich.

An das Volk der Destruktiven, schickte er seine gedankliche Botschaft zum dritten Planeten. *Wir bitten euch, den Angriff auf die Vokas einzustellen. Wir glauben, dass es Möglichkeiten gibt, friedlich miteinander zu leben, und bieten uns als Vermittler an. Die Vokas wollen euch nichts Böses. Lasst sie am Leben!*

Unerwartet schnell erreichte ihn eine Antwort, die wiederum als Impuls in die Gedanken aller Besatzungsmitglieder drang. Gleichzeitig meldete Neige, dass die *Destruktiven* ihren Vormarsch gestoppt hatten. Das war ein willkommener Zeitgewinn.

Hier spricht Miirzk, der Anführer der Destruktiven. Wer seid ihr, dass ihr euch in unsere Angelegenheiten mischt?

Mein Name ist Nick Steel. Ich bin der Anführer einer Gesandtschaft, die von einer weit entfernten Welt zu euch gekommen ist. Auch bei uns hat es Kriege gegeben wie ihr sie jetzt gerade führt. Sie haben im Lauf unserer Geschichte Unzählige unglücklich gemacht. Aber wir haben dann verstanden, dass das Leben ohne Gewalt und Krieg lohnenswerter und schöner ist. Warum hasst ihr die Vokas so sehr, dass ihr sie umbringen wollt?

Die Antwort des Destruktiven-Führers war ernüchternd: *Weil wir zum Herrschen bestimmt sind - und die Vokas, um unterdrückt zu werden. Aber die Vokas akzeptieren das nicht, und wer sich an das Gesetz der Bestimmung nicht hält, verstößt gegen die Ordnungen der Natur und muss sterben, und deswegen führen wir Krieg gegen sie.*

Aber ihr tötet sie doch schon, indem ihr die Nahrungsaufnahme verhindert habt. Warum seid ihr so grausam?

Wir sind nicht grausam, wir helfen den Vokas, ihre Bestimmung zu finden. Erst wenn jeder sie gefunden hat, kann es allen gut gehen. Die Vereitelung der Nahrungsaufnahme ist eine Warnung. Die Verhärtung der Haut wird durch den ständigen Einsatz unserer Kräfte bewirkt. Wir werden das sofort wieder ändern, wenn sich die Vokas uns unterwerfen, aber sie wollen nicht und haben unsere Warnung ignoriert. Jetzt bleibt nur noch der Tod als ihre Bestimmung, und dann sind wir die Alleinherrscher auf unserer Welt und endlich geht es uns dann gut.

Nur auf Kosten der anderen, entgegnete Nick. *Frieden kann es aber nur geben, wenn gleiches Recht für alle gilt und nicht eine Gruppe über die andere bestimmen will und ihr sagt, was für sie gut ist.*

Miirzk blieb unnachgiebig. *Wenn die Vokas durch den Tod ihre Bestimmung gefunden haben, wird es auch ihnen gut gehen.*

Nick wurde immer verzweifelter.

So hört doch …, versuchte er ein erneutes Mal, aber *Miirzk* hatte den Kontakt schon abgebrochen.

»Sie sind grundlegend böse«, kommentierte Raskin traurig. »Sie meinen, das Gute zu tun, und sind doch böse.«

Nick bestätigte. »Einige Intelligenzen ticken so. Wir kennen das doch auch von unserem Heimatplaneten. Eine alte Weisheit lautet: Wehe denen, die Böses gut und Gutes böse heißen.«[9]

»Die Destruktiven haben ihren Vormarsch wieder aufgenommen«, meldete Neige.

»Dann müssen wir jetzt alles tun, um das Leben der *Vokas* zu retten. Leiten Sie die beschlossenen Maßnahmen ein!«

9 Jesaja 5, Vers 20 (Altes Testament)

»Zu Befehl, Sir!«

Der Angriff wurde zu einem Desaster. Kaum, dass die Drohnen auf den Planeten teleportiert waren und die angreifenden Amöben unter Beschuss nahmen, stürzten sie ab und die Bilder des begleitenden Fernsehroboters zeigten anstatt der Kampfdrohnen plötzlich nur noch eine sich schnell nähernde Planetenoberfläche, dann erlosch der Bildschirm.

»Sie müssen den Fernsehroboter als Feind wahrgenommen und zum Absturz gebracht haben«, rief Peter Bruce mit zitternder Stimme.

»Mit den Kampfdrohnen dasselbe«, meldete Neige lakonisch und wie immer ohne erkennbare Emotionen.

»Es kommt noch schlimmer!«, schrie plötzlich Chau Yong schrill und schreckensbleich auf. »Die *Delcano* macht sich gerade selbständig und bewegt sich in Richtung Alterungs-Zone.

»Lenken Sie dagegen, dann sind wir wieder in Position!«, versuchte Nick zu beruhigen.

Chaus Antwort drückte panische Verzweiflung aus. »Es … es geht nicht. Die Fliehkräfte sind zu stark! Wir nehmen an Tempo zu! «

»Peter, versuchen Sie zu berechnen, wie lange es dauert, bis wir in die Alterungs-Zone kommen!«

»Die Beschleunigung ist exponentiell. Bleibt es bei den gemessenen Werten, werden wir in zehn Minuten den kritischen Punkt erreicht haben, möglicherweise noch früher.«

Auf Nicks Stirn bildeten sich winzige Schweißtropfen, die seine Wangen herunterperlten und auf der Zunge einen salzigen Geschmack hinterließen. Die Kräfte der *Destruktiven* mussten ungeheuer groß sein, dass sie über diese Entfernung das Sternenschiff bewegen konnten. Und wahrscheinlich waren sie erst durch seinen Kontaktversuch auf sie aufmerksam geworden. Es blieben maximal zehn Minuten, um eine Katastrophe zu verhindern.

Dann meldete sich *Riizk*: »*Helft uns, die Destruktiven rücken näher!*«

»Die *Destruktiven* haben unsere Kampfmittel blockiert. Wir können erst etwas für euch tun, wenn wir sie wieder flottbekommen!«, erwiderte Nick.

»*Sie sind mächtig!*« *Riizk* klang resigniert.

»Wir helfen, sobald es wieder geht!«, sandte Nick eine letzte Botschaft an den bedrohten *Voka*, dann nahm er Kontakt zu Raskin auf. »Sehen Sie einen Ausweg? Unser R4-Antrieb arbeitet mit Maximalleistung, aber ohne erkennbare Wirkung.«

»Überlicht ist unsere letzte Chance. Ich habe schon Koordinaten für eine Transition zum Rand des Sonnensystems berechnet. Das wird hoffentlich genügen, um aus dem Einflussbereich dieser Amöben zu kommen. Wir werden wieder einen Punkt in der Kompensationszone ansteuern, so dass die Strahlung der Sonne keinen Zugriff auf uns hat. Ich gebe jetzt die berechneten Werte in die Zielauto ...«

Raskins Stimme erstarb von einem Augenblick zum anderen, Entsetzen lag auf seinem Gesicht, die Augen verdrehten sich, seine Lippen vibrierten. »Ich ... kann ... meine Hände nicht mehr ... bewegen und ... den Vorgang nicht abschließen. Was ... ist da los?«

»Mir ... geht es ebenso!«, stotterte Chau Yong. Hilflos starrte sie auf ihre Arme, die wie die Gliedmaßen einer Schaufensterpuppe bewegungslos über der Schalttafel verharrten.

Im selben Augenblick spürte Nick mit jähem Entsetzen, wie eine fremde Macht versuchte, die Herrschaft über ihn zu ergreifen, seinen Geist und Körper gefügig zu machen, und er realisierte in Sekundenschnelle, dass ihm jetzt dasselbe Schicksal drohte wie Raskin und den anderen. Er musste sofort reagieren. Augenblicklich verschloss er sein Inneres, wie es ihm einige Jahre zuvor ein Weiser auf dem Planeten Xhorra vermittelt hatte[10], sodass niemand in der Lage war, seine Gedanken wahrzunehmen und zu orten - hoffentlich auch nicht die *Destruktiven*. Gleichzeitig schottete er sich mental mit der Sanskari-Technik ab, die er während eines Landeurlaubs auf Ascalon 9 von dem geistigen Meister Untar gelernt hatte und die er bei einer der größten Bedrohungen der Menschheit erfolgreich gegen die subatomare Intelligenz Bassus anwenden konnte.[11] Nick begab sich in eine meditative Versenkung und während dieses Vorgangs kehrte sein Geist zurück in jene Zeit, zu der er den Sanskari-Lehrer aufgesucht hatte. Er fand sich wieder in dessen Kloster, erblickte schneebedeckte Gipfel, spürte eine unbändige Kraft, die von diesem Ort ausging, sprach das Wort Sanskari fest und bestimmt aus und konzentrierte sich auf den Klang seiner Laute: »*Sans-ka-ri! Sans-ka-ri! Sans-ka-ri! Kein fremder Geist soll mich beherrschen. Ich bin allein Herr über mich und mein Denken! Sans-ka-ri! Sans-ka-ri! Sans-ka-ri!*«

Die Meditation dauerte einige Minuten und mit banger Erwartung horchte Nick in sich hinein. War er wirklich stärker als seine Angreifer? Noch konnte er sich selbst kontrollieren. Aber wie lange würde das anhalten? Dann fühlte er zu seiner großen Erleichterung fast körperlich, wie sich die unbekannte Macht wieder zurückzog. Es war ihm geglückt, einen mentalen Schirm um sich herum aufzubauen, der ihn vor Ortung und Beeinflussung schützte. Das war der erste Erfolg im Kampf gegen die *Destruktiven*.

10 Siehe Nick- Pionier des Weltalls 3. Serie, Nr. 22 „Marsch in Ketten“, S. 29

11 Siehe Nick-Telefonkartenroman „Schach dem Universum“, S. 15

Jetzt schnell zu Professor Raskin, bevor es zu spät ist.

Nick sprintete aus der Zentrale und ließ seine Crew-Mitglieder an ihren Plätzen zurück.

Wenige Minuten später stand er vor Raskins Büro. Ein besorgter Blick auf seinen Armbandchronometer sagte ihm, dass maximal zwei Minuten blieben, um das schreckliche Schicksal erneuter Alterung von ihnen abzuwenden. Die Aussicht auf eine rettende Verjüngungsphase, wie sie es bei ihrem ersten Aufenthalt in der Progerie-Falle erlebt hatten, schlug er sich aus dem Kopf. Er war sich sicher, dass ihre Gegner genau wussten, was sie taten. Sie würden die *Delcano* so lange in der Alterungs-Zone belassen, bis die gesamte Mannschaft nur noch aus Skeletten bestand, und dann hätte sich eine Verjüngung wahrscheinlich von selbst erübrigt, denn er glaubte nicht daran, dass bei diesem radikalen Einschnitt eine Umkehrung noch etwas bewirken würde. Nick spekulierte auch, ob ihm nach Eintritt der *Delcano* in die Alterungs-Zone vielleicht noch eine Frist von einigen zusätzlichen Minuten verbleiben würde, in denen er trotz der bereits laufenden Alterung noch handlungsfähig wäre, aber die Tempos der körperlichen und geistigen Veränderungen waren nach den bisherigen Erfahrungen zu unterschiedlich und so wenig berechenbar, dass er diese Möglichkeit schnell wieder verwarf. Raskin vermutete, dass dieses Phänomen mit der jeweiligen Intensität der Sonnenstrahlung zu tun hatte. Nein, er musste mit den Restminuten auskommen und sofort handeln, wenn er sich und seine Mannschaft retten wollte - und dazu die bedrohten *Vokas* auf dem dritten Planeten.

Nach Betreten des Arbeitszimmers fiel Nicks Blick auf den

Professor, der in sich zusammengesunken auf seinem Sitzplatz hockte - die Arme hinter den Lehnen schlaff herabhängend, die Augen auf den Weltraumpionier gerichtet. Vergeblich versuchte Raskin, mit seinen Lippen einen Satz zu formen. Aber Nick konnte die Situation auch ohne seine Erklärung richtig einschätzen. Raskins Computer hatte die Zielkoordinaten bereits geladen und auf dem Monitor visualisiert. Sie mussten nur noch in die Automatik der Überlichttriebwerke übertragen werden.

Die letzte Chance. Nick hechtete an die Schalttafel und betätigte die Taste zur Datenübertragung. Wenige Augenblicke später signalisierte ein Text auf dem Display, dass die Übermittlung abgeschlossen war. Eine künstliche Stimme meldete: »Automatik programmiert. Überlichtsprung in X-minus dreißig Sekunden.«

Das hatte geklappt. Die *Destruktiven* konnten offenbar nur orten und bewegen. Die Deaktivierung elektronischer Geräte schienen sie zum Glück nicht zu beherrschen, vielleicht war ihnen diese Technik zu fremd, oder es fehlte ihnen für eine Blockade die nötige mentale Energie.

Ungeduldig fieberte Nick dem Hypersprung entgegen. Wie konnte Zeit nur so langsam vergehen!

Schneller! Schneller!, hämmerte es in seinem Inneren. Aber die Sekunden blieben gleich lang, ließen sich nicht zusammenpressen.

Dann peitschte ein Alarmsignal durch das Schiff. »Achtung! Achtung! Höchste Warnstufe! Wir treten in die kritische Zone ein. Der Alterungsprozess beginnt in fünf Sekunden. Schiff sofort beisteuern! Vier ... drei ... zwei ... i!«

Aber gleichzeitig übertönte der Countdown zum Hypersprung die Alarmmeldung: »... fünf ... vier ... drei ... zwei ... eins ... jump-off!«

Nick atmete erleichtert auf. Die Flucht war im letzten Augenblick geglückt. Aber brachte sie auch den erhofften Erfolg?

Raskins Stimme beendete alles Grübeln: »Das ist noch gerade eben gutgegangen!« Nick strahlte den Professor an, fast euphorisch hob er seinen rechten Arm, um mit ihm einen High Five auszutauschen, aber Raskin wirkte nur irritiert.

Sie waren dem Einflussbereich der *Destruktiven* entkommen und dem Tod im letzten Augenblick von der Schippe gesprungen.

»Wir müssen so schnell wie möglich einen Weg finden, um den *Vokas* zu helfen, aber ohne selbst wieder in Gefahr zu kommen«, drängte Nick beim Betreten der Zentrale.

»Einen Fernsehroboter würden die *Destruktiven* sofort zum Absturz bringen, aber wir können sie auch mit Fernortung in den Fokus nehmen«, schlug Peter Bruce vor. »Ich habe es schon mal ausprobiert. Unsere Teleskope funktionieren tadellos. Sehen Sie!«

Das Bild auf dem Panoramaschirm überzeugte. Die feindlichen Amöben hatten bei ihrem Vormarsch weiter an Boden gewonnen und man konnte ihr Vordringen genauso gut verfolgen, als würde eine Observerdrohne direkt über ihnen schweben. Es waren etwa dreißig Amöben, die sich in ständigen Kontraktionen ihrer Scheinfüße unaufhaltsam vorwärtsbewegten. Eine Aufnahme aus größeren Höhen zeigte, dass sie von der Kolonie der *Vokas* keinen Kilometer mehr entfernt waren. Jetzt musste schnell gehandelt werden.

»Wir nehmen sie mittels eines Transmitterfeldes unter Beschuss«, ordnete Nick an und gab sofort entsprechende Anweisungen an Raskin und Neige.

Vor den Bordkanonen der *Delcano* generierte Raskin ein Sendefeld und anhand der übermittelten Bilder justierte er zusammen mit Neige die Richtungsvektoren für das Ziel. Die *Destruktiven* hatten sich ihren Opfern inzwischen bis auf einhundert Meter genähert, als die Vorbereitungen abgeschlossen waren.

»Feuer frei!«, befahl Nick.

Vernichtende Hitzestrahlen schossen wie feurige Pfeile aus dem Raumschiff, durchdrangen von innen den Energieschirm, den Nick aus Sicherheitsgründen aktiviert hatte, und verschwanden im Dimensionsfeld des Transmitters. Augenblicke später konnten alle auf dem Bildschirm mitverfolgen, wie sich eine Amöbe - von dem Strahl getroffen - in ihre Atome auflöste.

Jubel in der Zentrale.

»Justierung für das nächste Ziel abgeschlossen!«, meldete François Neige. Seine Stimme klang voller Optimismus.

Endlich wieder ein Erfolg.

»Zweiter Schuss?«, fragte der Offizier.

Nick zögerte. »Wir wollen nicht unnötig vernichten! Warten wir erst ab, wie sie reagieren!«

Es folgte kein Rückzug. Die anderen setzten ihren Angriff unvermindert fort.

»Zweiter Schuss: Feuer frei!«

Die Bordkanone spuckte erneut ihre tödliche Energie aus, aber dann ging ein Entsetzensschrei durch das Schiff. Der Strahl traf nicht sein Ziel, sondern wurde wie von unsichtbarer Hand zurückgelenkt, schoss wieder durch das Dimensionsfeld und zerplatzte hell aufleuchtend am Energieschirm der *Delcano*.

Was war das?

»Sie haben in kürzester Zeit gelernt ...«, kommentierte Raskin, »... und den Strahl mit ihren mentalen Kräften an den Ausgangsort zurückgeschickt.«

»Zum Glück war der Energieschirm aktiviert, sonst hätten wir uns mit unseren eigenen Waffen kampfunfähig gemacht«, ergänzte Nick.

»Aber wie können wir ihnen jetzt noch beikommen?«, fragte Peter besorgt und stellvertretend für die anderen Crew-Mitglieder.

Raskins Antwort klang beruhigend. »Wir machen das wieder mit Transmitter. Die Zieloptik ist so gut, dass wir eine Bombe in das Innere eines Angreifers teleportieren können. Aufbau des Feldes und Transport müssen fast zeitgleich erfolgen, damit der Getroffene keine Zeit für irgendeine Reaktion hat.«

Sören Tauber meldete Bedenken an. »Druck- und Hitzewelle der Explosion könnten Schäden im Schiff verursachen.«

»Nicht, wenn wir das Sendefeld ausschalten, bevor die Explosion Wirkung zeigt. Weil es hier auf Hundertstelsekunden ankommt, geht das natürlich nur per Automatik!«

»Hervorragend, Herr Professor«, freute sich Nick. »Aber die Objekte sind in ständiger Bewegung. Wie sicher ist die Justierung?«

»Die Bewegungen des Angreifers werden von der Automatik erfasst und die Zielkoordinaten dynamisch angepasst. Es wird alles klappen!«

»Dann an die Arbeit, die Zeit ist knapp!«

Mit wachsender Sorge und innerem Schaudern verfolgten die Terraner, wie der erste Angreifer die Kolonie der *Vokas* erreichte. Langsam breitete er seine schleimige Masse dem Opfer entgegen. Wieder war es ein Bild des Grauens, die Bedrohung intelligenten Lebens war körperlich spürbar und kaum zu ertragen.

Nick schwitzte kalten Angstschweiß, ballte blutleere Hände zu drohenden Fäusten, rutschte unruhig auf seinem Sitz hin und her, wollte diese grausig-grässliche Situation am liebsten ignorieren. Aber es ging hier um Leben und Tod und sie waren als Retter unwiderruflich involviert.

Dann endlich die erlösende Meldung: »Berechnungen abgeschlossen, Brandbombe in Position! Wir aktivieren!«

Jetzt musste es passieren!

Die Spannung war kaum noch zu ertragen, die Nerven zum Zerreißen gespannt, dann kam der befreiende Paukenschlag: Im Innern des Angreifers vollzog sich die erwartete Explosion mit verheerender Wirkung, Plasmafontänen spritzten himmelwärts, begleitet von energetischen Entladungen, der gewaltige Leib der Amöbe blähte sich blitzartig auf wie ein luftgefüllter Ballon, barst Plasmabrocken und Partikel speiend auseinander und sackte schnell schrumpfend wieder in sich zusammen. Übrig blieb eine gallertartige Masse, die sich über den trist-trüben Ozean gleichmäßig verteilte. Für die *Vokas* kam die Rettung im letzten Augenblick.

»Volltreffer!«, kommentierte Neige.

»Die Berechnungen für den nächsten Angreifer sind abgeschlossen«, meldete Raskin. »Ich gebe sie in die Zielautomatik.«

Kurze Zeit später wiederholte sich das Bild. Der Vormarsch der *Destruktiven* war gestoppt. Weitere Bomben kamen zum Einsatz und zwanzig Minuten später war alles vorbei.

Große Freude im Schiff. Aufatmen. Erleichterung.

Nur Nicks Stimmung wirkte etwas gedrückt.

»Wir mussten dreißig Lebewesen töten, um andere zu retten«, klagte er. Seinen Kopf hatte er gesenkt, die Mundwinkel waren nach unten gezogen. »Wenn ich sie zur Einsicht gebracht hätte, wäre diese radikale Vernichtung überflüssig gewesen.«

»Ich kann Sie gut verstehen«, versicherte Peter Bruce, »aber es gab in diesem Konflikt einen *Point of no return*. Auch unter intelligenten Lebensformen finden wir manchmal so viel Bösartigkeit und null Bereitschaft zum Kompromiss, dass man nur die Wahl zwischen einem Entweder - Oder hat. Vergessen Sie nicht, dass die *Destruktiven* uns alle fast getötet hätten. Ohne ihre mentalen Fähigkeiten, Nick, gäbe es von uns jetzt nur noch knöcherne Überreste, von den *Vokas* wahrscheinlich gar nichts mehr.«

Der Kommandant nickte. »Danke, Peter. Sie erinnern mich an einen Spruch: *Es kann der Frömmste nicht in Frieden leben, wenn's dem bösen Nachbarn nicht gefällt*. Hier blieb uns tatsächlich keine andere Wahl.«

Wir sind überglücklich, dass ihr uns vor den Destruktiven gerettet habt, und voller Dankbarkeit für eure Hilfe. Wir können uns wieder frei bewegen und auch Nahrung aufnehmen. Es geht uns schon bedeutend besser. Die Zeit des Schreckens ist vorüber.

Kurz nachdem die *Delcano* wieder in die Nähe des dritten Planeten gesprungen war, hatte sich *Riizk* voller Euphorie gemeldet. Nick erklärte ihm in aller Ruhe, wie sie den Kampf gegen die *Destruktiven* geführt und schließlich erfolgreich beendet hatten.

Ein kurzes Schweigen, dann eine Antwort, die die überschwängliche Freude des *Vokas* noch einmal unterstrich: *Es ist schön, neue Freunde zu haben, noch dazu solche wie euch, die auf der einen Seite so hilfsbereit sind, auf der anderen Seite aber auch so ganz anders als wir und trotzdem freundlich und friedlich. Wir verstehen vieles nicht von dem, was du uns erzählt hast, Nick, aber wir können uns in unserer Verschiedenheit gegenseitig bereichern. Wir sind neugierig darauf, mehr von euch zu erfahren, und geben auch gerne weiter, was wir über uns und diese Welt wissen.*

Nick lächelte. »Denselben Wunsch haben wir auch.«

Alfredo Rossi wiegte beeindruckt seinen Kopf von einer Seite auf die andere und presste seine Lippen zusammen, sodass sie sich nach innen wölbten. »Unglaublich!«, murmelte er schließlich immer wieder vor sich hin, »Das ist wirklich unglaublich.«

Chau Yong sah in fragend an. »Wie meinen Sie das?«

»Es sind Einzeller«, bekundete er anerkennend, »und doch sind sie menschlicher als manche Menschen, die mit ihren Vorurteilen und Vorbehalten alles, was ihnen fremd ist, rigoros ablehnen und verachten. Von *Riizk* und seinem Stamm könnten solche Typen noch eine Menge lernen.«

Nick bestätigte. »Es ist die Angst vor dem Anderen und vor dem Verlust der eigenen Identität, die manche so denken und fühlen lässt, und ich fürchte, wir haben noch einen langen Weg vor uns, bis Vorurteile und Menschen verachtende Stereotype endgültig überwunden sind.«

Alfredo Rossi nickte traurig, aber anders als sonst kam von ihm kein weiterer Kommentar.

Indessen stellte der Kommandant eine Verbindung zur Kommunikationszentrale her.

»Tamara, bereiten Sie eine Konferenzschaltung vor. Ich will in zehn Minuten zu der Besatzung sprechen.«

»Wir werden das *Swing*-System demnächst wieder verlassen.«

Nick hatte Chau Yong und Professor Raskin einige Tage später zu einer Besprechung in seine Kabine eingeladen. Nach seinen einleitenden Worten griff er zu einer Karaffe auf dem Aluminiumtisch, füllte die Becher mit würzig duftendem Schamon, einem aus der Schamone vom Planeten Eden gewonnenen Fruchtmix, und nippte einmal kurz an seinem Trinkgefäß, bevor er es wieder auf die Platte stellte und seinen Gesprächspartnern erklärte, warum er zu dieser Entscheidung gekommen war: »Meine Präsenz auf *Colour* ist dringend erforderlich. Während es hier gelungen ist, die Mannschaft wieder zu beruhigen, berichten Xutl und Coomb von wachsender Unzufriedenheit unter den Besatzungsmitgliedern. Ich lasse ein Raumboot für die Wissenschaftler hier zurück. Chau, Sie übernehmen die Gesamtleitung und führen die Expedition nach Abschluss der Arbeiten wieder zurück. Sie, Raskin, koordinieren die Recherchen. Stellen Sie innerhalb der nächsten Stunde fest, welche Experten zurückbleiben werden. Einige S-Leute und Techniker sowie zwei Mitarbeiter des medizinischen Personals stelle ich Ihnen natürlich an die Seite.« Er schaute seine Stellvertreterin und den Professor erwartungsvoll an. »Haben Sie dazu noch eine Frage?«

Chau und Raskin verneinten.

»Prima. Wir bleiben selbstverständlich über Hyperfunk eng miteinander in Kontakt. Melden Sie sich, sobald es zu irgendwelchen Komplikationen kommt.« Mit diesen Worten wandte sich Nick wieder an den Professor. »Mich würde natürlich sehr interessieren, wie weit Sie mit Ihren Untersuchungen der Strahlung von *Swing* gekommen sind. Können Sie uns dazu schon etwas Neues berichten?«

Raskin musste sich kurz räuspern, dann erzählte er Nick und Chau von seinen jüngsten Ergebnissen: »Bei meinen Untersuchungen ist es tatsächlich zu einem Durchbruch gekommen. Das hat vor allem damit zu tun, dass ich schon vorher eine Theorie entwickelt hatte und meine Nachforschungen gemäß den Vorüberlegungen gezielt vornehmen konnte.«

»Dann können Sie uns jetzt sicher verraten, welches Geheimnis sich hinter dieser Sonne verbirgt?« Chau Yong war neugierig geworden und hatte sich weit nach vorne gebeugt.

Raskin lächelte. »Noch mehr als das. Ich bin fest davon überzeugt, dass mir auch die Entwicklung eines Neutralisationsfeldes gelingen wird. Dann können wir uns gefahrlos in der Nähe von *Swing* aufhalten und haben darüber hinaus gleich ein Abwehrmittel, falls uns Sonnen mit vergleichbaren Eigenschaften begegnen.«

»Das klingt sehr verheißungsvoll«, freute sich Nick. »Aber nun spannen Sie uns nicht länger auf die Folter. Sie können uns sicher in wenigen Sätzen erklären, was die Ursachen für die Anomalien in diesem Sonnensystem sind.«

»Das wird nicht einfach sein, aber ich will es gerne versuchen«, gab der Professor zur Antwort und begann übergangslos seinen staunenden Zuhörern von den Ergebnissen seiner Nachforschungen zu berichten. »*Swing* ist in der Tat ein sonderbarer Stern. Ob noch weitere dieser Art existieren, vermag ich momentan nicht zu sagen, halte es aber durchaus für möglich, wenn auch nur als statistischen Ausnahmefall. Doch nun zur Sache: *Swing* verfügt in seinem Innern über ein unvorstellbar starkes Magnetfeld mit einer Schwingungsamplitude gegen unendlich. Dadurch ist es zu einem Raum-Zeit-Riss gekommen, oder mit anderen Worten: zu einer Schnittfläche zwischen dem Hyperraum und unserem vierdimensionalen Raum-Zeit-Kontinuum. Die Folge ist ein ununterbrochener Zufluss von Energie aus dem übergeordneten Raum in unseren Kosmos.«

Chau Yong zuckte zusammen und blickte den Professor mit weit aufgerissenen Augen an, ihre Gesichtszüge verspannten sich. »Ist es ein unkontrollierter Ausbruch von Hyperenergie? Das kann für unser Universum doch unabsehbare Folgen haben.«

Raskin winkte ab. »Es ist nicht so dramatisch, wie es sich

anhört, Chau. Ich habe durch Messungen und den Einsatz einer Sonde herausgefunden, dass es im Innern von *Swing* einen subatomaren Selbstregulationsmechanismus gibt, der die Hyperenergie nur in winzigen Portionen in unser Universum eintreten lässt. Das hat eine Katastrophe verhindert. Aber nun weiter: Magnetfeld und Hyperenergie haben sich - entgegen aller energietheoretischen Kenntnisse - zu einem physikalisch hochkomplexen Konglomerat vermengt, das als bio-energetische Strahlung - ich nenne sie mal A - wie Alterungs-Strahlung – den Zeitablauf *innerhalb* eines Organismus von Lebewesen - nicht *außerhalb* - beschleunigt, mit der Folge, dass Defekte bei der Zellteilung schneller auftreten und sich dadurch der Alterungsprozess im Zeitraffertempo vollzieht, was wir ja schmerzhaft am eigenen Leib erfahren mussten. Den biologischen Aspekt für *Swing 3* haben wir übrigens erst vor Kurzem in seiner vollen Tragweite erkannt: Die Amöben sind wegen ihrer Einzelligkeit keinem Alterungsprozess unterworfen und so gesehen relativ unsterblich, deswegen zeigt die Strahlung bei ihnen auch keine Wirkung, weil aber durch die gegenläufigen Zonen die Zeit innerhalb eines Zellenverbunds mal vorwärts und mal rückwärts verläuft, konnten sich die Amöben auch nicht mit anderen Einzellern zu Mehrzellern dauerhaft vereinigen, um auf diese Weise einen hypothetischen evolutiven Prozess in die Wege zu leiten. Was aber passiert ist: Die Einzeller sind im Lauf der Zeit - möglicherweise auch durch die Strahleneinwirkung von *Swing* - zu wahren Riesen mutiert.«

»Wie konnten sie sich unter den physikalischen Bedingungen der verschiedenen Zonen überhaupt zu lebenden Zellen entwickeln?«, hakte Chau Yong nach, die mit den Ausführungen des Professors noch einige Probleme hatte.

Raskin schmunzelte. »Ganz einfach«, war seine verblüffende Antwort. »Die Vorstufe für das Entstehen der ersten lebenden Zelle war ein Prozess, in dem es durch Polymerisation und Polykondensation zur Kettenbildung von Kohlenwasserstoffen kam, aber bei dieser Stufe der chemischen Evolution gab es noch keine Lebewesen im biologischen Sinn, sondern nur organische Stoffe. Mit anderen Worten, die A-Strahlung und die Verjüngungsstrahlung, ich nenne sie mal J-Strahlung, konnten bei dieser Vorstufe des Lebens überhaupt noch gar nicht greifen.

»Sehr interessant«, kommentierte Nick. »Aber wie kommt es zu dem Umkehreffekt und den beiden verschiedenen Zonen, die sich dazu auch noch ständig ablösen?«

»Auch das hat wieder mit der Vermengung von überstarkem Magnetismus und der noch nicht bis ins Letzte verstandenen Hyperenergie zu tun«, fuhr Raskin mit seinen Erläuterungen fort. »Die Schwingungsfrequenz des Gemenges aus überfrequentiertem Magnetismus und adaptierter Hyperenergie erhöht sich durch den ständigen Zufluss aus dem Hyperraum permanent, bis sie ein Level jenseits der Lichtbarriere erreicht, was in Übereinstimmung mit Einsteins Theorien eine Umkehr der Zeit zur Folge hat. Man könnte auch von einer negativen Zeitdilatation sprechen. Das wiederum hat zur Folge, dass die Zellen nicht mehr altern, weil die Zeit – wohlgemerkt: nur für den Zustand des Organismus, nicht für Handlungen und äußere Einflüsse - in die andere Richtung verläuft, die A-Strahlung verwandelt sich in J- Strahlung, was zur Folge hat, dass der Alterungsprozess umgepolt wird und wir wieder jünger wurden.«

Raskin hielt einen Augenblick ein, aber weil weder Nick noch Chau einen Einwand vorbrachten oder Details zu den Ausführungen genauer erklärt haben wollten, setzte er seine Erläuterungen fort: »Nun zu der Existenz der gegenläufigen Zonen in diesem Sonnensystem: Durch den Selbstregulationsmechanismus von *Swing* werden die unterschiedlichen Strahlungsfelder wieder eliminiert, bevor sie zu mächtig und für die Struktur des Kosmos zu einer Bedrohung werden, aber es bleiben Reststrahlungen, die sich segmentförmig und nach Zonen gegliedert um die Sonne gelagert haben, so dass wir auf der Kreisbahn um *Swing* immer wieder von einer Zone in die andere gekommen sind. Zum Glück war der Aufenthalt in dem jeweiligen Bereich nie sehr lange, so dass wir keine irreparablen Schäden davongetragen haben.«

Wieder machte er eine kurze Pause, bevor er seine Ausführungen mit einer letzten Bemerkung zum Abschluss brachte: »Ich will noch etwas zu den unterschiedlichen Tempos von Alterung und Verjüngung erklären, die wir in den Zonen erlebt haben und nicht wirklich berechnen konnten. Das hatte etwas damit zu tun, dass die jeweilige Länge dieser Zeitspannen immer abhängig ist von der aktuellen, aber in ganz unterschiedlichen Intervallen auftretenden Emission der Sonne, die die Zonen mit abgespaltenen A- oder J-Teilchen versorgt. Die Felder nehmen dann die für sie affine Strahlung auf, die andere wird resorbiert. Dieser Vorgang verläuft stetig und wird wahrscheinlich erst beendet sein, wenn *Swing* zu einem roten Riesen geworden ist und in seinem Sterbeprozess allmählich erkaltet.«

Nick runzelte die Stirn. »Das ist harter Tobak. Für mich alles sehr abstrakt und nur schwer vorstellbar.«

»Wie alles in der Teilchenphysik. Ich selber habe manches Mal auch meine Mühe und muss mich damit begnügen, es nur theoretisch zu erfassen und ansonsten einfach stehen zu lassen.«

Nick erhob sich von seinem Platz. »Auf jeden Fall freue ich mich, dass Sie einen großen Schritt weitergekommen sind. Ich danke Ihnen, Professor. Forschen Sie weiter und entwickeln Sie ein Neutralisationsfeld. Auf mich warten jetzt andere Herausforderungen.«

Raskin lachte. »Ohne Herausforderungen wären Sie doch ein todunglücklicher Mensch.«

Nick erwiderte seine Bemerkung mit einem leichten Schmunzeln. »Manchmal wünschte ich mir, es wäre anders, aber ich fürchte, Sie haben recht.«

Kapitel 3
Neue Gefahren

»Gordon Banks hat uns verraten, hat uns schmählich im Stich gelassen!«

Der graubärtige, hünenhafte Ted Fuller schüttelte verächtlich sein Haupt und kaute vergrätzt auf den Lippen herum. Ihm gegenüber stand Samuel McGyver und schwieg ihn an.

Sie waren zusammen mit einigen anderen Meuterern in einer Lagerhalle eingesperrt. Dort harrten sie nun der Dinge, die da kommen sollten, und sie wussten, es würden keine angenehmen sein. Das Raumgericht war für seine harten Urteile bekannt. Auch wenn schon vor einigen Jahren die Zwangsarbeit auf dem Merkur aus humanitären Gründen ebenso abgeschafft worden war wie die Todesstrafe, blieben bei schweren Vergehen für den Verurteilten doch genügend Alternativen, sei es in einem Zuchthaus oder auf einer Gefängnisinsel. Ihre Träume von einer neuen Expeditionsleitung, in der sie selber eine führende Rolle spielen sollten, waren jedenfalls ausgeträumt, wie eine Seifenblase jäh zerplatzt. Die Gesichter der beiden Meuterer drückten Missmut und Verstimmung aus, ihre leeren Blicke trafen sich.

»Wenn ich den Kerl zu fassen kriege …«

»Beruhige dich, Ted, damit kannst du nichts mehr rückgängig machen. Wir müssen uns damit abfinden, dass wir verloren haben.«

»Er hätte nicht fliehen dürfen!«

»Sondern?«

»Er hätte im Schutz des Deflektors die Zentrale erobern müssen. Niemand hätte ihn bemerkt!«

Der Kanadier zweifelte. »Da war ein Hypnosestrahler über dem Eingang, der beim Öffnen des Schotts automatisch losging …«

»Den hätte man irgendwann wieder abgeschaltet, man wollte doch nicht jeden hypnotisieren, der in der Zentrale ein und aus ging. Außerdem hätte er noch andere Möglichkeiten gehabt.«

»Welche?«

»Das Schott öffnen und von außerhalb die Crew-Mitglieder unter Beschuss nehmen.«

»Vielleicht.«

»Jedenfalls ist seine Flucht eine Schande. Er hat sich damit bis aufs Mark blamiert, der alte Feigling!«

»Und ist noch dazu in Lebensgefahr geraten.«

»Wie das?«

»Er hat sich mit einem Blindsprung in Sicherheit gebracht.«

»Das war leichtsinnig!«

»Dasselbe hatte er Nick und Coomb vorgeworfen, und uns hat er damit geködert.«

»Ich fasse es nicht. Dieser Heuchler!«

»Und Nick hat viel riskiert, Ted, nur, um ihn zu retten.«

»Ich hab's auch gehört. Warum betonst du das so, Sam?«

»Weil ich dich was fragen will. Sag mir ganz ehrlich: Wäre Nick an Banks' Stelle auch einfach so getürmt?«

Fuller stutzte, unter seinem Bart verbarg er die eingefallenen Wangen, ein Zeichen, dass er intensiv nachdachte, und die Antwort, die er schließlich gab, war ihm nicht angenehm: »Nick ist anders als Banks. Er hätte uns nie im Stich gelassen.«

»Siehst du? Und jetzt sollten wir beide mal ganz fix darüber nachdenken, ob Nick nicht doch der bessere Kommandant für uns ist.«

Zur gleichen Zeit im heimatlichen Sonnensystem.

Offizier Wladimir Petrowitsch hockte mit seiner Kollegin Rebecca Gardner schon seit Stunden an den Überwachungsschirmen der Raumstation SD-4. Unter ihnen rotierte die Erde in ewiger Gleichförmigkeit, während sich das Zentralgestirn des Sol-Systems hinter der Wölbung des blauen Planeten lichtkräftig hervorschob und wie ein gigantischer Scheinwerfer den suchenden Augen der Sicherheitsbeamten in blendend-gleißender Helligkeit entgegenleuchtete.

Routinedienst. Bald würde die Ablösung kommen. Es wurde Zeit.

Gerade wollte Petrowitsch ein kurzes Protokoll-Statement zu ihrer Dienstzeit in den Bordrechner geben, als er auf dem Außenbildschirm eine Bewegung wahrnahm.

»Was war das?«, entfuhr es ihm. In diesem Augenblick stieß Rebecca Gardner einen spitzen Schrei aus, der ihm schmerzhaft in den Ohren gellte. Mit schreckgeweiteten Augen starrte er auf den Schirm, sein Gesicht war von Entsetzen gezeichnet. Träumte er? Da waren plötzlich Hunderte von Raumschiffen – Hunderte? Nein! Es mussten Tausende sein – so weit das Auge reichte – der ganze Bildschirm war angefüllt mit grau schimmernden Zigarren. Wo kamen die plötzlich her – so von einem Augenblick zum anderen? Kein Instrument hatte etwas registriert, keine Annäherung wurde vom Radar verzeichnet, kein Start auf der Erde beobachtet. Aber selbst, wenn: Wer konnte diese Mengen an Schiffen von der Weltsicherheitsbehörde unbemerkt konstruiert haben? Kamen sie via Teleportation? Unmöglich! Dann hätte der Dimensionsfeldspürer angeschlagen. Blieb noch der Hypersprung. Doch woher und warum?

Petrowitschs Bewusstsein war nur von einem einzigen Gedanken beherrscht: Alarm! Er musste sofort Alarm geben und die Raumabwehr informieren - wenn die nicht schon längst Bescheid wusste, denn so ein monströser Aufmarsch konnte keiner Observierungseinheit entgangen sein.

Hastig schnellte er mit seiner Hand zum Funkmodul und betätigte den Aktivierungs-Screen. »Hier SD-4 an Zentrale. Bitte kommen!«

Keine Reaktion. Was war bloß los? Ein Blick auf das Tastenfeld brachte Klarheit: Die Kontrolllichter waren erloschen.

»Die Geräte sind blockiert!«, schrie Gardner hysterisch auf und hatte große Mühe, eine aufkommende Panik niederzukämpfen. Hilflos starrten sich die beiden an, dann registrierten sie einen Blitz, der von einem der Schiffe auf sie zuschoss. Es war das Letzte, was sie wahrnahmen, bevor sie ihr Bewusstsein verloren und von einer undurchdringlichen Dunkelheit umhüllt wurden.

Jane Lee jubelte. »Meinen Tieren ist zum Glück nichts passiert. Wie gut, dass ich hier am Rande der Hauptstadt ein Biotop für sie angelegt habe, so ist ihnen die Progerie-Falle erspart geblieben. Die hätten sie bei ihrer viel kürzeren Lebensdauer wohl nicht überlebt. Wie du siehst, geht es ihnen allen wunderbar«, erklärte sie Nick, der trotz der vielen Aufgaben und Herausforderungen auch für seine Gefährtin etwas Zeit gefunden hatte - nach Auffassung der Zoologin allerdings viel zu wenig.

»Du hast mir die Gründe für dein Biotop-Projekt schon früher mal erklärt«, wusste sich Nick zu erinnern. »Du wolltest die Tiere nicht in der künstlichen Atmosphäre des Sternenschiffes belassen, während wir die frische Luft genießen.«

»Genau!«, erwiderte Jane. »Auch Tiere haben das Recht auf einen natürlichen und artgerechten Lebensraum, sie können genau wie wir Freude und Leid empfinden, und das bedeutet, wir stehen der Kreatur gegenüber in der Verantwortung. Außerdem gilt für mich der Grundsatz: Wer sich gegenüber Tieren grausam verhält, der tut das irgendwann auch bei Menschen. Das mag nicht für jeden zutreffen, aber zumindest für einige.«

Sie blickte mit tiefer innerer Rührung auf die Freigehege, in denen schweine- und hühnerähnliche Haustiere von *Darial* ein fröhliches Gequieke und Gegacker von sich gaben.

Nick freute sich mit ihr. »Diese Tiere haben nur einen Bruchteil der Lebenserwartung von uns Menschen«, erklärte er Jane. »Und du hast recht. Ich weiß nicht, ob sie die Progerie-Falle überstanden hätten, vor allem die kurzlebigen. Als wir in die Alterungs-Zone kamen, müsste bei ihnen die Frist bis zum physischen Tod viel schneller abgelaufen sein als bei uns und damit auch der Verwesungsprozess, bei einigen vielleicht sogar, bis nur noch Knochen übriggeblieben wären, bevor das Schiff wieder in eine J-Zone eintrat und die Zeit wieder rückwärtslief. Wir haben von diesem astrophysikalischen Phänomen noch viel zu wenig verstanden, um alle Auswirkungen bis ins Detail voraussagen zu können.«

Jane nickte und nahm sein Haupt liebevoll in beide Hände. »Wären die Verjüngungs-Zonen nicht gewesen, hätte ich auch von Dir nur noch ein paar Knochen zusammenlesen können, vorausgesetzt, eine Identifizierung wäre überhaupt möglich gewesen.«

Nick lachte. »Keine nette Vorstellung, nicht wahr?«

»Zum Glück haben sich die Zonen relativ schnell abgelöst«, überlegte Jane. »Aber wäre das nicht der Fall gewesen, was dann ...?«

»Erinnere dich mal an das Forschungsschiff in der Andromeda-Galaxis, das - von der Automatik gesteuert - nur mit Skeletten seine Heimreise zur Erde angetreten ist.«

Jane hatte verstanden. »So wäre es bei euch auch gewesen.« Sie besann sich einen kurzen Augenblick, dann wurde ihr bewusst, dass noch nicht alle Fragen beantwortet waren. »Und in der Verjüngungs-Zone?«, wollte sie schließlich wissen.

In der J-Zone hätten wir uns zu einer Eizelle und einem Samenfaden zurückentwickelt. Das Ergebnis wäre aber auf jeden Fall dasselbe geblieben. Du hättest meine Überreste nur mit einer DNA-Probe ausfindig machen können, um den Richtigen zu bestatten.«

Jane versetzte Nick mit ihrem Ellenbogen einen Stoß in die Seite. »Hör auf, solchen Unfug zu reden!«

Nick grinste. »Hätte aber sein können. Unsere Wissenschaftler sind noch dabei, die Struktur dieses Phänomens zu erforschen. Ich bin mir keinesfalls sicher, ob sich die Zonen um die gesamte Sonne herum immer in derselben Regelhaftigkeit gelagert haben. Denkbar wäre auch, dass nach einer A-Zone nichts weiter mehr gekommen wäre.«

»Pech für euch!« Janes Lippen umspielten ein schelmisches Lächeln.

»Und für dich!«, konterte Nick.

Jane sah ihren Gefährten herausfordernd an. »Meinst du etwa, du bist für mich unverzichtbar?«, fragte sie mit gespielter Entrüstung. »Ich kann sehr wohl auf dich verzichten. Muss ich ja auch sonst oft genug!«

Nick grinste sie an und strich ihr liebevoll über die Wange. »Auf mich wohl schon, aber ganz bestimmt nicht auf deine Viecher, von ihnen wäre nämlich auch nur ein Haufen Staub übrig geblieben. hätten wir sie an Bord gehabt!«

»Du altes Ekel!«, keifte Jane und versetzte ihm einen noch stärkeren Stoß in die Seite, aber dann besann sie sich eines Besseren, legte ihre Arme zärtlich um seine Hüften und drückte ihn fest an sich. »Ich bin so froh, dass ich dich nicht verloren habe.«

Schweigend standen sie eng umschlungen neben dem Borsten- und Federvieh, aber das Grunzen und Gackern vernahmen sie nicht, die Welt um sie herum verwandelte sich in eine unwirkliche Traumlandschaft, in der alles, was sie belastete, in einem Abgrund des Vergessens für immer zu versinken schien. Erst nach ungezählten Momenten seliger Abgeschiedenheit tauchte Jane als Erste aus den beglückenden Tiefen wieder auf und durchstieß die Oberfläche zur harten Realität.

Während sie kurz vorher ihren Gefährten noch etwas verträumt und weltvergessen angeblickt hatte, war sie nun endgültig in der Wirklichkeit angekommen, und ihre Frage, die auch Nick aus seinen Träumen wieder zurückholte, wirkte nach der erlebten Zweisamkeit wie ein aufschreckender Paukenschlag: »Welche Pläne hast du für die nächsten Tage?«

Die Antwort kam umgehend: »Ich habe morgen einen Termin mit unserer Psychologin. Sie will mir ein paar Tipps geben, wie ich mit Banks reden soll, danach treffe ich mich mit Xutl und André. Wir wollen uns absprechen, welches Strafmaß für Gordon angemessen ist, und übermorgen wollen wir mit ihm das Gespräch führen. Ich hoffe, er wird zur Einsicht kommen.«

»Das wünsche ich euch. Und wie ist es mit der Fortsetzung der Expedition?«

»Das stelle ich den Mannschaften frei. Die Unzufriedenheit hat sich seit meiner Rückkehr von *Swing* und der Abwehr des Aufstandes wieder etwas gelegt und ich gehe davon aus, dass ich die Mehrheit der Besatzungen für die Fortsetzung der Expedition überzeugen kann«, hoffte Nick. »Ich plane in drei Tagen eine große Videokonferenz mit Informationen zur Meuterei und auch zum Restitutionsprojekt. Im Rahmen dieser Berichte kannst du dann auch endlich deine Forschungsergebnisse von *Darial* zum Besten geben.«

Jane freute sich und lächelte ihm zu. »Danke, Nick, darauf habe ich schon ungeduldig gewartet.«

»Banks, ich muss ihnen zunächst einmal ein Kompliment aussprechen!«

Der ehemalige Kopf der Meuterer starrte Nick, Xutl und Coomb wie das achte Weltwunder an. Hatte er da eben richtig gehört?

Schon eine Woche nach ihrer Rückkehr von *Swing* war Gordon Banks dank intensiver Betreuung durch Dr. Clark und Dr. Shukow physisch und psychisch wiederhergestellt. Das Trauma seiner Erlebnisse im *Swing*-System hatte er verarbeitet, aber das Unangenehmste stand ihm noch bevor. Er musste der Expeditionsleitung zu seinem Aufstand Rede und Antwort stehen. Aus diesem Grund hatte er ein Verhör erwartet, das ihn gnadenlos zur Rechenschaft ziehen und über sein weiteres Schicksal entscheiden würde. Und nun dies ...

Banks blieb keine Zeit zum Nachdenken, denn Nick fuhr bereits mit seinen Erklärungen fort: »Ich finde es bewundernswert, wie Sie es geschafft haben, eine geheime Gruppe aufzubauen und einen Aufstand fast perfekt vorzubereiten. Wir hatten großes Glück, ihnen auf die Schliche zu kommen, und es bedurfte einer gut durchdachten Strategie, um ihre Meuterei niederzuschlagen. Sie sind ein hervorragender Organisator! Außerdem rechne ich Ihnen hoch an, dass Sie bei Ihrer Meuterei den Verlust von Menschenleben um jeden Preis vermeiden wollten.«

Banks rang sich mühsam ein verhaltenes Lächeln ab, das aber mehr grimmig als heiter wirkte. »Danke für das nette Wort, Mr. Steel. Aber ich sitze hier sicher nicht, damit ich von Ihnen Ehrenbezeugungen empfange und für meine Verdienste zum Kommandeur der *Lascasas* befördert werde.« Es war ein wenig geglückter Versuch von Galgenhumor, aber Nick hatte auf eine Reaktion wie diese gehofft. Etwas sarkastisch gab er zur Antwort: »So leid mir das auch tut, es Ihnen sagen zu müssen, Mr. Banks, aber Sie liegen mit Ihrer Einschätzung total richtig. Wir führen in der Tat kein Gespräch über eine mögliche Beförderung. Und ich will Ihnen auch gleich den Grund dafür nennen. Bei all Ihren herausragenden Fähigkeiten verfügen Sie doch über eine eklatante Schwäche, deretwegen ich Ihnen die oberste Leitung eines Schiffes nicht anvertrauen könnte.«

Banks horchte neugierig auf. Welche Schwäche meinte er?

»Ihr Hypersprung ohne Berechnungen hat gezeigt, dass Ihre Risikobereitschaft zu hoch ist.« Nicks Erklärung glich einer schonungslosen Anklage, die er mit seinen nächsten Worten unbeirrt weiter untermauerte: »Statt sich der Verantwortung für ihre Meuterei zu stellen, haben Sie die Flucht ergriffen, dazu mit dem Blindsprung leichtsinnig Ihr Leben aufs Spiel gesetzt, und nicht nur Ihres, sondern auch das Leben ihrer Retter, die bei dem Bergungsversuch um ein Haar selber draufgegangen wären. Des Weiteren muss ich Sie wegen der Schuld am Fast-Verlust eines Raumbootes zur Rede stellen. Ich brauche Sie wohl nicht daran zu erinnern, dass diese kleinen Kugelraumer konstruiert und in die Sternenschiffe integriert wurden, um in Notsituationen Leben zu retten. Das waren entscheidende Fehltritte, die Ihnen auch das Ansehen bei Ihren Leuten gekostet haben.« Nick hielt einen Augenblick inne, dann fügte er etwas versöhnlicher hinzu: »Aber ich will Ihnen zum Trost sagen: Wir sind alle nur Menschen und jeder von uns hat in seinem Leben schon etliche Fehler begangen. Ich schließe mich da selbst nicht aus, denn ich weiß, dass ich häufig sehr - oder vielleicht sogar *zu* risikobereit bin, aber es war immer im Interesse der Expedition - und bei dem letzten Einsatz war ich sehr daran interessiert, *Ihnen* das Leben zu retten.«

»Warum haben Sie das getan?«

Es war wieder eine Frage, auf die Nick gehofft hatte. Xutls angedeutetes und kaum wahrnehmbares Nicken verschaffte ihm die Gewissheit, dass Banks ihnen kein Theater vorspielte, sondern an den Hintergründen seiner Rettung ernsthaft interessiert war.

Dann setzte Nick zu seinen entscheidenden Gedanken an: »Zum einen ist mir jedes menschliche Leben unendlich wertvoll, sodass ich mein Äußerstes gebe, es zu retten oder zu schützen, zum anderen habe ich mich um Ihr Leben bemüht, weil gerade *Sie* mir wichtig sind. So wichtig, dass ich alles riskiert habe, um Sie aus der Progerie-Falle herauszuholen. Ich schätze ihre Kompetenzen und ihre besonderen Fähigkeiten, und Sie sind für mich mit ihrer kritischen Haltung ein wichtiges Korrektiv, damit bei mir die Pferde nicht durchgehen. Ich kann und will auf Sie nicht verzichten.«

Gordon Banks wollte etwas erwidern, aber Nick ließ ihn nicht zu Wort kommen. Mit der Bemerkung »Gleich, Banks, ich muss

Ihnen vorher noch etwas Wichtiges sagen« setzte er seine Erklärungen fort. »Ich habe mich in den vergangenen Tagen mit ihrem Lebenslauf beschäftigt. Sie hatten es als Kind unter dem krankhaften Ehrgeiz und der überstrengen, unmenschlichen Erziehung Ihres Vaters wirklich nicht leicht, und das tut mir sehr sehr leid.[12] Ich kann auch gut verstehen, dass Sie immer nur höchste Leistungen erbringen wollen und in Ihrem Selbstvertrauen tief erschüttert sind, wenn man Ihre Mühen nicht genügend honoriert, aber Sie werden innerlich nur frei, wenn Sie Ihre Verletzungen überwinden, und das ist ein Prozess, den man nicht mit rabiaten Aktionen wie Ihrem Aufstand löst.«

Banks drehte seinen Kopf nach rechts und neigte ihn ein wenig, während sich über seiner Nasenwurzel tiefe Furchen bildeten. Nick und seine Freunde spürten, dass er in seinem Inneren einen schweren Kampf ausfocht.

Eine Minute Schweigen. Banks zitterte, rutschte mit den Beinen hin und her, verzerrte sein Gesicht, auf seine Stirnwand hatte sich ein dünner Schweißfilm gelegt. Dann öffnete er die Lippen und versuchte, einen Satz zu formulieren.

Stockend brachte er heraus: »Ich ... bin tief in Ihrer Schuld. Ich habe es ... nicht verdient ... und trotzdem haben Sie alles für mich riskiert und mir ... das Leben gerettet. Ich hatte in den letzten Tagen viel Zeit, über ... mich nachzudenken. Die Erfahrungen im *Swing*-System haben mich verändert. Ich weiß ... jetzt: Was ich getan habe, war ... verkehrt. Ich kann Sie nur für alles ... um Vergebung bitten.«

Unbemerkbar für Banks nickte Xutl.

Und Nick atmete auf. Das Gespräch verlief besser als gedacht.

12 Siehe Nick-Roman-Zyklus „Unternehmen Magellan“ Folge 1 „Start in die Unendlichkeit“, S. 32ff.

»Die Vergebung erteile ich Ihnen gerne und freue mich über Ihre Einsicht. Aber als Kommandant bin ich auch dazu verpflichtet, bei Vergehen gegen die Expeditionsordnung Recht zu sprechen. Wissen Sie, was laut Paragraph 73b der Raumfahrtbehörde bei Befehlsverweigerung und Meuterei für Strafen vorgesehen sind?«

Banks nickte: »Bei schweren Fällen lebenslange Haft auf einer Gefängnisinsel.«

»Die Statuten schreiben vor«, fuhr Nick weiter fort, »dass ich Sie an Bord sicher verwahre und nach unserer Rückkehr der Weltraumbehörde übergeben muss, damit man Sie vor das Raumgericht stellen kann.«

Banks wirkte geknickt, er senkte beschämt seinen Oberkörper »Ich weiß und werde die Verantwortung übernehmen.«

»Moment!«, bremste Nick - für Gordon Banks völlig unerwartet. »So schnell bin ich mit der Angelegenheit noch nicht am Ende. Es gibt da nämlich einen weiteren Paragraphen: Nr. 74.«

Banks blickte ihn mit neugierigen, offenen Augen an und schöpfte wieder Hoffnung. Er ahnte, was nun kommen würde, denn den Paragraphen hatte er oft studiert und kannte ihn in- und auswendig.

»Paragraph 74 ...«, dozierte Nick mit wohlwollendem Blick auf Banks, »... autorisiert den Kommandanten, auch bei schweren Verstößen dem Schuldigen die Möglichkeit zu geben, sich zu bewähren, und wenn der Delinquent innerhalb dieser Zeit keinen Anlass zur Klage gibt, ist der Kommandant sogar dazu berechtigt, eine Amnestie auszusprechen.« Nick drehte sich zu Xutl und Coomb, und als sie ihm zunickten, erklärte er: »Wir Schiffsleiter haben uns schon vorher abgesprochen und sind jetzt aufgrund des Gesprächsverlaufs dazu bereit, Ihnen eine Chance zu gewähren. Dasselbe gilt auch für Ihre Mitstreiter.«

Gordon starrte die drei mit großen Augen an. Fassungslosigkeit lag auf seinem Gesicht, und dann geschah das Unglaubliche, etwas, das keiner für möglich gehalten hätte: seine Augen wurden feucht.

Der harte Banks ...

Zum ersten Mal in seinem Leben fühlte er sich angenommen und wertgeschätzt.

»Ich danke Ihnen«, stammelte er nach einer Weile. »Ich danke Ihnen. Damit hätte ich nicht gerechnet. Ich werde für den Rest der Expedition auf Ihrer Seite stehen. Das verspreche ich Ihnen hiermit hoch und heilig.«

Xutl bestätigte, dann sagte Nick: »Ich freue mich über Ihre Worte und bin davon überzeugt, dass Sie es damit ernst meinen. Für den Neuanfang wünschen wir Ihnen alles Gute.« Nick verschnaufte für einen Moment, dann setzte er nach: »Aber es gibt da noch zwei Bedingungen, die wir an diese Entscheidung knüpfen.«

»Ich höre!«

»Sie entschuldigen sich bei Ihren Leuten für den Aufstand und dass sie durch Ihre Agitation in die Meuterei mit hineingezogen wurden - eine Entschuldigung erwarte ich aber auch vor den Besatzungen. Bitten Sie die Expeditionsmitglieder, Ihnen eine zweite Chance zu gewähren.«

Banks nickte. »Das wird mir schwerfallen, aber ich sehe ein: Es muss sein, wenn ich das Vertrauen der Besatzung zurückgewinnen will.«

»Und leider noch etwas«, setzte Nick die Aufzählung der getroffenen Maßnahmen fort. »Keiner würde Verständnis dafür haben, wenn Sie der stellvertretende Kommandant der *Lascasas* blieben. Ihren Posten wird der Navigator Ahnik Peshewa übernehmen. Für die Navigationsaufgaben habe ich Eric Marsh geordert. Ihr neuer Dienstgrad lautet *Offizier zur besonderen Verwendung*. Sie kommen auf die *Delcano* unter meiner Obhut und ich unterstelle Sie Richard Dickson, der als Leiter des z.b.V.-Korps für Sie ab sofort zuständig sein wird. Ich erwarte, dass Sie ihn als Ihren Vorgesetzten respektieren und seinen Anweisungen Folge leisten.«

Wieder nickte Banks, diesmal schweigend. Er war froh, dass er so glimpflich davongekommen war, und würde alles tun, um das verlorene Vertrauen bei Mannschaft und Expeditionsleitung wieder zurückzugewinnen.

»Das Restitutionsprojekt wird in zwei Monaten abgeschlossen sein, danach werden wir unsere Expedition entweder fortsetzen oder nach Terra zurückkehren!«, erklärte Nick einige Tage später auf einer Videokonferenz vor den versammelten Mannschaften der drei Sternenschiffe. Die Berichte über den Aufstand, die aktuelle Situation auf *Colour*, Janes Untersuchungen zur Fauna verschiedener Welten und die Forschungsarbeiten im *Swing*-System waren gegeben.

Nun kam es darauf an.

»Ich habe Ihnen allen etwas Wichtiges zu erklären«, fuhr Nick weiter fort. »Zunächst entschuldige ich mich dafür, dass ich durch riskante Aktionen gefährliche Situationen heraufbeschworen habe. Ich weiß, dass ich manchmal sehr viel aufs Spiel setze - auch um das Leben von Besatzungsmitgliedern zu retten oder zu bewahren, und gerade der Rettungseinsatz von Gordon Banks hat gezeigt, wie wichtig es ist, sich mit Gefahren auseinanderzusetzen. Der 24 Lichtjahre entfernte *Swing* ist für uns eine astrophysikalische Herausforderung der besonderen

Art, dessen Erforschung uns bei einem weiteren Verlauf der Expedition sehr nützlich sein kann, vielleicht sogar für die ganze Menschheit, und zwar genau dann, wenn Sol ein ähnliches Phänomen entwickelt, wie es bei *Swing* aufgetreten ist. Sollte das je der Fall sein, wäre die Menschheit vorbereitet, denn Professor Raskin arbeitet bereits an einem Neutralisationsfeld, das vor den Strahlen der A- und J-Zonen schützt.«

Er legte eine kurze Pause ein, bevor er seine Erklärungen fortsetzte. »Ich weiß, dass einige von Ihnen wegen unseres langen Aufenthaltes auf dieser Welt unzufrieden sind. Sie drängen auf eine Fortsetzung der Expedition. Das kann ich gut verstehen, aber vergessen Sie nicht, mit welcher Prämisse wir zu unserer Reise angetreten sind: Unser Auftrag lautet, als Botschafter des Friedens den Kosmos zu durchqueren, was für mich bedeutet, dass Rettung und Schutz von Leben oberste Priorität genießen. Auch das Restitutionsprojekt auf *Colour* dient genau diesem Ziel. Wir wollen eine wunderbare Zivilisation wieder zum Leben erwecken und dafür darf der Zeitfaktor keine Rolle spielen. Die *Colourianer* sind unsere Freunde, und für seine Freunde setzt man sich ein und bringt auch manchmal Opfer. Das würden sicher auch Sie von Ihren Freunden erwarten.«

Wieder unterbrach sich Nick für einen kurzen Moment, dann setzte er zu seiner entscheidenden Aussage an: »Dieser Grundsatz - und da spreche ich im Namen aller Schiffsleitungen - wird für mich auch weiterhin das oberste Gebot bleiben. Sollte die Mehrheit von Ihnen dem nicht folgen können, brechen wir die Expedition ab und kehren zur Erde zurück. Ansonsten setzen wir unsere Forschungsreise weiter fort. Wer diesen Grundsatz nicht teilt oder nicht mehr will, weil ihm die Reise durch den Kosmos zu gefährlich wird, kann gerne zur Erde zurückkehren. Wir werden für solche Besatzungsmitglieder Ersatz rekrutieren.

Demnächst schicken wir ein Raumboot mit einem Zwischenbericht nach Terra. Der genaue Termin wird rechtzeitig bekannt gegeben. Bis dahin können Sie sich entscheiden, ob Sie gehen oder bleiben wollen. Wir freuen uns aber über jeden, der die Reise mit uns weiter fortsetzt. Eine schriftliche Abstimmung dazu wird in fünf Tagen stattfinden. Halten Sie sich also bereit. Wir werden Sie rechtzeitig informieren. Und jetzt gebe ich Ihnen die Gelegenheit, Fragen zu stellen.«

Zu seiner großen Überraschung gab es keine. Dann meldete sich Chefastronomin Betty Huigens zu Wort. »Herr Commander, wir haben im Kreis der Astronomen und Astrophysiker bereits intern über dieses Thema diskutiert und ich möchte Ihnen mitteilen, dass wir geschlossen hinter Ihnen stehen.«

»Die Energetiker auch!«, verkündete May Caryll und ergänzte auf die ihr eigene Art: »Wir wollen die Geheimnisse des Universums erforschen und auch Nick Steels Pro-Live-Konzept, wie wir sein oberstes Gebot getauft haben, ausdrücklich unterstützen. Wem das nicht passt, kann gehen. Auf solche Mitstreiter verzichte ich gerne!«

»Danke für Ihre Solidarität, Dr. Caryll«, antwortete Nick. »Trotzdem müssen wir es lernen, auch andere Positionen zu respektieren. Wir wollen niemanden unter Druck setzen und von meiner Seite wird es auch keine Vorwürfe geben.«

Es folgten noch Statements verschiedener Sektionen. Sie waren alle positiv und bestärkten Nick in seiner Annahme, dass die Mehrheit der Besatzungen hinter ihm stand.

Raumboot X-1 näherte sich mit R4-Antrieb dem blauen Planeten, an Bord die drei z. b. V.- Offiziere Luke Hamilton, Stanislav Mukowski und als weibliches Besatzungsmitglied die Japanerin Yoko Fakui.

»Hier Raumboot X-1, Beiboot des Sternenschiffes *Delcano.* Wir bringen Nachrichten von der transkosmischen Expedition und bitten um Landeerlaubnis.« Stanislav Mukowski saß am Funkgerät. Er hatte seine Nachricht an den Weltraumbahnhof New York geschickt, und jetzt warteten alle gespannt auf die Antwort der Bodenleitzentrale.

Und die ließ nicht lange auf sich warten, aber sie war anders als erwartet. »Hier Raumflughafen New York. Identifizieren Sie sich!«

Luke, Stanislav und Yoko sahen sich fragend an. Identifizieren? Davon war in keiner Instruktion die Rede. Was sollten sie tun?

Während Mukowski noch unschlüssig auf den leeren Bildschirm starrte, übernahm Yoko Fakui die Kommunikation. »Wir verstehen Ihre Aufforderung nicht. Unser Raumboot ist die X-1, Beiboot der *Delcano* unter der Leitung von Nick Steel. Die Besatzung besteht aus drei Personen: Luke Hamilton, Stanislav Mukowski und Yoko Fakui, z. b. V-Offiziere der *Delcano*. Wenn diese Angaben nicht reichen, können wir Ihnen aber auch gern unsere Personalnummern nennen. Über mehr an Identifikation verfügen wir allerdings nicht.«

Die Antwort war schroff und lapidar: »Landeerlaubnis nicht erteilt. Warten Sie!«

»Was soll dieser Unfug!«, regte sich Mukowski auf. »Das sind dort unten doch keine Idioten! Die müssen doch wissen, wer wir sind!«

Yoko Fakui pflichtete ihm bei. »Und dann diese neumodischen Methoden. Seit wann muss man sich hier identifizieren? Bisher hat immer die Nummer des Raumers gereicht«

Luke Hamilton blickte nachdenklich auf den immer noch leeren Bildschirm. »Sie zeigen sich nicht einmal«, lamentierte er. »Ich habe so das dumme Gefühl, dass hier irgendetwas nicht stimmt.«

»Und dabei wollten wir die Heimat doch nur darüber informieren, dass vom Lorg-Imperium keine Gefahr ausgeht und wir in einer Abstimmung beschlossen haben, die Expedition weiter fortzusetzen. Wir bringen nicht einmal unwillige Teilnehmer zurück, weil sich letzten Endes doch alle für eine Fortsetzung der Mission entschieden haben.« Yokos verspannte Gesichtszüge drückten erhebliche Zweifel darüber aus, ob sie sich hier am richtigen Platz befanden. Am liebsten wäre sie wieder zurückgeflogen, aber sie hatten einen Auftrag, und den wollten sie auf jeden Fall zu einem vernünftigen Abschluss bringen.

Wieder meldete sich die Stimme aus dem Lautsprecher. »Fakten überprüft und für korrekt befunden. Landeerlaubnis wird nachträglich erteilt. Nehmen Sie Sektor D4 am äußersten östlichen Rand der Landefelder. Ein Heli-Car wird Sie abholen und direkt in das Gebäude der Weltraumforschungsbehörde zu Mr. Marsh bringen. Er wird Ihren Bericht entgegennehmen.«

Hamilton war mit der Anweisung nicht zufrieden. »Warum so weit abseits? Können wir nicht ein zentrales Feld nehmen? Immerhin bringen wir wichtige Nachrichten von einer Mission, zu der wir im Auftrag der Weltraumbehörde gestartet sind.«

»Die Anweisung, in Sektor D4 zu landen, bleibt unverändert bestehen. Befolgen Sie unsere Anordnungen.« Der letzte Satz klang fast wie eine Drohung.

Hamilton renkte ein. »Ok, ok! Aber wir protestieren gegen diesen unfreundlichen Empfang und verlangen umgehend eine Verbindung mit Mr. Marsh!«

»Sie haben später genügend Möglichkeiten, sich mit Ihrem Chef auszutauschen.« Die Antwort kam kalt und knapp, aber noch abweisender klang der anschließende Satz: »Falls Sie keine weiteren Fragen mehr haben, ist das Gespräch hiermit beendet.«

»So ein widerlicher Lackaffe!«, schimpfte die Japanerin. »Ich bin mal gespannt, was uns dort unten erwartet.«

Eine Viertelstunde später war die X-1 auf dem angewiesenen Feld gelandet.

»Übertragen Sie die Daten zu Ihrem Bericht auf das Zentralarchiv der Weltraumforschungsbehörde. Speichern Sie es unter dem Stichwort *Transkosmische Expedition - Zwischenbericht Nick Steel* mit dem heutigen Datum. Anschließend verlassen Sie das Boot und warten vor der Rampe, bis Sie das Heli-Car abholt.«

Es kam kein Heli-Car, dafür näherte sich ihnen ein mittelgroßer Schwebebus. Die Crew konnte hinter dunkel gefärbten Fensterscheiben nicht erkennen, ob sich jemand in dem Fahrzeug befand oder ob es ferngesteuert war.

Der Bus hielt an, die breite Schiebtür glitt zur Seite und vier schwarzuniformierte Gestalten mit gesichtsverdeckenden Helmen richteten ihre Gewehre auf sie.

Luke Hamilton reagierte sofort. Per Gedankenbefehl teleportierte er seine Strahlenwaffe in die rechte Hand, doch bevor er auf die Wachen schießen konnte, traf ihn selbst ein Strahl, der ihn in seiner Bewegung erstarren ließ. Stocksteif wie eine Schaufensterpuppe stierte er seine Gefährten mit ausdruckslosen Augen an.

»Wir haben ihn paralysiert!«, erklärte einer der Uniformierten mit kalter, unbeteiligter Stimme. »Er wird sich in einigen Minuten wieder bewegen können. Händigen Sie uns jetzt Ihre Waffen aus!«

Yoko und Stanislav gehorchten zähneknirschend, aber widerspruchslos, dann wurden sie dazu gezwungen, das Gefährt zu besteigen. Einer der Bewaffneten richtete sein Gewehr auf Luke, ein Traktorstrahl erfasste den Offizier und transportierte ihn zu den anderen. Stanislav und Yoko mussten dem unwürdigen Schauspiel machtlos zusehen, und beiden war der letzte Zweifel genommen: Irgendetwas konnte hier nicht stimmen!

Zwei Tage später.

»Wir übermitteln die besten Grüße von Mr. Marsh«, rief Luke Hamilton nach ihrer Rückkehr dem Kommandanten der *Delcano* schon beim Verlassen der Rampe entgegen.

Nick Steel hatte sich persönlich im Hangar eingefunden, um seine Offiziere mit Handschlag zu empfangen und sich für den erfolgreichen Abschluss der Mission zu bedanken.

Zu diesem Zeitpunkt konnte er allerdings nicht ahnen, dass dem Einsatz der drei z. b. V.-Offiziere alles andere als ein zufriedenstellender Erfolg beschieden war.

»Er hat sich über Ihren Bericht sehr gefreut«, ergänzte die Japanerin mit warmer und wohlklingender Stimme. »Alle guten Wünsche der Weltraumforschungsbehörde und der gesamten Menschheit werden uns weiterhin begleiten.«

»Vielen Dank«, erwiderte Nick. »Ich erwarte Sie in einer halben Stunde im Konferenzraum 1 zum Rapport. Bis dahin können Sie sich von Ihrem Einsatz ein wenig erholen.«

Luke Hamilton nickte dem Kommandanten zu. »Das geht in Ordnung, Sir!«

Auf dem Weg in ihre Kabinen waren die drei wieder unter sich. »Wir müssen gut aufpassen«, wisperte Yoko den anderen zu. »Nick ist ein scharfer Beobachter. Wir dürfen uns keine Fehler leisten.«

»Es wird alles klargehen, Yoko, wir wissen, was wir zu tun haben!« Mit diesen Worten nahm Stanislav Mukowski die Abzweigung zu einem Nebengang, um wenige Augenblicke später in seiner Kabine zu verschwinden.

Kapitel 4
Die große Leere

»Wir haben eine Entscheidung getroffen.«

Die Nachricht kam für viele wie eine erlösende Botschaft aus quälender Ungewissheit.

Nachdem Nicks Abbild auf den Monitoren und Bildschirmen der drei Sternenschiffe erschienen war und das Getuschel allmählich verstummte, warteten alle gespannt auf seine Ausführungen. Was hatte die Expeditionsleitung beschlossen und unter welchen Rahmenbedingungen würden sie nach halbjähriger Projektarbeit auf *Colour* ihre Forschungsreise wieder aufnehmen?

Doch die Expeditionsteilnehmer mussten ihre Erwartungen zunächst noch etwas zurückschrauben, denn Nick kam als Erstes auf den Einsatz aller Mitarbeiter zu sprechen und hob deren Engagement wertschätzend hervor: »Danken möchte ich eingangs Ihnen allen für Ihre Geduld und Ihr beispielloses Bemühen, mit dem Sie das *Colour-Restitutionsprojekt* auf diesem Planeten zu einem erfolgreichen Abschluss gebracht haben. Wir können die *Colourianer* in der Kolonie jetzt sich selbst überlassen. Sie werden ihren Planeten wieder neu beleben. Somit stehen wir kurz vor der Fortsetzung unserer Expedition. Einige von Ihnen haben uns dazu ihre Ideen und Gedanken mitgeteilt. im Namen der Expeditionsleitung spreche ich dafür auch meinen herzlichen Dank aus. Und jetzt komme ich zum Hauptthema dieser Videokonferenz: Wie wird es mit unserer Reise durch den Kosmos weitergehen?«

Ohne Unterbrechung erläuterte er nun die Beschlüsse des Leitungskomitees.

»Nach Rücksprache mit Vertretern aller Sektionen und unter Berücksichtigung Ihrer Vorschläge werden wir zunächst stichprobenartig die nähere und weitere Umgebung untersuchen. Uns geht es dabei vor allem um die Frage, ob die A- und J-Zonen auf *Swing* nur ein Phänomen sind, das auf diese Region begrenzt ist, oder ob es sich um eine kosmische Konstante handelt, die früher oder später bei jeder Sonne auftreten kann. Einige unserer Astronomen neigen zu dieser These, andere wiederum gehen davon aus, dass uns dann mit Sicherheit schon ähnliche Sonnen begegnet wären. Aber vielleicht ist diese Anomalie aus uns bisher unbekannten Gründen auch nur auf bestimmte kosmische Regionen beschränkt. Nichtsdestotrotz müssen wir aber alles Erdenkliche versuchen, um diese Frage zu klären. Das sind wir unseren Auftraggebern, der Menschheit und allen galaktischen Völkern schuldig.«

Nick hielt einen kurzen Augenblick inne, um eine Reaktion aus der Besatzung abzuwarten, aber als dies ausblieb, setzte er mit seinen Erklärungen fort.

»Natürlich werden wir auch danach forschen, ob es Planeten mit interessanten Lebensformen gibt. Erst, wenn wir diese genannten Untersuchungen zu einem vorläufigen Abschluss gebracht haben, schicken wir Sonden bis in eine Entfernung von 1000 Milliarden Lichtjahren, um zu überprüfen, ob wir Hypersprünge über diese Distanz gefahrlos vornehmen können. Wenn das problemlos gelingt, sollen die Abstände noch deutlich größer werden.«

Nick hielt kurz inne, bevor er sich wieder an seine Zuhörer wandte. »Gibt es dazu noch eine Frage?«

Terence Clark meldete sich zu Wort. »Werden wir in Zukunft

gefahrlos Sonnensysteme mit Alterungs- und Verjüngungszonen aufsuchen können?«

Nick bestätigte. »Das können wir. Professor Raskin hat an einem Neutralisationsfeld gearbeitet und wird Sie jetzt über den aktuellen Stand seiner Arbeiten informieren.«

Das Bild wechselte und Raskins sympathisches Gesicht erschien auf den Schirmen. Sein Schnauzbart bewegte sich leicht auf und ab. Er war aufgeregt und freute sich darauf, den Besatzungen eine gute Nachricht zu übermitteln.

»Liebe Expeditionsteilnehmer«, hob er feierlich an, »ich kann Ihnen die erfreuliche Mitteilung machen, dass es mir gelungen ist, ein Abwehrfeld gegen Progerie und Verjüngung zu entwickeln. Mit einfachen Worten ausgedrückt handelt es sich dabei um eine gegenpolige Strahlung, die die destruktive Wirkung der Felder neutralisiert. Des Weiteren habe ich ein Gerät entwickelt, das ich *AJ-Melder* nenne und welches das Auftreten dieser für uns so verhängnisvollen Strahlungen registriert. Der AJ-Melder wird zusammen mit einem Neutralisationsfeldgenerator die nächsten Tage in allen Schiffen und Fahrzeugen installiert. Außerdem wird die Techniksektion Mini-Einheiten für Raumanzüge konstruieren, so dass auch eine freie und gefahrlose Bewegung auf betroffenen Welten möglich ist. AJ-Melder und Neutralisator sind mit einer Synchronschaltung verkoppelt, was bedeutet: sobald eine A- oder J-Zone registriert wird, kommt es automatisch zu einer Aktivierung des Generators.«

Staunen. Zufriedene Gesichter. Anerkennendes Gemurmel.

Weil es zu Raskins Ausführungen keine weiteren Fragen mehr gab, wechselte die Bildsequenz und Nick wurde auf den Monitoren wieder sichtbar.

»Vielen Dank, Herr Professor. Sie haben wie immer hervorragende Arbeit geleistet!«

Aus den Lautsprechern hörte man lautes Klatschen.

Jetzt wandte sich Nick wieder den anderen zu. »Mein Dank gilt auch Ihnen allen, dass Sie mir Ihr Vertrauen schenken und sich dafür entschieden haben, bei der Expedition weiter dabei zu sein. Wir haben in den Schiffsleitungen die Raumkuben für ein systematisches Absuchen der näheren und weiteren Umgebung aufgeteilt und nehmen uns für die Nachforschungen drei Wochen Zeit. Der Start erfolgt nach terranischer Zeit in einer Woche. Damit ist die Konferenz beendet. Ich danke Ihnen für Ihre Aufmerksamkeit.«

Nach einem herzlichen Abschied bei den dankbaren *Colourianern* und einem Abstecher nach *Swing 3* zu den *Vokas* ließen die Expeditionsschiffe eine Woche später die Welten ihrer neuen Freunde endgültig hinter sich und starteten zu neuen Abenteuern im unendlichen Kosmos.

Drei Wochen waren vergangen.

»Nirgendwo A- und J-Zonen entdeckt«, resümierte Nick. »*Swing* scheint ein kosmischer Einzelfall zu sein.«

»Möglich, aber für eine endgültige Aussage erscheint es mir noch zu früh«, widersprach Gonzales.

»Sie haben recht. Es ist nur ein vorläufiges Ergebnis«, stimmte Nick dem Offizier für Raumüberwachung zu. »Aber wir können bei dieser Suche nicht den ganzen Kosmos durchkämmen. Drei Wochen haben wir uns gesetzt, und jetzt wird es Zeit, dass wir mit den anderen Schiffen wieder zusammentreffen. Das Wichtigste ist: Wir haben dank Raskin einen Schutz, der uns vor irreparablen Schäden bewahrt. Und falls unsere Sonne eines Tages ein ähnliches Phänomen entwickeln sollte, wäre die Menschheit vorbereitet.«

»Ähnlich wie bei dem energiefressenden Nebel, dem Sie auf der ersten interstellaren Expedition begegnet sind«[13], merkte Rossi an. »Dieses weltenzerstörende Ungeheuer ist danach nicht mehr beobachtet worden. Aber sollte es je wieder auftauchen und eine Welt bedrohen, haben wir ein Abwehrmittel, das Sie damals entdeckt hatten.«

Nick schmunzelte. »Sie sind über unsere Forschungsfahrten gut informiert und der Vergleich passt. Mit Ammoniak konnten wir damals dem Nebel beikommen und ihn schließlich für immer vernichten.«

Sie sollten die Unterlagen von Raskins Erfindung unbedingt zur Erde schicken«, drängte Chau Yong. »Keiner weiß, ob nicht auch unsere Sonne eines Tages diese Felder generiert, und sollten wir mit unserer Expedition irgendwo in den Tiefen des Kosmos verloren gehen und nicht mehr zurückkehren ... «

Nick schüttelte tadelnd seinen Kopf. »Na, na, wer wird denn gleich so pessimistisch sein? Aber prinzipiell haben Sie recht. Ich werde mit Raskin darüber sprechen und Luke, Stanislav und Yoko noch einmal zur Erde schicken.«

Tom Brucks stand hinter Nick. Seine Gesichtszüge waren eingefallen, enttäuscht blickte er auf seinen Freund.

»Warum beenden wir ausgerechnet jetzt unsere Suchaktion?«, brummte er missgestimmt. »Es gibt noch so viel zu erforschen. Die Observer-Sensoren haben registriert, dass es auf Planet V24 - 3 ausschließlich pflanzliches Leben gibt. Das wäre ein Eldorado für jeden Botaniker. Was hätten wir dort alles an neuen Arten entdecken können!«

13 Siehe Nick Piccolo 1. Serie Teil a, Nr. 125 „Gefährliche Untersuchung"

Nick verstand seinen Freund. »Ist klar, Tom, aber wir haben auch andere interessante Welten entdeckt, nach denen sich mancher Wissenschaftler an Bord die Finger lecken würde. Da war zum Beispiel ein Wasserplanet mit einer reichen marinen Flora und Fauna, in einer Strahlenhölle fanden wir Lebenskeime und ein Wüstenplanet ist von riesigen, raupenähnlichen Ungeheuern bevölkert. Wir hätten allein zur Erforschung dieser Welten Monate gebraucht.« Er zögerte kurz. »Versteh mich bitte nicht verkehrt, Tom. Interessante Planeten werden wir noch zu Hauf finden, aber die Mannschaften wollen weiter. Nach dem langen Aufenthalt auf *Colour* muss ich das berücksichtigen und Prioritäten setzen. Das habe ich ihnen versprochen.«

Tom nickte traurig. »Ja, schade, aber was du sagst, kann ich nachvollziehen. Ich hätte an deiner Stelle wahrscheinlich genauso entschieden.«

Nick klopfte ihm freundschaftlich auf die Schulter. »Deine große Zeit wird wieder kommen.«

In diesem Augenblick meldete sich Sören Tauber. »Funkspruch von der *Wilberforce*. Man hat eine außergewöhnliche Entdeckung gemacht.«

»Wir haben den Rand des Kosmos erreicht!«

Ein schriller Aufschrei des Entsetzens hallte durch die Zentrale der *Wilberforce*. Die sonst immer fröhlich lächelnde Uganderin Nyuta Jakande schreckte von ihren Kontrollen hoch, ihre Augen weit aufgerissen, die Stirn in tiefen Falten und mit erstarrten Gesichtszügen blickte sie hilflos um sich. Als Verantwortliche für die Raumüberwachung konnte sie es nicht fassen, was die Geräte ihr soeben gemeldet hatten.

Xutl eilte sofort an ihren Platz und sah dasselbe. Bestürzung lag auf dem Gesicht des Marsianers.

»Leer! Alles leer!«, stammelte Jakande.

Die *Wilberforce* hatte gegen Ende der dreiwöchigen und ohne Ergebnis verlaufenen Stichproben-Exkursion einen Raumsektor am Rande des sichtbaren Universums inspizieren wollen. Zwölf Milliarden Lichtjahre war das Schiff zu diesem Zweck durch den Hyperraum gesprungen, und bei der ersten optischen Erfassung auf ihrer neuen Position hatte die Uganderin eigentlich mit einem Horizont in wiederum 13 Milliarden Lichtjahren Entfernung gerechnet, aber diese Erwartung hatte sich als Trugschluss erwiesen. Nach nur fünf Milliarden Lichtjahren brach die Lichterfülle des Sternenmeeres unvermittelt ab, dahinter klaffte eine tiefschwarze, endlos scheinende Leere. Welches Geheimnis verbarg sich an diesem scheinbaren Ende des Universums? Warum hörte der Sternenhimmel nach fünf Milliarden Lichtjahren so plötzlich auf? Befand sich dort vielleicht eine unsichtbare Grenze, die sie nicht überwinden konnten?

»Überprüfen Sie die Geräte!«, wies Xutl seine Offizierin an. »Vielleicht handelt es sich um einen Fehler in der Signalverarbeitung.«

»Ja, Sir!«

Aber schon nach wenigen Minuten meldete Jakande: »Die Geräte funktionieren einwandfrei. Ich habe Kontrollmessungen an bekannten Sternkonstellationen vorgenommen und mit den Archivdaten verglichen. Es gibt keinen Zweifel: Die Bildschirmwiedergabe ist korrekt.«

»Seltsam! Seltsam!«, brummelte Xutl. »Eigentlich hätten wir erst in 13 Milliarden Lichtjahren einen neuen kosmischen Horizont erwarten müssen und nicht schon in so relativ kurzer Distanz.«

»Informieren Sie unsere Astrophysiker«, schlug Xutls Vertreterin Ursel Zimmermann vor. »Die Bilder der optischen Erfassung sind nicht auf Sendung und Lemaitre und seine Kollegen sollten sich unbedingt um diese ungewöhnliche Entdeckung kümmern!«

Schon wenige Minuten später brachte auch Lemaitre mit einem heftigen Kopfschütteln seine Ratlosigkeit zum Ausdruck. »Wir müssen diesen Befund näher in Augenschein nehmen. Erst dann können wir detaillierte Aussagen treffen. Unsere Messgeräte sind bereits aktiviert. Schicken Sie indessen eine Sonde in die Grenzregion, damit uns mehr Daten zur Verfügung stehen.«

»Eine sinnvolle Maßnahme«, bestätigte Xutl. »Ich werde die Technik instruieren.«

»Und vergessen Sie nicht, auch Nick und Coomb zu informieren. Wir können dieses Problem nur in einer konzertierten Aktion aller Fachkräfte bewältigen.«

Der nächste Sprung brachte die *Delcano* in die Nähe der *Wilberforce*, André Coomb war mit der *Lascasas* schon kurz vorher eingetroffen. Und während Luke Hamilton, Stanislav Mukowski und Yoko Fakui mit Raskins Unterlagen noch einmal den Weg in das heimatliche Sonnensystem antraten, begannen Astronomen und Astrophysiker mit ihren Untersuchungen. Schon zwei Tage später lagen erste Ergebnisse vor.

Betty Huigens gab auf einer Video-Schalte kurz und bündig bekannt: »Nichts Signifikantes, meine Damen und Herren!«

»Wie meinen Sie das?«, hakte Nick etwas ungehalten nach.

»Wie ich es sagte! Die Untersuchungen haben nichts Auffälliges ergeben, außer, dass plötzlich keine Sterne mehr vorhanden sind. Wir haben auch keine unsichtbare Barriere oder sonst etwas Nennenswertes entdeckt. Der Raum ist definitiv leer, aber das haben Sie ja alle selbst gesehen.«

»Vielen Dank, Frau Doktor, dass Sie uns Ihre Ergebnisse so kurz und knapp vermittelt haben«, ironisierte Nick. »Trotzdem bitte ich um eine detailliertere Auskunft und Ihre Einschätzung des Befundes.«

Huigens blieb von Nicks Reaktion äußerlich unberührt. »Die bekommen Sie, aber wundern Sie sich nicht. Xutl hatte ja bereits eine Sonde in die Grenzregion geschickt, eine zweite auf meine Veranlassung dann einige Lichtjahre jenseits der Grenze. Es wurde keine auffällige Strahlung gemessen, keine Objekte irgendwelcher Art entdeckt. Der Raum ist einfach – leer, und das übergangslos. Rein optisch betrachtet hat es den Anschein, als würde der Kosmos - zumindest was seine Sterne betrifft - hier zu Ende sein.«

»Gibt es dafür eine astrophysikalische Erklärung?«

»Nach der kosmischen Inflation, die, wie Sie ja alle wissen, kurz nach dem Urknall aufgetreten sein soll und das All innerhalb von Mikrosekunden explosionsartig und überlichtschnell expandieren ließ, hat sich die Materie einigermaßen gleichmäßig im Kosmos verteilt. Ob die Verteilung an diesem Ort ihren Abschluss gefunden hat und hinter der Leere nichts mehr vorhanden ist, das, meine Damen und Herren, vermag keiner von uns zu sagen.«

»Was schlagen Sie vor?«

»Unsere Astronomen und Astrophysiker sind einhellig der Meinung, dass wir eine Sonde in die Leere hineinschicken sollten, zunächst nur Sprünge von jeweils 13 Milliarden Lichtjahren, damit wir mögliche Horizonte in vertrauten Größenordnungen wahrnehmen und ausmessen können. Wenn das nichts bringt, vergrößern wir die Distanzen. Das ist aus unserer Sicht die einzige Möglichkeit, um risikolos eine Antwort auf die Frage zu erhalten, wie der Kosmos in dieser Leere weiter strukturiert ist.«

Nick pflichtete bei. »Sie haben recht. Können wir eine der bereits ausgesandten Sonden nehmen, oder sollen wir eine neue schicken?‘

»Die anderen brauchen wir noch für weitere Messungen vom Rand dieser Galaxis«, erklärte die Astronomin.

»Gut, dann werde ich zunächst eine Sonde ordern, die wir 13 Milliarden Lichtjahre in das Nichts hineinschicken. Von dort müsste unter normalen Bedingungen der Rand dieser Galaxis noch gerade sichtbar sein.«

Tom stellte eine Zwischenfrage: »Verfügt die Sonde denn über Teleskope mit einer derartigen Reichweite?«

Lemaitre hatte die Frage gehört und kam Betty Huigens zuvor. »Nicht in der optischen Qualität unserer Bordobservatorien«, erklärte er, »aber die Nanotechnik hat in den letzten Jahren solch rasante Fortschritte vollzogen, dass die Konstruktion von Hochleistungsteleskopen auf Mikrobasis möglich wurde. Es ist unglaublich, was wir in solch einer Sonde auf kleinstem Raum alles zusammenpacken können.«

Tom nickte. Er hatte verstanden.

»Wann können wir mit den ersten Messergebnissen rechnen?« erkundigte sich die Chefastronomin.

»Die nächste Sonde startet von der *Delcano* aus«, ging Nick auf Huigens‘ Frage ein. »Sie ist bereits in zehn Minuten einsatzbereit. Erste Ergebnisse werden uns kurz danach zur Verfügung stehen. Es fehlen nur noch die nötigen Berechnungen.«

»Die sind in Arbeit«, meldete sich Professor Raskin.

Eine Viertelstunde später wurde die Sonde ausgesetzt und war zum Sprung ins Unbekannte bereit.

»Noch fünf Sekunden bis zum Jump-off!«, zählte die Automatik. Augenblicke später verschwand das Gerät von den Außenbildschirmen der *Delcano*.

»Sprung abgeschlossen! Hyperfunk aktivieren! Verbindung zur Sonde herstellen! Bestätigung melden!« Nicks Anordnungen kamen knapp und präzise und sein Befehl wurde auf unsichtbaren Bahnen, die für den menschlichen Verstand kaum nachvollziehbar waren, in Sekundenbruchteilen durch den geheimnisvollen Überraum zu seinem Ziel geleitet. Kurze Zeit später leuchteten die Bildschirme In den Zentralen der Sternenschiffe auf und übermittelten erste optische Eindrücke von dem so fremdartig erscheinenden Umfeld der Sonde.

»Nichts!«, stellte Nick enttäuscht und ratlos fest. »Im wahrsten Sinne des Wortes: nichts!« Eine gähnende, tiefschwarze Leere bot sich den Augen der Besatzungsmitglieder dar, undurchdringlicher als jede Nacht und bedrückender als die tiefsten Abgründe eines zerklüfteten Gebirges.

»Schwenken Sie das Teleskop in unsere Richtung!«, befahl Nick der Steuerungszentrale. Wenige Augenblicke später hob sich auf dem sattschwarzen Untergrund ein schwaches, unendlich weit entferntes Leuchten ab, kaum erkennbar für das menschliche Auge, aber es war der einzige Lichtblick in dieser ewigen Finsternis.

»Unser Standort!«, kommentierte Professor Raskin mit tonloser Stimme. »13 Milliarden Lichtjahre entfernt!«

»Registrieren die Messgeräte irgendetwas Ungewöhnliches?«, erkundigte sich Nick in der technischen Leitzentrale.

»Messwerte unverändert, Temperatur mit 2,7 Grad Kelvin nahe am Nullpunkt, keine außergewöhnlichen Befunde.«

»Dann sollten wir den nächsten Sprung wagen!«, schlug Nick den Wissenschaftlern vor.

Betty Huigens stimmte zu. »Es gibt keinen Grund zum Verweilen.«

Der nächste Sprung offenbarte absolute Schwärze, denn auch das schwache Leuchten des nächsten Spiralnebels war jetzt verschwunden. Einsamkeit und Stille umgaben das Gerät, das wie abgesondert und verlassen in einer unbegreifbaren Leere ohne Bezugsparameter auf einer nicht definierbaren Bahn ziellos dahinfloss - als das einzig Fassbare in einem Kosmos unendlicher Abgeschiedenheit, in der nur der Kontakt zum Sternenschiff in grenzenloser Orientierungslosigkeit einen Orientierungspunkt hilfreich und manifestierend darbot.

Und von dort kam auch das nächste Signal, welches Nick nach kurzer Prüfung der Messwerte durch den Hyperraum strahlte: »Messdaten unauffällig! Weiter! Die nächsten 13 Milliarden Lichtjahre!«

Es folgte Sprung auf Sprung - und immer wieder dasselbe Bild - und dasselbe Ergebnis.

Als sich nach dem zehnten Durchgang noch immer nichts Entscheidendes verändert hatte, meldete sich Betty Huigens zu Wort. »Wir sollten die Sprungdistanz erhöhen. Die Astrophysiker schlagen vor, dass wir gleich auf 500 Milliarden Lichtjahre gehen.«

»Ich bin einverstanden!«, stimmte Nick zu. »Also: 500 Milliarden Lichtjahre. Das ist wahrlich kein Abendspaziergang!«

»Aber vielleicht doch eher zielführend«, hoffte die Chefastronomin.

Der erste Sprung über die neue Distanz ergab dasselbe Bild.

Aber bei dem zweiten trat endlich die erhoffte Veränderung ein.

»Sterne! Überall Sterne! So weit das Auge reicht«, freute sich Nyuta Jakande.

Das Bild auf dem Monitor war eindeutig. Unzählige Sonnen leuchteten wieder in glitzernder und glänzender Funkenfülle und vermittelten den Eindruck eines normalen und intakten Universums.

»Die Sonde hat insgesamt 1130 Milliarden Lichtjahre zurückgelegt«, stellte Professor Raskin nüchtern fest. »Das ist eine enorm große Distanz, die sie überwinden musste, um wieder einen Kosmos mit Sternen zu erreichen.«

»Sollten wir ihr folgen?«

Raskins Antwort kam ohne Zögern. »Ich denke, ja. Wir können die Entfernung problemlos in einem Sprung zurücklegen, aber vorher sollten noch die obligatorischen Messungen vorgenommen werden, damit wir keine bösen Überraschungen erleben.«

Die bösen Überraschungen blieben aus und die Sternenschiffe bereiteten sich auf den längsten Hypersprung vor, den jemals Menschen auf einer Expedition unternommen hatten. Aber bei den Mannschaften herrschte plötzlich Unsicherheit. Würde der Organismus auch Überlichtsprünge über solche gewaltigen Distanzen ohne Schäden überstehen?

Nick beschloss, ein Raumboot mit Freiwilligen vorauszuschicken. Banks meldete sich als Erster. Zusammen mit Eric Marsh, Peter Bruce und Richard Dickson war er bereit, den ungewöhnlichen Sprung zu wagen. Sie bezogen schon bald die X-1 und wenig später waren alle Vorbereitungen für den Start zu dem riskanten Unternehmen abgeschlossen.

»Noch zehn Sekunden bis zum Jump-off«, zählte die Automatik des Raumbootes. Wenige Augenblicke später war das Beiboot von den Bildschirmen der anderen Schiffe verschwunden, dann meldeten sich die Freiwilligen aus über 1000 Milliarden Lichtjahren Entfernung.

»Alles in Ordnung!«, freute sich Eric. »Uns geht es gut. Es fehlt nur noch der Gesundheits-Check. Sie wissen schon: Herz, Kreislauf, Blutdruck, Muskulatur, Sauerstoffversorgung, Lungen-, Nieren- und Gehirntätigkeit, psychische Stabilität und so weiter. Der Medi-Bot hat seine Arbeit mit Gordon Banks bereits begonnen. Ich melde mich in Kürze zurück.«

»Danke, Eric. Ich wünsche Ihnen eine perfekte Gesundheit. Und sorgen Sie dafür, dass die Sonde wieder an Bord kommt. Sie hat ihren Dienst getan und wir wollen sie nicht abschreiben.«

»Aye, aye, Sir!«

Der Gesundheits-Check-Up erbrachte keine physischen und psychischen Veränderungen. Mit anerkennenden Worten dankte Nick den vier Freiwilligen.

Inzwischen waren auch die drei Z.b.V-Offiziere von ihrem Ausflug zur Erde ohne nennenswerte Zwischenfälle wieder auf der *Delcano* eingetroffen. Alles war für den großen Sprung vorbereitet und wenig später folgten die Sternenschiffe dem Beiboot durch den Hyperraum.

»Nun sagen Sie mir mal ehrlich, Professor: Haben Sie für diese große Leere eine Erklärung? Ich meine nicht im Rahmen der üblichen kosmologischen Entstehungstheorien, sondern vor dem Hintergrund, dass wir die Atomebene eines Überraums sind.«

Nick und Professor Raskin hatten sich vor der wichtigen Strategiekonferenz über die nächsten Schritte ihrer Expedition zu einem persönlichen Gespräch in die Kabine des Professors zurückgezogen. Raskin räusperte sich kurz, bevor er seinem alten Gefährten eine Antwort gab. »Sie meinen die Theorie von dem Metallkörper und den Supermenschen?«[14]

»Genau. Nur die Wenigsten wissen davon. Aber wenn sich unser Kosmos in seiner Gesamtheit nur in einem Metallkörper befindet, den man vielleicht auf dem Labortisch in einer übergeordneten Welt für mikrophysikalische Experimente abgelegt hat, wie lässt sich dann diese riesige Lücke erklären?«

»Zum Beispiel durch poröses Material«, gab Raskin nach kurzem Überlegen zur Antwort. »Bestimmte Kristalle bilden im Rohzustand solche Hohlräume. Aber das kann ich mir in diesem Fall nicht wirklich vorstellen. Ich habe da meine ganz eigene Vermutung.«

»Ich bin gespannt.«

»Nach all dem, was wir über die Supermenschen wissen, verfolgen sie mit ihren Experimenten eine gründlich durchdachte Strategie, die uns momentan aber noch verborgen ist. Unser Universum könnte Teil ihres Planes sein. Sie haben meiner Meinung nach in den Metallkörper Hohlräume eingebaut, um die Welteninseln voneinander zu trennen, aus welchem Grunde auch immer. Fast gewinne ich den Eindruck, dass es sich bei unserer neusten Entdeckung um einen Kosmos im Kosmos handelt.«

»Das ist selbst mir zu hoch«, musste Nick zugeben.

»Mir zurzeit auch, aber vielleicht kommen wir dem Geheimnis auf die Spur, wenn wir dieses neue Universum näher erforschen.«

»Und genau darum geht es auf der nächsten Konferenz.« Nick war optimistisch gestimmt und freute sich auf alle weiteren Forschungsunternehmungen.

14 Siehe dazu im Glossar die Erklärungen zu dem Stichwort „Nick-Kosmologie“

Seine Freude wäre sicher gedämpft gewesen, hätte er zu diesem Zeitpunkt schon gewusst, welche erdbebenartigen Erfahrungen und nie dagewesenen Bedrohungen diese unbekannte Welteninsel für ihn und die gesamte Expedition bereithielt.

Kapitel 5
Unglaubliche Entdeckung

Mario Gonzales konnte zwischen seinen Lippen nur ein hilfloses Stottern hervorpressen. »D … ie E … rde!« Fassungslos starrte er auf seinen Monitor.

»Unmöglich!!«, widersprach Nick, »wir sind viele Milliarden Lichtjahre von der Heimat entfernt.«

»Schauen Sie selbst!«

Er legte das Bild auf den Hauptschirm, und jetzt sahen es alle: Ein erdgroßer Planet mit den vertrauten Umrissen von Amerika schimmerte ihnen bläulich entgegen.

»Wenn das wirklich die Erde ist, dann sind wir schneller durch das Universum gekommen als gedacht«, bemerkte Alfredo Rossi, ohne den Blick von seinem Monitor abzuwenden.

»Dafür gibt es aber nur *eine* Erklärung«, warf Chau Yong ein. Ihre Stimme klang ruhig, jedes Wort von ihr schien genau überlegt. »Die Raumkrümmung muss unregelmäßig sein und wesentlich stärker als zunächst gemessen.«

»Möglich, aber sollten wir nicht erst einmal feststellen, ob dies wirklich die Erde ist?« Sören Taubers Stimme zitterte. Man konnte ihm die innere Erregung deutlich anmerken.

Nur einen Tag zuvor hatte die Expeditionsleitung beschlossen, dass die drei Sternenschiffe wieder auf getrennten Wegen die nähere Umgebung der neuen Welteninsel erkunden sollten, und gleich im ersten Sonnensystem, das die *Delcano* ansteuerte, wartete für Nick und seine Crew eine unglaubliche Überraschung: Sie waren wieder in der Heimat angekommen und sahen die Erde vor sich auf dem Schirm.

Oder vielleicht doch nicht?

»Ich glaube, ich weiß, was Sie meinen«, reagierte Nick auf die Andeutung des Funkers. »Dann walten Sie einfach mal Ihres Amtes und versuchen Sie, Funksignale einzufangen. In spätestens zwei Minuten werden wir wissen, wo wir hier gelandet sind.«

Alle Crew-Mitglieder in der Zentrale verharrten in atemloser Spannung, während Tauber seine Geräte auf breit gestreuten Empfang justierte. Die Sekunden vergingen in erwartungsvollem Schweigen. Keiner wagte eine Bemerkung - nicht einmal Rossi, der sonst immer mit überflüssigen Kommentaren seinen Kollegen schnell auf die Nerven ging.

Die erhofften Signale blieben aus.

»Empfang negativ«, durchbrach Tauber die bleierne Stille. »Nicht ein einziges Signal.«

»Womit klar bewiesen wäre, dass wir nicht die gute alte Erde vor uns haben.« Jetzt hatte auch der Italiener seine Stimme wiedergefunden.

Nick ließ sich nicht beirren. »Ich will das von den anderen bestätigt sehen.«

Und während die Crew-Mitglieder mit einer Mischung aus Interesse und Verwunderung den mit weißen Wolkentupfern verzierten blau leuchtenden Planeten auf dem Panoramaschirm weiter neugierig betrachteten, aktivierte Nick die Bordsprechanlage und erteilte seine Anweisungen hammerartig an die noch immer in Untätigkeit verharrenden Mitarbeiter.

Zuerst kontaktierte er den Geografen: »Anders, gleichen Sie

die Erdteile auf dem Bildschirm mit den irdischen Kontinentalprofilen ab. Ich will sichergehen, dass wir keinem Zufall auf den Leim gegangen sind. Suchen Sie außerdem mit unseren Observer-Sensoren auf der Oberfläche nach Spuren von Zivilisation!«

Dann setzte Nick im Sekundentakt seine Anordnungen fort.

»An die Chemiker: Analysieren Sie die Luftzusammensetzung und vergleichen Sie Ihr Ergebnis mit den irdischen Werten!«

»An die Astronomen: Überprüfen Sie die Sternkonstellationen und vergleichen Sie Ihr Ergebnis mit dem irdischen Sternenhimmel! Überprüfen Sie außerdem die Planeten dieses Systems auf Anzahl und Beschaffenheit und ob dieser Planet der dritte ist und einen Mond besitzt. Möglicherweise befindet sich der gerade im Sichtschatten auf der anderen Seite. Sollte es tatsächlich einen Mond geben, dann vergleichen Sie ihn mit dem irdischen. Vergessen Sie auch nicht, den Sonnentypus zu ermitteln!«

»An die Astrophysiker. Kontrollieren Sie aufgrund unserer Position, ob wir möglicherweise den Kosmos schon früher durchquert haben als ursprünglich berechnet, weil die Krümmung doch stärker ist als wir aufgrund der vorgegebenen Parameter anfangs ermittelt haben, sodass wir bereits wieder zur Erde zurückgekehrt sind. Berechnen Sie auch die aktuelle Krümmung des Kosmos. «

Dann wandte er sich an Alfredo Rossi: »Überprüfen Sie die Navigation und rekonstruieren Sie genau den zurückgelegten Kurs. Stellen Sie sicher, dass die Geräte nicht durch Fehlschaltung einer anderen Programmierung gefolgt sind!«

Die Bestätigungen erfolgten umgehend.

»Tauber, bleiben Sie weiter dran, das Umfeld des Planeten nach Funk- und Radiosignalen abzuchecken. Versuchen Sie auch, Fernsehsender zu empfangen!«

Zum Abschluss stand der Offizier für Raumüberwachung im Fokus von Nicks Anweisungen: »Mario, erfassen Sie den erdnahen - vielmehr: den planetennahen Raum! Wir haben bisher noch keinen Raumschiffverkehr beobachten können, aber auch nicht direkt danach gesucht. Überprüfen Sie das bitte genauer und finden Sie auch heraus, ob sich Satelliten oder Weltraumstationen auf einer Kreisbahn befinden!«

»Wird gemacht, Sir!«

Nick wandte sich wieder dem großen Panoramaschirm zu und betrachtete mit wachsendem Misstrauen gegenüber seinen eigenen Eindrücken, aber auch mit zunehmendem Ärger über eine offenkundige Fehleinschätzung den allmählich größer werdenden Himmelskörper, auf dem sich die vertrauten Umrisse von Nord- und Südamerika immer deutlicher abzeichneten. Warum waren sie mit Überlicht gleich in die Nähe des dritten Planeten gesprungen, nur weil die Geräte angegeben hatten, er befinde sich in der habitablen Zone, statt erst einmal das Sonnensystem per Fernortung näher zu überprüfen? War er nach den überstandenen Abenteuern auf *Colour* und im *Swing*-System schon wieder zu leichtsinnig geworden?

Er hielt in seinen Gedankengängen kurz inne. Nein, eine Gefahr schien von dieser Welt nicht auszugehen, und falls der Planet nicht die Erde war, dann würden die Wissenschaftler für die verblüffende Ähnlichkeit schon eine natürliche Erklärung finden, dessen war er sicher. Auf früheren Expeditionen waren sie schon ganz andere Risiken eingegangen. Wie oft hatten sie beschlossen, auf einer Welt zu landen, ohne dass sie sich vorher Gedanken darüber gemacht hatten, welche Gefahren der Planet für die Mannschaft bereithalten könnte.

Die erste Rückmeldung riss ihn aus seinen Grübeleien.

»Steuerautomatik und Zielvektoren sind überprüft«, meldete Alfredo Rossi. »Auch die Programmierung der letzten Sprünge ist von mir akribisch genau durchgecheckt worden. Wir haben exakt den geplanten und vorausberechneten Kurs eingeschlagen. Unsere Position stimmt mit den eingespeicherten Zielkoordinaten hundertprozentig überein. Laut Navigationsdaten sind wir nicht wieder in das heimatliche Sonnensystem zurückgekehrt.«

»Danke, Rossi, Sie haben schnelle und gute Arbeit geleistet.«

Der Italiener nickte selbstzufrieden. »Das wollte ich auch meinen!«

Zweifelnd blickte Chau auf den Kommandanten und strich sich mit der rechten Hand durch ihr dunkles Haar. »Dann können wir nur den Kosmos bereits umrundet haben oder es ist nicht die Erde!«, kommentierte sie Rossis Meldung.

»Wir müssen noch die anderen Ergebnisse abwarten«, entgegnete Nick. »Auch die besten Geräte können etwas Verkehrtes anzeigen, wenn es durch eine technische Störung zu einer Fehlschaltung kommt«

Der Navigator hatte Nicks Bemerkung mitbekommen. »Haben Sie etwa Bedenken, dass mein Check-Up fehlerhaft ist?«, grunzte er etwas ungehalten.

»Nicht die geringsten, und ich zweifle keine Sekunde an Ihrer Kompetenz, aber manchmal können wir uns von der besten Automatik täuschen lassen, wenn sie aus irgendeinem Grund umprogrammiert wurde.«

»Bei mir gibt es keine Fehlprogrammierung«, brummte der Navigator unwillig und verzog seine Miene, aber bevor er noch etwas entgegnen konnte, erreichten zwei Rückmeldungen nahezu gleichzeitig die Zentrale.

Die erste kam von dem Geografen Mike Anders: »Ich habe die Kontinente dieses Planeten mit dem Umrissprofil der Erde verglichen. Die Werte stimmen hundertprozentig überein. Würde ich beide Diagramme nebeneinander betrachten, ich könnte nicht entscheiden, welches das irdische Profil wiedergibt und welches die Umrisse von diesem Planeten.«

»Eine eindeutige Feststellung, Anders, vielen Dank.«

»Hier Nathalie Wiebe. Wir haben alle Berechnungen zur Stärke der kosmischen Krümmung noch einmal auf mögliche Fehler hin überprüft, die aktuelle Krümmung in einem Schnellverfahren berechnet und danach unsere derzeitige Position mit dem Krümmungskoeffizienten und der zurückgelegten Distanz für die angenommene Gesamtgröße des Kosmos in einer Gleichung miteinander verknüpft. Die Ergebnisse sind eindeutig: 1. In unseren Berechnungen zur Stärke der kosmischen Krümmung konnten wir keine Fehler nachweisen. 2. Die aktuelle Krümmung - soweit wir darüber bei den kurzfristigen und damit fehlerbehafteten Messungen ein belastbares Ergebnis präsentieren können - entspricht eins zu eins den Ausgangsberechnungen. Eine Schwankung im Krümmungsgrad ist somit zu 95 % auszuschließen, und 3. Die bereits zurückgelegte Strecke ist in Relation zum Gesamtumfang des Kosmos so gering, dass wir eindeutig sagen können: Wir sind noch lange nicht am Ziel, und das finde ich ganz schön aufregend. Können Sie mir zu dem aktuellen Stand der Recherchen schon ein Zwischenergebnis nennen?«

Nick freute sich über die schnelle Rückmeldung der deutschen Astrophysikerin, aber er musste Dr. Wiebes Wissensdrang etwas bremsen. »Ich kann Ihre Neugierde gut verstehen, mir geht es ja genauso, aber wir brauchen jetzt alle etwas Geduld, bis die letzten Untersuchungsergebnisse vorliegen. Vor allem Ihre Kollegen von der astronomischen Fakultät werden noch etwas Zeit brauchen, bis erste vorläufige Ergebnisse über die

Beschaffenheit dieses Systems vorliegen. Ich schätze, dass ich in etwa einer Stunde zur gesamten Besatzung sprechen kann.«

Dr. Wiebe seufzte. »Wie schade. Vielleicht geht es schneller, wenn ich Rieke van Dijk unterstütze.«

»Eine gute Idee, machen Sie das«, unterstützte Nick den Vorschlag der Astrophysikerin.

Eine Stunde später konnte Nick seiner Mannschaft die ersten Ergebnisse in einer Video-Schalte zusammenfassend mitteilen. »Wir stehen vor einer unglaublichen Entdeckung«, begann er mit seinen Erklärungen. »Alle Beobachtungen und Messungen deuten darauf hin, dass wir es bei dem dritten Planeten dieses Sonnensystems nicht mit unserer, sondern mit einer zweiten Erde zu tun haben. Die Umrisse der Kontinente und die Zusammensetzung der Atmosphäre stimmen mit den Werten unseres Heimatplaneten eins zu eins überein, auch der Mond weist dieselbe Größe und ähnliche Eigenschaften auf wie Luna. Aber wenn Sie denken, wir seien versehentlich wieder in unser heimatliches Sonnensystem zurückgekehrt oder haben das All bereits durchquert, dann muss ich Sie enttäuschen. Auch wenn diese Sonne gleich Sol ein gelber Zwerg ist und zur Spektralklasse G gehört, so unterscheiden sich Anzahl und Konstellation der Planetentypen doch von unserem Heimatsystem. Statt neun[15] hat diese Sonne nur fünf Trabanten, zwei innere sind atmosphärenlose, tote Steinplaneten, die beiden äußeren sind Gasriesen.«

15 Im Nick-Kosmos hat Pluto noch den Status eines Planeten.

Nick verschnaufte einen Augenblick und setzte mit noch ernsterem Gesicht zu weiteren wichtigen Informationen an. Man spürte ihm ab, dass er eine weitere Bombe zum Platzen bringen würde.

»Sind diese Befunde schon rätselhaft genug, so werden sie von Beobachtungen getoppt, für die wir erst recht keine Erklärung haben. Erste Untersuchungen der Oberfläche per Fernortung haben ergeben, dass der Planet von einer fortgeschrittenen Zivilisation bevölkert wird, die der unseren nach ersten vorläufigen Stichproben nicht unähnlich ist. Wir haben Städte und Verkehrswege ausgemacht. Die Bewohner dieses Planeten haben eine moderne Technik entwickelt. Aber das Seltsame ist: Es gibt keinen Funkverkehr, keine Radiowellen. Nichts deutet auf eine moderne Kommunikationstechnologie hin, wie wir sie auf der Erde kennen. Und Raumfahrt scheint man hier auch nicht zu kennen. Wir konnten zwar regen Flugverkehr ausmachen, aber weder Satelliten noch eine Raumstation.«

Nick schloss mit den Worten: »Wir stehen erst am Beginn unserer Forschungen und werden Sie auf dem Laufenden halten. In etwa einer Stunde haben wir diesen rätselhaften Planeten erreicht, wir werden ortungsgeschützt in eine Kreisbahn gehen und drei Fernsehroboter ebenfalls ortungsgeschützt und mit Deflektor auf die Oberfläche schicken. Wir erhoffen uns dadurch neue Kenntnisse, die uns helfen werden, dem Geheimnis dieser Welt auf die Spur zu kommen. Die Aufnahmen der Drohnen gehen auf Sendung. Sie können also live mitverfolgen, was uns die Kameras übermitteln. Bis dahin können Sie gerne darüber diskutieren, was es mit dieser zweiten Erde auf sich hat. Für Ideen sind wir als Schiffsleitung wie immer sehr offen. Damit ist diese Videokonferenz beendet. Sie können wieder an Ihre Arbeit gehen!«

»Ich kann Ihnen eine Theorie für das Rätsel dieser zweiten Erde präsentieren«, erklärte der Professor.

Es war noch etwas Zeit bis zum Eintreffen auf Erde 2, wie der dritte Planet inzwischen von den Astronomen getauft worden war, und Tom, Jane und Nick hatten sich zusammen mit ihrem alten Weggefährten Professor Raskin in Nicks Kabine zurückgezogen. Die Freunde fanden nur selten Zeit, sich persönlich zu treffen, und auch jetzt stand die für unmöglich gehaltene Entdeckung einer zweiten Erde im Mittelpunkt ihrer Gespräche.

Nachdem sich alle vier mit Erfrischungen und schmackhaften Snacks versorgt hatten, ergriff Jane Lee als Erste das Wort. »Irgendwie leuchtet mir das alles nicht ein.« Sie schüttelte mit einer ruckartigen Bewegung ihre langen, blonden Haare hinter sich und blickte den Professor aus großen Augen herausfordernd an. »Wie kann es in unserem Universum überhaupt eine zweite Erde geben? Das widerspricht doch aller Logik.«

»Ich teile Janes Meinung«, äußerte sich Nick. »Dass es parallele Welten gibt, ist ja nichts Neues, und wir haben damit in der Vergangenheit ja auch selbst unsere Erfahrungen gemacht, zum Beispiel in der Nähe der Stadt Gathara auf einem fernen Planeten, als Xutl und ich mit der *Wega* eine unfreiwillige Odyssee unternehmen mussten und auf dieser abgeschiedenen Welt eine Wiederbegegnung mit dem ersten Sternenschiff hatten. Wir waren damals nicht schlecht erstaunt, denn das Schiff wurde ja von den *Herren der Galaxis* zerstört und existierte schon lange nicht mehr, aber in einer Parallelwelt war es noch vorhanden[16].

16 Siehe Nick Piccolo 3. Serie, Nr. 127 „Die Variante“ und die folgenden Nummern.

Wissenschaftler vermuten, dass diese Mehrfachwelten etwas mit der Gleichzeitigkeit von Quantenzuständen zu tun haben. Jede denkbare Möglichkeit wird irgendwo realisiert, sodass sich bei jeder Situation mit Alternativcharakter unsere Wirklichkeit verzweigt. In der einen Welt ist eine Jane Lee zum Beispiel nie geboren worden, in der anderen sind wir bei unserer ersten Begegnung auf der Venus umgekommen, und Xutl hätte mit Jack Hunter die erste interstellare Sternenschiffexpedition ohne uns antreten müssen. Normalerweise sind diese Parallelwelten für uns nicht zugänglich, und vor allem, sie sind kein Bestandteil unseres Kosmos. Nur durch besondere Technologien ist der Wechsel von unserer in eine Parallelwelt möglich. Ob uns das unbemerkt durch einen kosmischen Wirbel passiert ist wie bei dem ersten Sternenschiff aus einem Paralleluniversum oder vielleicht durch eine Fehlfunktion bei unseren Hypersprüngen über so große Distanzen, muss vorläufig eine offene Frage bleiben. Auch, ob wir uns überhaupt in einem parallelen Kosmos befinden.«

Raskin lehnte sich weit in seinen Sessel zurück, bediente sich aus der Etagere mit Schokoladen-Flakes und Weizen-Crisps, schob die Leckereien genüsslich zwischen seine Lippen und zerkleinerte sie. Fast genoss er die Ratlosigkeit seiner Freunde. Über Parallelwelten und Paralleluniversen hatten sie schon des Öfteren miteinander diskutiert, aber die Spielart einer zweiten Erde im eigenen Kosmos war in keinem ihrer vielen Gespräche bisher thematisiert worden. Dem Professor bereitete es Freude, seine Zuhörer immer wieder mit neuen Theorien in fassungsloses Erstaunen zu versetzen, vor allem, wenn diese einerseits aller menschlichen Erfahrung widersprachen, andererseits aber doch plausibel klangen.

Dann begann er mit seiner Erklärung: »Es gibt eine Reihe von Astrophysikern, die Duplikate unserer Erde auch in diesem, unserem Universum, vermuten, und das hat mit einer ganz einfachen mathematischen Berechnung zu tun.«

Tom schüttelte unwillig seinen Kopf. »Ich habe mich schon als Schüler mehr für Biologie als für Mathematik interessiert. Aber ich will mal versuchen, Sie zu verstehen. Legen Sie los, ich bin ganz Ohr!«

Raskin lächelte. »Dann lassen Sie sich mal überraschen.« Er nahm einen Stift und ein großes Blatt Papier zur Hand, zeichnete darauf ein Quadrat und verteilte darin vier Kreise mit den Nummern 1 bis 4, dann begann er zu erklären: »Stellen Sie sich ein zweidimensionales Universum wie dieses Quadrat vor. Darin sind nur vier verschiedene Teile enthalten, die Nummern 1 bis 4 in der von mir aufgezeichneten Konstellation: Nummer 1 und 2 oben links und rechts, Nummer 3 und 4 unten links und rechts.«

Er zeichnete ein zweites Quadrat. »Dies ist jetzt ein zweites Universum mit derselben Anzahl an Elementen, aber sehen Sie, was ich jetzt mache?«

Mit diesen Worten zeichnete er die Kreise 1 bis 4 in anderen Positionen: Oben links befand sich jetzt die Nummer 4, die anderen Nummern waren entsprechend um eine Position versetzt, Nr. 3 bildete nun unten rechts den Schluss.

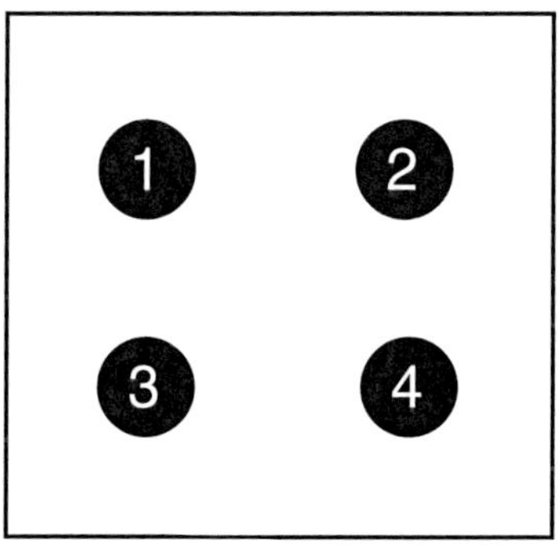

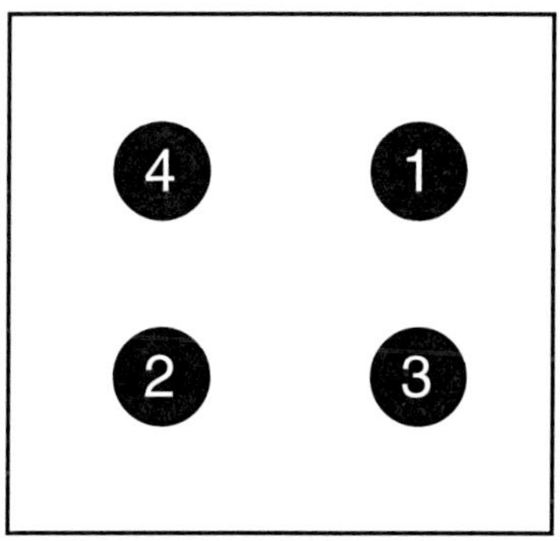

»Sehr nett«, lächelte Jane. »Ein interessantes Zeichenspiel für Kinder. Ich werde mir das merken, aber was hat das mit Parallelwelten zu tun?«

»Gleich«, antwortete Raskin. Er zeichnete ein drittes Quadrat und verteilte die nummerierten Kreise noch einmal neu, dann fragte er: »Was meinen Sie, wie viele verschiedene Anordnungen der Kreise kann ich vornehmen, bis ich alle Möglichkeiten ausgeschöpft habe?«

»Das lässt sich mathematisch berechnen!«, sagte Nick. »Wenn mich meine Kenntnisse nicht im Stich lassen, lautet die Rechnung 4x3x2x1, das sind insgesamt 24 verschiedene Möglichkeiten.«

»Genau«, bestätigte Raskin. »Wenn wir 24 Universen haben, dann kann in jedem eine andere Position der Kreise vorgenommen werden, aber was ist dann mit dem 25.?«

»Dann geht es wieder von vorne los. Die Konstellationen wiederholen sich. Eine der bereits vorhandenen Anordnungen wird dupliziert!«, schlussfolgerte Tom.

Raskin freute sich. »So ist es, Tom. Existieren mehr als 24 Universen, gibt es keine neuen Varianten mehr, sondern die vorhandenen wiederholen sich. Auch in der Realität scheint das beschriebene Modell zu stimmen, denn alle Materie setzt sich ja auch aus Elementarteilchen zusammen, nur, dass es nicht vier Teile sind, wie in dem von mir aufgezeichneten Modell, sondern nahezu unzählig viele. Unzählbar sind dann also auch die Möglichkeiten der Konstellationen, aber irgendwann ist auch diese Zahl ausgereizt, und dann wiederholen sich die Anordnungen der Teilchen, so dass es aus mathematischer und teilchenphysikalischer Sicht eine zweite Erde geben *muss*.«

»Ähnliches habe ich schon als Erklärung für die Übereinstimmung von Gesichtern gehört«, warf Nick ein. »Jeder Mensch hat mindestens einen Doppelgänger. Manche sehen Politikern so ähnlich, dass sie schon Repräsentationsaufgaben übernommen haben. Wissenschaftler erklären das Doppelgängerphänomen mit der begrenzten Variationsmöglichkeit der gesichtsbildenden Körperzellen.«

»Ein interessanter und passender Vergleich!«, bestätigte Raskin.

Jane sah interessiert in die Runde. Ihre Augen richteten sich auf Professor Raskin. »Wenn es ein Duplikat der Erde gibt - dann vielleicht auch mit denselben Menschen, denselben Städten, denselben Ländern«, stellte sie lakonisch fest. »Nick hat mir davon erzählt. Dann wäre es möglich, dass es auch auf dieser Erde Duplikate von uns gibt. Ein zweiter Nick, eine zweite Jane Lee. Und natürlich auch ein zweiter Raskin.«

Der Professor nickte ihr lächelnd zu. »Das herauszufinden, wird eine spannende Aufgabe sein. Wir ... «

»Moment!«, unterbrach Tom, »ich habe noch nicht alles verstanden. Wo sollen denn all die vielen verschiedenen Universen existieren? Wenn diese Theorie stimmt, müsste es unzählige davon geben. Soll es die alle hier in unserem Kosmos geben, quasi viele Universen in einem Universum?«

»So ähnlich muss es sein«, stimmte Raskin zu. »Eine Lösung bietet sich an, wenn wir davon ausgehen, dass die Materie sich so im Kosmos verteilt hat, dass sich bei der Sternenentwicklung zwischen den verschiedenen Universen natürliche Grenzen gebildet haben, zum Beispiel solche wie die große Leere, die wir kürzlich übersprungen haben, Möglicherweise gibt es noch viele solcher gigantischen Lücken, die jede Welteninsel von der anderen trennt. So ist es zu keiner gegenseitigen Beeinflussung gekommen und die Elementarteilchen konnten sich in Ruhe zu ihrer endgültigen Konstellation zusammenfügen. Aber diese Annahme ist nicht zwingend. Wissenschaftler vermuten durchaus, dass es auch unabhängig von solchen Grenzen Sternenansammlungen von etwa hundert Lichtjahren Durchmesser geben kann, die eine exakte Kopie unserer kosmischen Heimat und ihres nächsten Umfeldes darstellen.« Nach einer kurzen Unterbrechung bescheinigte er Tom: »Ihre Formulierung finde ich übrigens sehr passend: ein Universum im Universum - und jeder Kosmos für sich.«

Nick schüttelte zweifelnd sein Haupt. »Die Konsequenz wäre ...«, gab er schließlich zu bedenken, »... dass es unzählige solcher abgetrennten Universen in unserem Kosmos geben könnte. Nun haben unsere Astrophysiker aber festgestellt, dass der Kosmos gekrümmt ist und wieder in sich zurückführt. Kann er dann für diese gewaltig hohe Zahl an Varianten überhaupt groß genug sein?«

Raskin zögerte mit seiner Antwort. »Tja«, brachte er zunächst heraus, »die Vertreter der Theorie von parallelen Welten in unserem Universum gehen davon aus, dass der Kosmos unendlich ist, dann wären auch die Kapazitäten für parallele Universen unbegrenzt hoch. Ob ein begrenzter, in sich zurücklaufender Kosmos dafür auch groß genug ist, wage ich in der Tat zu bezweifeln. Parallelwelten müssen nach meinen bisherigen Erkenntnissen ihren eigenen Kosmos haben und deutlich von dem unsrigen getrennt sein, wie wir es bisher auch erlebt haben. Dann ist es mit der Parallelität wegen der eindeutigen Begrenzung nicht das Problem. Aber wenn der Kosmos wieder in sich zurückläuft, also *nicht* unendlich groß ist, wird seine Größe für Parallelerden meines Erachtens nicht ausreichen.«

»Haben Sie dafür einen Anhaltspunkt?«, wollte Jane wissen.

»Einen Moment bitte!«, entgegnete Raskin. Er holte sich unter seinem Sitz einen Mini-Rechner hervor, aktivierte den Bildschirm und lud mit zwei Tastendrucken eine Datei, dann drehte er den Screen seinen neugierig wartenden Zuhörern entgegen. Interessiert richteten sie ihre Blicke auf eine Zahl, die in einen dunklen Rahmen gefasst die geladene Seite optisch beherrschte.

zehn hoch 907 Kilometer

»Astrophysiker, die der Theorie von Parallelwelten in unserem Kosmos anhängen, haben ausgerechnet, wie weit die erste Kopie unserer Erde vom heimatlichen Sonnensystem entfernt sein müsste. Die Distanz ist ungeheuer groß und von diesem Punkt sind wir noch megaweit entfernt.

Die Parallelwelttheoretiker meinen zwar, dass Duplikate auch schon früher auftreten können, je nachdem, wie sich die Elementarteilchen zusammensetzen, aber trotzdem kommt mir das Ganze sehr spekulativ vor, auch wenn es mathematisch logisch klingt.«

»Sie meinen«, hakte Jane nach, »dass es für die Erde 2 eine andere Erklärung geben muss?«

»*Kann!*«, verbesserte Raskin, »nicht *muss!*«

»Haben Sie denn noch eine alternative Idee?«, fragte Tom. Er hatte Mühe, das Gehörte für sich zu realisieren.

Der Professor schüttelte seinen Kopf. »Wenn wir davon ausgehen, dass unser Universum nichts weiter ist als die Atomebene eines Metallkörpers in einer höheren Welt, könnte die Erde 2 etwas mit den Plänen der Supermenschen zu tun haben. Die Vergangenheit hat gezeigt, dass sie zweifellos Einfluss auf unseren Kosmos nehmen. Aber welche Absichten sie damit verfolgen und welches Geheimnis dahinter verborgen liegt, bleibt selbst mir zurzeit noch völlig verschlossen.«

»Dann sollten wir uns jetzt um die konkreten Dinge dieser Welt kümmern«, leitete Nick das Ende ihrer Unterhaltung ein. »Ich habe soeben aus der Zentrale die Nachricht bekommen, dass wir in einer Viertelstunde in eine Kreisbahn um den Planeten einschwenken. Danach schicken wir die Fernsehroboter auf die Oberfläche. Es wird spannend!«

Mit diesen Worten verließen die vier Freunde Nicks Kabine und machten sich auf den Weg in die Zentrale.

Kapitel 6
Im Bann der Großen Fünf

»Großartige Bilder!«, schwärmte Chau Yong beim Anblick des Mississippi-Deltas, das von einem der ausgesandten Fernsehroboter in einer Höhe von fünfhundert Metern mit der Kamera eingefangen wurde und bei allen Crew-Mitgliedern in der Zentrale der *Delcano* und an den Bord-Monitoren ungeteilte Bewunderung fand.

Sie hatten den Verlauf des längsten Flusses Nordamerikas durch die gestochen scharfen Luftaufnahmen bis ins Detail mitverfolgen können - wie er weit nördlich im Lake Itasca im Bundesstaat Minnesota entspringt, als kleiner Wasserlauf in das offene Farmland mäandert und ab St. Paul zu einem mächtigen Strom anschwillt, der friedlich und ruhig dahinfließend sich hinter New Orleans in mehrere Arme verzweigt, um nach über 3700 Kilometern in den Golf von Mexiko einzumünden.

Mike Anders hatte alle Bilder aufmerksam studiert und mit Kartenmaterial von der heimatlichen Erde bis ins Detail verglichen. Jetzt war es an der Zeit, Bilanz zu ziehen. Mit wenigen Sätzen fasste er seine Ergebnisse zusammen: »Der Mississippi und seine vielen Zuläufe, die anliegenden Städte sowie alle Mais- und Baumwollplantagen und im Mündungsdelta sein fruchtbares Schwemmland gleichen unserem heimatlichen Strom in sämtlichen Einzelheiten. Rein geografisch gesehen sind mir keine Unterschiede aufgefallen. Selbst die großen Staudämme am Oberlauf unterscheiden sich in nichts von dem Vorbild auf unserer Erde.«

»Können Sie auch etwas über die Bodenbeschaffenheit sagen?«, erkundigte sich Professor Raskin.

»Ja, über den gesamten Flussverlauf habe ich, den Erwartungen entsprechend, unterschiedliche Bodentypen registriert, solche, die vorwiegend aus organischem Material einschließlich Pflanzenresten bestehen, über saure und lehmhaltige Böden, die man an der gelbroten Färbung erkennen kann, bis zum fruchtbaren Schwemmland im Deltagebiet. Auch die Bodenarten unterscheiden sich also in nichts von den bekannten auf Terra.«

»Das bestätigt uns in der Gewissheit, dass wir es hier tatsächlich mit einer zweiten Erde zu tun haben«, konstatierte Raskin.

»Wir gehen jetzt mal auf Vergrößerung«, ordnete Nick an. »Ich möchte mir die Straßen, Häuser und Verkehrsmittel genauer ansehen.«

Das Bild wechselte. Befahrene Highways, Eisenbahntrails und Siedlungen rückten stärker in den Fokus. Hin und wieder schwebte ein Heli-Car über Wiesen und Felder, Traktoren zogen beladene Anhänger mit Erntegut in die Speicher, Menschen bewegten sich als winzige, weiße Punkte auf Fußwegen und in schrebergartenähnlichen Anlagen.

»Es ist alles so schrecklich normal!«, kommentierte Tom. »Fast vergesse ich, dass wir viele Milliarden Lichtjahre von unserer guten alten Erde entfernt sind.«

»Stopp!«, rief Nick plötzlich. »Schwenken Sie die Kamera 30 Grad nach Süden! Mir ist etwas aufgefallen.«

Wenig später sahen es alle. Vor ihren erstaunten Augen hob sich ein metallisch schimmernder Turm in die Höhe. Seine Form war ungewöhnlich. Er bestand aus einer fünfeckigen Säule, auf der sich eine wiederum fünfeckige Plattform mit einem geometrisch gleichen, fensterlosen Aufbau befand. Der Fuß des Turms war von einer Mauer eingefasst, die offenbar aus demselben Material bestand.

»Alles fünfeckig«, stellte Jane mit bebender Stimme fest. »So ein Gebäude habe ich noch nie gesehen.«

»Es kommt noch dicker«, sagte Rossi. »Ich habe mir die Freiheit genommen, die Maße zu ermitteln.« Er zeigte auf seinen Monitor und begann zu lesen: Gesamthöhe des Turms von der Unterkante des Fundaments, das übrigens auch fünfeckig ist, bis zur Oberkante des Aufbaus: exakt 50 Meter, der Aufbau ist genau 2,50 m hoch, sein Durchmesser beläuft sich auf 5 Meter. Die Säule hat einen Durchmesser von 2,50 Meter, die Umfassungsmauer ist ebenfalls fünf Meter hoch und zehn Meter im Quadrat. Fällt Ihnen etwas auf?«

»In jedem Messparameter ist die Zahl Fünf enthalten!«, antwortete Jane. »Seltsam, seltsam!«

»Und dann die Form: fünfeckig«, ergänzte die Chinesin.

Auch Professor Raskin starrte ratlos auf den Schirm, seine Wangen hatte er heruntergezogen. »Ich habe nicht die geringste Ahnung, welchen Zweck dieser Bau erfüllen soll.«

»Ist es vielleicht so etwas Ähnliches wie eine Sendestation?«, fragte sich Gonzales.

Der Funker verneinte. »Es gehen keine elektromagnetischen Wellen von diesem Bauwerk aus, ebenso wenig, wie ich bis jetzt irgendwelche Funksignale oder andere signifikante Hinweise auf elektronisch basierter Kommunikation empfangen habe. Wenn Sie mich fragen, dann muss ich sagen, das passt überhaupt nicht zu dem vermuteten technischen Entwicklungsstand dieser Zivilisation. Es muss doch Telefonverkehr geben und Radiosendungen, auch Fernsehen, aber unsere Geräte registrieren nichts davon.«

»Lassen Sie die Drohne um den Turm herumfliegen!«, ordnete Nick an.

Das geheimnisvolle Gebäude vollzog auf dem Schirm eine

scheinbare Drehung, und wenig später kam die andere Seite des Aufbaus ins Blickfeld der Betrachter.

Sören Tauber sah es zuerst und stammelte erschrocken: »Was ... was ist das?«

Auf der Fassade der fünfeckigen Konstruktion prangte ein riesiges Pentagramm in dunkelroter Farbe, das von einem ebenso roten Kreis umschlossen war.

Das Zeichen bestand aus einem fünfzackigen Stern, der in einer nicht unterbrochenen Linie gezeichnet war, die an ihren Schnittstellen wiederum ein Fünfeck bildete, das sich genau im Mittelpunkt der Figur befand.

Alle starrten wie hypnotisiert auf das Pentagramm, hatten Mühe, ihren Blick von diesem symbolträchtigen Zeichen einer unbekannten Autorität wieder abzuwenden und verharrten in Schweigen. Keiner sprach es aus, aber alle ahnten, dass es sich bei diesem Emblem nicht um ein banales Logo handeln konnte, das als Signet für eine mögliche Betreiberfirma des Turmes verwendet wurde, sondern um die Manifestation einer nicht fassbaren, geheimnisvollen Macht.

Damit hatten sie einen wichtigen Unterschied zu ihrer eigenen Erde herausgefunden, denn solche Türme waren ihnen von ihrer Heimat nicht bekannt.

Im Weiterflug schickte der Fernsehroboter Bilder von anderen Türmen, die dem ersten in Gestalt und Ausmaßen wie ein Ei dem anderen glichen.

»Und noch eine seltsame Beobachtung«, verkündete Mario Gonzales: »Der Abstand zwischen den Türmen beträgt - na ...?«, er unterbrach sich kurz, »... Können Sie es erraten?«

»Doch nicht etwa fünf Kilometer?«, fragte Rossi misstrauisch lauernd.

»Wie sind Sie denn darauf gekommen?«

»Oh, ich war früher ein sehr erfolgreicher Langstreckenläufer und 5000 Meter war meine Lieblingsdisziplin. Immerhin habe ich es bis zur Kreismeisterschaft gebracht«, prahlte der Italiener. »Wenn man so hervorragend ist wie ich, bekommt man ein Gefühl für diese Strecke, und dann sieht man auch von oben auf dem Bildschirm, dass diese fünfeckigen Lulatsche genau diese Distanz voneinander entfernt sind.«

»Ich bewundere Ihr phänomenales Wahrnehmungsvermögen jeden Tag aufs Neue, Rossi.« Nicks ironischer Unterton war unüberhörbar. »Aber in diesem Fall braucht man kein 5000-Meter-Läufer zu sein, um die Entfernung zwischen den Türmen richtig zu schätzen. Durch die hier offenbar alles beherrschende Zahl Fünf liegt solch eine Vermutung auf der Hand.«

Nach einer kurzen Pause ergänzte er, wieder sehr ernst geworden: »Der Planet wird mir immer unheimlicher.«

Mit diesen Worten stellte er eine Verbindung zur Technik-Sektion her. »Iwanow, schicken Sie Fernsehroboter zu jedem Kontinent, auch zu den Polarstationen in die Antarktis und mindestens zu einer Insel von Ozeanien. Ich will wissen, ob diese Türme überall präsent sind!«

»Befehl wird umgehend ausgeführt!«, gab der Offizier der technischen Leitzentrale zur Antwort.

Dann wandte sich Nick an seine Stellvertreterin: »Chau, übernehmen Sie für die nächste halbe Stunde die Leitung des Schiffes. Ich will etwas recherchieren!«

»In Ordnung, Nick!«

»Das Pentagramm ist ein uraltes und universelles Symbol«, erklärte Nick der erstaunten Mannschaft eine Stunde später. Er hatte sich aus dem Schiffsarchiv Informationen über das Zeichen eingeholt und trug jetzt seine wichtigsten Erkenntnisse vor: »Pentagramme finden sich sowohl in der Natur als auch in der Architektur sowie in der Mystik, der Magie und im Okkultismus. Sie waren darüber hinaus das Erkennungszeichen der Pythagoreer, eines Geheimbundes in der Antike, deren Begründer von der Grundannahme ausgingen, dass alles für uns Erkennbare mit einer Zahl verknüpft sein müsse, um die Welt zu verstehen.«

Auf dem Bildschirm erschien jetzt ein fünffingriges Kastanienblatt und Nick erläuterte: »Die Fünf kommt in der Natur häufiger vor, als wir es gemeinhin annehmen. Kastanienblätter haben häufig fünf Finger, die Vorder- und Hintergliedmaßen der Wirbeltiere sind fünfstrahlig, wie man es auch an unseren Fingern und Fußzehen zweifelsohne erkennen kann, die Anordnung der Blütenblätter mancher Rosenarten basiert auf der Zahl Fünf. In der Antike kannte man fünf Elemente: Feuer, Wasser, Luft, Erde und als fünftes und letztes noch den menschlichen Geist. Da der Fünfstern weder Anfang noch Ende hat, übernimmt er in vielen Religionen die Bedeutung von Vollkommenheit. Er soll destruktive Mächte und Elementargeister binden und bedeutet daher auch Glück. Im alten Volksglauben bannten gezeichnete Pentagramme an der Tür des Hauses und als Amulette böse Geister.«

Nick unterbrach sich für einen kurzen Moment, dann fügte er noch hinzu: »Auch die Türme, die Sie alle auf den Bildschirmen gesehen haben, ihre Architektur und die Maße, basieren auf der Zahl Fünf, und was wir in der Zwischenzeit noch herausgefunden haben: Alle fünf Kilometer befindet sich solch ein Bauwerk. Wer immer hinter all dem stehen mag, wir gehen momentan davon aus, dass es sich hierbei um die Präsenz und Manifestation einer Autorität handelt, die nicht per Zufall dieses Zeichen gewählt hat. Aber wir haben bisher nicht die geringste Vorstellung, wer hinter all dem stecken könnte. «

»Wie soll es mit der Erforschung von Erde 2 weitergehen?«, erkundigte sich die Astrophysikerin Nathalie Wiebe. »Wir wissen noch so schrecklich wenig über diese Welt.«

Nick antwortete ohne zu zögern: »Zurzeit wird geprüft, ob es sich bei der Präsenz der Türme um ein globales oder nur ein kontinentales Phänomen handelt. Haben wir das herausgefunden, werden wir als Nächstes die Aufnahmen des Fernsehroboters studieren, den wir in die Innenstadt von New York geschickt haben. Wir erhoffen uns von dort Antworten auf bisher ungelöste Fragen. Bei diesem nächsten Schritt geht es uns vor allem um die Menschen. Mit ihnen haben wir uns bisher noch nicht so sehr beschäftigt. Wie leben und kommunizieren sie? Wer regiert sie? Welche familiären und gesellschaftlichen Bezugsgruppen spielen eine Rolle? Gibt es soziale Interaktionen, und wenn ja, welche? Aber am wichtigsten: Wie unterscheiden sie sich von uns? Bleiben Sie an den Schirmen. Ich denke, es wird in den nächsten Minuten wieder sehr spannend.«

Mit diesen Worten schloss Nick die Videokonferenz.

Die Aufnahmen aus den verschiedenen Kontinenten lagen kurze Zeit später vor. Iwanow hatte repräsentative Beispiele ausgesucht und in die Kommunikationszentrale geschickt. Von dort wurden sie in einer neuen Videokonferenz über alle Schirme der *Delcano* gesendet. Interessiert und zum Teil auch etwas ängstlich verfolgten alle Besatzungsmitglieder die Aufnahmen aus Ländern verschiedener Kontinente: Mexiko, Uruguay, Frankreich, China, Sudan, Australien, Antarktis, Mikronesien - ob Städte oder Freiland, Gebirge, Dschungel, Wüste oder Steppe, Inseln oder Festland, überall, wo Menschen lebten, zeigte sich dasselbe Bild: Fünfeckige Türme mit dem roten Pentagramm ragten alle fünf Kilometer in die Höhe und waren in ihrer Omnipräsenz der beherrschende Faktor in der architektonischen Landschaft aller Zivilisationen dieses Planeten.

Nick hatte sich die Aufnahmen mit wachsender innerer Unruhe betrachtet und kniff seine Lippen nervös zu blutleeren Strichen zusammen. Er musste einen Augenblick nachdenken, bevor er sich zu dem Befund äußern konnte. »Überall diese Türme. Wir erkennen keine technische Funktion, und doch sind sie das sichtbare Zeichen einer Macht, die diesen Planeten offenbar beherrscht.« Er ballte entschlossen die Fäuste. »Wir werden das Rätsel lösen!«

Dann wandte er sich wieder der Bordsprechanlage zu. »Iwanow, laden Sie jetzt die Aufnahmen von New York!«

Das New York der Erde 2 war anders als das New York, das sie kannten. Eng zusammenstehende Wolkenkratzer mit gläsernen Fassaden, verwirrender Asphaltdschungel und beklemmende

Straßenschluchten waren dieselben, aber alles andere erschien fremd und ungewohnt, nahezu deprimierend. Die fünfeckigen Türme prägten das Stadtbild ebenso wie fünfeckige Plätze und Parkanlagen sowie Hauseingänge und Fenster. Selbst Plakate und Leuchtreklamen, die zur Überraschung der Besatzung in englischer Sprache verfasst waren, bildeten ein Fünfeck. Einige von ihnen warben für vegetarische Kost, andere für Fruchtsäfte und Milchmixgetränke aus verschiedenen Getreidesorten und pflanzlichen Proteinen.

»Die setzen wohl total auf vegan«, maulte Tom, der sich zusammen mit Jane in der Zentrale eingefunden hatte, und verzog sein Gesicht.

»Keine Cola und kein herzhaftes deutsches Bier!«, jammerte Rossi.

»Aber alles auf Englisch. Terranisch hat man auf dieser Welt wohl noch nicht eingeführt«, stellte Raskin nüchtern fest.

»Schaut euch mal die Fassaden an!«, rief Jane Lee und zeigte auf eine riesige Fahne mit dem Pentagramm. Sie hing an einer Metallstange, die in Höhe des ersten Stockwerks aus der Hausfront herausragte. »Jedes Gebäude ist mit diesem Zeichen beflaggt.«

»Die Fünf spielt auch bei einigen Lauftexten eine Rolle«, stellte Sören Tauber fest. »Ich habe einige gelesen und mitgeschrieben.« Er hielt einen Zettel hoch, dann übersetzte er auf Terranisch: »*Ehre die Große Fünf! Die Große Fünf sorgt für dich! Die Große Fünf ist über dir und passt auf dich auf! Die Große Fünf schafft Frieden! Fünfmal sollst du meditieren! Alle fünf Tage ein neuer Beginn! Die Fünf ist über dir, vergiss es nicht!*«

Nick schüttelte ungehalten den Kopf. »Immer wieder dieselbe Zahl, aber nirgendwo wird verraten, wer die *Große Fünf* ist, und sie wird auch niemals als Person abgebildet.«

Raskin äußerte dazu eine Vermutung: »Es könnte ein Herrschergremium, bestehend aus fünf Personen, sein, es wäre aber auch möglich, dass die *Große Fünf* eine Chiffre für eine Person ist, die ihre Identität hinter dieser Bezeichnung verbirgt. Das erinnert mich übrigens an eine Dystopie, die ich in meiner Jugend gelesen habe. *1984* hieß der Roman. Darin beschreibt der englische Autor George Orwell einen totalitären Staat, der von dem sogenannten *Großen Bruder* beherrscht wurde. Der war auf jedem Plakat präsent und man indoktrinierte die Bevölkerung mit ähnlichen Parolen wie wir sie eben gehört haben. Bei Orwell hieß es dann: *Der Große Bruder sieht dich!* Und hier: *Die Große Fünf ist über dir und passt auf dich auf!* Die Identität des *Großen Bruders* wird in der Handlung bis zum Schluss nicht gelüftet. Wahrscheinlich steht er nur als Symbol für die herrschende Partei.«

»Würde mich nicht wundern, wenn es hier ähnlich ist!«, überlegte Rossi.

»Schaut euch die Menschen an!«, rief plötzlich Jane. »Das darf doch nicht wahr sein. Die laufen rum wie ... wie Anhänger einer exotischen Sekte!«

Die Observer-Drohne hatte ihre Kamera auf einen Gehweg gerichtet und zeigte jetzt zum ersten Mal die Menschen in Großaufnahme.

Es fiel den Crew-Mitgliedern sofort auf, dass sie nicht die gewohnte Alltagskleidung westlicher Provenienz trugen, sondern weiße, wallende Gewänder. In Brusthöhe erkannte man vorne und hinten ein rotes Pentagramm, das von einem ebenso roten Kreis umschlossen war.

»Mir ist noch etwas aufgefallen!«, rief Chau Yong und tippte mit einem Finger auf die Menschen. »Sehen Sie doch: Es herrscht keine Hektik. Sie gehen alle friedlich und entspannt ihres Wegs!«

»Mh, mh!« Ein hohes und ein tiefes »mh« signalisierte, dass Jane mit dieser Beobachtung nicht ganz zufrieden war. »Schauen Sie mal genau in die Gesichter.«

»Ja?«

»Die Augen der Bürger sind ohne Glanz, die Gesichter ausdruckslos.«

»Tatsächlich, Jane. Du hast recht«, bestätigte Nick. »Die Leute wirken wie in Trance. Eigentlich hätte uns das schon gleich auffallen müssen.«

»Ich werde noch verrückt!«, stöhnte Rossi. »Diese zweite Erde entwickelt sich allmählich zu einem Albtraum.«

»Ruhig Blut, Alfredo«, versuchte Nick die Stimmung des Italieners ein wenig anzuheben. »Wir werden schon herausfinden, was das alles zu bedeuten hat.«

Er wandte sich an den Funker. »Immer noch keine elektromagnetischen Wellen?«

Tauber schüttelte verzweifelt den Kopf. »Noch immer nichts. Die Aufnahmen des Fernsehroboters zeigen eindeutig, dass man Elektrizität kennt und nutzt, zum Beispiel an den Leuchtreklamen, auch wenn es seltsam erscheint, dass wir noch keine Strommasten gesehen haben. Die Grundlagen der Telekommunikation werden hier ebenfalls nicht unbekannt sein, aber ich empfange nichts - das Ganze ist mir äußerst rätselhaft. Entweder schirmen die ihre gesamte Energie ab oder ihre Technologien unterscheiden sich völlig von den unsrigen.«

»Dann gibt es für uns auch keine Chance herauszufinden, was es mit der *Großen Fünf* auf sich hat«, bedauerte Jane.

»Doch!«, widersprach Nick. »Es gibt eine ganz einfache Möglichkeit, das herauszufinden!«

»Und die wäre?«

»Ich teleportiere mit dir und Tom auf die Oberfläche und dann recherchieren wir, was die *Große Fünf* bedeutet. Vielleicht finden wir noch Genaueres in Zeitungen oder auf öffentlichen Texten, die der Fernsehroboter nicht eingefangen hat und die uns mehr verraten als das, was wir bisher gesehen haben. Englisch wirst du doch wohl noch können, oder?« Er grinste seine Gefährtin herausfordernd an und fragte: »Do you speak English, my dear?«

Jane schüttelte ebenso grinsend ihren Kopf und antwortete: »No, Sir, I don't speak English, I've never spoken an English word in my life!«

Alles lachte. Nur Tom wirkte etwas skeptisch. »Ist ein Ausflug auf die Oberfläche nicht zu gefährlich?«

Nick war anderer Meinung. »Anders als auf *Togau*[17] brauchen wir hier niemanden zu retten und können uns völlig unauffällig bewegen. Außerdem ist der Fernsehroboter ständig über uns. Wenn's brenzlig wird, holt uns Raskin sofort zurück. Ich werde Iwanow anweisen, drei Gewänder zu generieren - und Sie, Professor ...«, er drehte sich zu Raskin, »... berechnen uns rasch einen geeigneten Zielort. Am besten irgendwo im Central Park. In einem Gebüsch oder hinter dicken Baumstämmen. Das wäre unauffälliger als in der belebten Hauptgeschäftsstraße.«

Raskin nickte. »Ok, das Risiko ist überschaubar. Ich mache mich gleich an die Arbeit.«

Eine halbe Stunde später standen Nick, Tom und Jane in langen weißen Gewändern zum Sprung auf Erde 2 bereit.

17 Siehe Nick - Pionier des Weltalls „Unternehmen Magellan" Band 1 „Start in die Unendlichkeit", Kapitel 7 „Der Gott des Grauens"

Ohne von jemandem gesehen zu werden, gelangten sie durch das Dimensionsfeld an ihren Bestimmungsort. Dabei landeten sie mitten in einer Gruppe riesiger Ziersträucher und mussten sich, dorniges Gestrüpp vorsichtig zur Seite biegend und hier und da einen unangenehmen Piks in Kauf nehmend, ihren Weg ins Freie bahnen, bis sie endlich von einem morastigen Wanderpfad am Rande eines mit Seerosen bedeckten Weihers aufgenommen wurden. Kein Mensch stand in ihrer Nähe. Sie waren allein auf weiter Flur.

Tom hielt sich die rechte Wange und schimpfte. »Wer hat uns da bloß mitten in die Dornen geschickt?«

»Sei nicht so zimperlich«, scherzte Nick mit seinem Freund und konnte sich ein verhaltenes Schmunzeln nicht verkneifen. »Wenn man auf Abenteuer geht, muss man bei Schmerzen standhaft sein wie ein Mann!«

»Wir Frauen können auch was aushalten! Sogar mehr als ihr Männer!«, fuhr Jane ihren Gefährten ungehalten an. »Am besten, du lässt mal diese überholten Sprüche!«

Mit einer entschuldigenden Geste verneigte sich Nick vor seiner Gefährtin. »Entschuldige bitte vielmals, Jane«, hauchte er ihr zärtlich zu. »Das soll nicht wieder vorkommen. Also: Wenn man auf Abenteuer geht, muss man bei Schmerzen standhaft sein wie ein Mann oder eine Frau! Jetzt zufrieden?«

Tom unterbrach die Kabbelei. »Hört endlich mit eurem Gezeter auf! Das nervt ja mehr als diese Dornen!« Er blickte sich um und hob seinen Kopf leicht der Sonne entgegen. »Genießt vielmehr das schöne Wetter und die angenehmen Temperaturen!« Es klang deutlich versöhnlicher.

Und jetzt merkten es die anderen auch. Entspannt schauten sie sich um, nahmen die morgendliche Atmosphäre eines anbrechenden Tages wahr und erfreuten sich am Anblick blutrot belaubter Baumkronen, dann atmeten sie einige Male tief durch. Janes lange blonde Haare leuchteten in einem fast übernatürlichen Glanz. Nach langen Tagen in den künstlich klimatisierten Räumen der *Delcano* genossen sie die Frische einer natürlichen Umgebung. Laue Morgenluft streichelte ihre Haut, durch das herbstbunte Blätterdach hochgewachsener Spitzahorne schossen hellgelbe Sonnenstrahlen auf blütenblaue Blumenwiesen, lavendelfarbene Astern und weiß leuchtende Anemonen hatten ihre Kelche schon geöffnet und streckten die verborgenen Rosettenblätter dem wärmenden Licht entgegen. Der ganze Park war in tiefes Rot, warmes Orange und helles Gelb gehüllt und das verhaltene Rascheln herabfallenden Laubes schien alle Geräusche der Stadt zu verschlucken. Zwischen Ästen und Halmen hatten frühaktive Spinnen ihre Netze kunstvoll gewoben und Tausende von Silberfäden warfen glitzernde Lichtfunken auf Wiesen, Büsche und Blüten.

Einige Passanten kamen den dreien jetzt entgegen, ihre Blicke waren leer, die Bewegungen schwerfällig und langsam.

»Als wenn sie unter Drogen stünden!«, kommentierte Jane.

»Wir müssen uns wohl oder übel anpassen, wenn wir nicht auffallen wollen.«

Nick bemühte sich um eine verzögerte Gangart, Tom grinste. »So ganz gelingt es dir noch nicht«, bemerkte er. »Ich glaube, wir müssen uns die Leute noch einmal genauer und ganz unauffällig ansehen.«

Wenige Minuten später unterschieden sich ihre Bewegungen nicht mehr von denen der anderen.

»In welche Richtung wollen wir gehen?«, fragte Jane. Nick zeigte auf einige Hochhäuser hinter der Ahorngruppe. »Zur *5th Avenue*. Ich möchte einen Buchladen aufsuchen.«

»Warum fragen wir nicht einfach einen Vorübergehenden?«, schlug Jane vor.

»Zu gefährlich!«, entgegnete Nick. »Jeder kennt hier offenbar die *Große Fünf*. Es wäre wahrscheinlich eine zu dumme Frage, die sofort Verdacht erregen würde.«

Jane stimmte zu. »Also, dann los. Ich habe schon lange keinen Spaziergang mehr unternommen.«

»Spaziergang nennst du das?«, stöhnte Tom herausfordernd und blickte mit gekrauster Stirn auf die Zoologin. »Der Park ist vier Kilometer lang und über 800 Meter breit, und wir sind mitten drin.«

Nick lachte. »Dann los! Du weißt doch: Wer wandert, hat mehr vom Leben, außerdem kennst du den Park doch in- und auswendig. Selbst die Vegetation hier ist vor deinen botanischen Exkursionen nicht sicher!«

»Heute bin ich nicht in der Stimmung!«, brummte Tom zur Antwort. »Ich will nicht wandern, sondern mehr über die *Große Fünf* erfahren.«

»Dann sollten wir endlich aufbrechen. Je eher ran, desto eher davon!«

»Immer diese blöden Sprüche!«

Plötzlich merkte Jane auf und zeigte aufgeregt in die westliche Richtung. »Am anderen Ende des Parks ist einer dieser seltsamen Türme!«

Nick hielt sich mit einer Betrachtung nicht lange auf. »Ich würde zu gerne wissen, was sich darin befindet«, antwortete er, »aber dort einfach einzudringen, erscheint mir momentan zu riskant.«

Tom pflichtete bei. »Wahrscheinlich finden wir schneller und gefahrloser eine Antwort auf unsere Fragen, wenn wir uns unter die Leute mischen und das Geschäftszentrum aufsuchen. Für mich wäre der Turm auch nur die letzte Option.«

Jane nickte und sie setzten sich entschlossen in Bewegung. Einige Brücken passierend kamen sie an Skulpturen, Denkmälern, Wasserfällen und Seen mit beeindruckenden Fontänen vorbei, die ihr perlendes Nass funkenflugsprühend in den offenen Himmel schleuderten. Dann erkletterten sie eine Sandsteinbalustrade und genossen den grandiosen Blick auf einen alten Springbrunnen mit großem Pool. Nur Jane schien das nicht zu interessieren. Verzückt schaute sie in eine andere Richtung.

»Oh, wie süß!«, entfuhr es ihr.

»Was ist hier süß?«, wollte Tom wissen.

»Na, dort auf dem Geländer die possierlichen Eichhörnchen. Ich liebe sie. Was wäre der Park ohne diese kleinen Tierchen!«

Inbrünstig lächelte sie drei rotbraunen Nagern zu, die mit schnellen Drehbewegungen wahre Kunststücke vollführten. Sie umkletterten die Haltestangen der Brüstung in atemberaubender Geschwindigkeit, schossen in langgestreckten Sätzen auf benachbarte Bäume und hechteten von dort wieder zurück auf das Geländer.

»Sie sind an das Leben auf Bäumen perfekt angepasst«, schwärmte Jane. »Die Eleganz ihrer Bewegungen fasziniert mich immer wieder.«

»Du und deine Viecher«, witzelte Tom und richtete seinen Blick auf einen hochgewachsenen Baum mit üppiger Krone. »Diese *Quercus rubra* finde ich viel faszinierender.«

»Hä? Was?« Jane sah ihn verständnislos an.

»Ich meine die Roteiche dort hinten. Nirgendwo gedeiht sie besser als hier im Park. Lange Zeit hatte man sich Gedanken darüber gemacht, woran das liegen könnte, bis Wissenschaftler herausgefunden haben, dass das achtmal schnellere Wachstum und die üppigere Belaubung im Vergleich zu den gleichartigen

Bäumen an anderen Standorten mit der Wärmeentwicklung durch das städtische Umfeld zu tun haben.«

Nick sah tadelnd auf seine Begleiter und schüttelte leicht mit dem Kopf. »Habt ihr wirklich keine anderen Sorgen, als über Tiere und Pflanzen zu fachsimpeln?« Er zeigte auf eine Arkadenreihe unter ihnen. »An diesem Ort geben sich auf unserer Erde Straßenmusiker und Kleinkünstler ein Stelldichein. Hier sehe und höre ich nichts davon.«

Tom und Jane staunten Nick an und mussten zugeben, dass er richtig beobachtet hatte.

»Jetzt, wo du es sagst, fällt mir noch mehr auf, was hier anders ist«, teilte sich Jane mit. »Es fehlen Jogger, Baseballspieler, Pferdekutschen und Rikschas, die für diesen Ort doch so typisch sind!«

»Und keine Ruderboote auf den Seen«, ergänzte Tom.

Jane breitete beide Arme aus und zeigte auf die Menschen um sich herum. »Nur diese Schlafwandler!«

Sie hatten inzwischen ihren Aussichtplatz über den Arkaden verlassen und standen vor einem kleinen Teich, in dessen Mitte sich ein Springbrunnen befand. Hier hatte Nick etwas Wichtiges nachzutragen. »Schaut euch mal diesen Brunnen an!« Er verwies auf einen Zwei-Schalen-Springbrunnen, aus dessen oberem Becken glasklares Wasser sprudelte, welches sich - das schräg einfallende Sonnenlicht in glitzernden Kristallen vieltausendfach reflektierend - in die untere Schale ergoss und schließlich in ein riesiges Bassin stürzte, wo es noch ein letztes Mal zarte Wellen schlug, bevor es sich mit dem ruhenden Wasser vereinigte.

Über dem oberen Becken war eine 2,50 Meter hohe Bronzestatue errichtet - eine Frau mit Flügeln und einem weiten Kleid, In der linken Hand trug sie eine Lilie, die rechte hielt sie segnend über das Wasser.

»Ja, nett!«, antwortete Tom. Ich kenne diesen Brunnen mit der Statue. Was soll daran besonders sein?«

»Die Namen der Statue und des Brunnens. Habt ihr das Schild noch nicht gelesen?«

Und jetzt sahen es auch seine Begleiter. An der Peripherie der Brunnenanlage befand sich ein großes, fünfeckiges Schild, auf dem ein rotes Pentagramm aufdringlich prangte, darunter las man in roten Lettern

Die Große Fünf.

»Bei uns heißt diese Skulptur *Angel of the Waters*, die gesamte Brunnenanlage mit den zwei Becken und dem Bassin trägt den Namen *Bethesda Brunnen«*, erklärte Nick und fuhr unbeirrt fort: »Aber damit nicht genug. Ihr könnt euch sicher noch daran erinnern, wie dieser gesamte Ort bei uns genannt wird, von dem der Brunnen nur ein Teilbereich ist?«

»Soweit ich weiß *Bethesda Terrassen*!« Tom brauchte darüber nicht lange nachzudenken. Wenn sie vor neuen Einsätzen im Raumfahrerhotel *Ad Astra* übernachtet hatten, war er abends oft zu einem Spaziergang in diesem Park unterwegs gewesen und hatte seine Sehenswürdigkeiten - insbesondere die botanischen - immer mit Interesse studiert.

»Korrekt! Dieser Platz heißt in unserem Park *Bethesda Terrassen*.« Nick wies auf eine große Aufschrift rechts neben den Arkaden hin, dann fragte er seine Begleiter: »Und was steht dort hinten auf dem Schild?«

»*Terrassen der Großen Fünf.*«

Jane hielt mit der rechten Hand ihren Unterkiefer. »Schon wieder diese *Große Fünf!*«

Sie wollte noch etwas hinzufügen, aber da setzte Nick seine Erklärungen schon weiter fort: »Der ursprüngliche Name

Bethesda Terrassen besteht seit der Fertigstellung dieses Platzes im Jahre 1873. Im selben Jahr fand auch die Enthüllung der Figur und die Übergabe des Brunnens an die Öffentlichkeit statt. Seitdem heißt der Brunnen *Bethesda Brunnen und* die Skulptur *Angel oft the Waters*. So steht es bei uns auf einer Informationstafel. Der *Bethesda Brunnen* sollte an die Erstversorgung New Yorks mit gereinigtem Trinkwasser erinnern.« Er unterbrach sich für einen Augenblick, dann erzählte er: »Warum ich das alles so genau hier ausführe, hat einen bestimmten Grund. Der Name *Bethesda*, auf den die Bildhauerin bei der Enthüllung des *Angels of the Waters* hingewiesen hat, stammt aus der christlichen Tradition und steht für einen Teich in Jerusalem, von dem heilende Wirkung ausging.« Dann ergänzte er: »Mir kommt da ein gewisser Verdacht.«

»Welcher?«, hakte Jane nach.

»*Die Große Fünf*, wer immer sie auch sein mag, hat den ursprünglichen religiösen Hintergrund eliminiert und sich selbst an dessen Stelle gesetzt. Nichts sollte mehr an die Bedeutung des ursprünglichen Namens erinnern. Damit ist für mich klar: Sie erhebt religiöse Ansprüche und ersetzt die alte Religion durch ihre eigene.«

Tom stand vor Erstaunen der Mund offen. »Jetzt habe ich verstanden.«

Jane zweifelte noch. »Das könnte auch Zufall sein!«

»Nicht, wenn die Namen anderer Sehenswürdigkeiten in diesem Park erhalten geblieben sind. Mir ist aufgefallen, dass vor allem religiöse Begriffe und damit ihre Inhalte durch neue ersetzt wurden.«

Jetzt begriff auch Jane. »*Ehre die Große Fünf! Die Große Fünf sorgt für dich! Die Große fünf ist über dir und passt auf dich auf!* Damit ist tatsächlich ein religiöser Anspruch verbunden. Wir sollten so schnell wie möglich herausfinden, wer sich hinter diesem Namen verbirgt.«

»Dann auf zur *5th Avenue!*«

»Es gibt keine Kirchen mehr!« Janes Gesicht war beim Verlassen eines Kirchengebäudes ein einziges Fragezeichen. Tief erschüttert richtete sie ihren Blick immer wieder auf das Häusermeer der Hauptverkehrsader New Yorks, schaute abwechselnd nach links und nach rechts, verfolgte den Verkehr langsam dahinrollender Mobile, registrierte die vielen Weißgewandeten in ihren trägen Bewegungen, und selbst Kinder, die man sonst immer fröhlich herumtollem sah, verhielten sich nicht anders als ihre erwachsenen Vorbilder. Was war in dieser Metropole und anderswo bloß passiert, dass sich Stadtbild und Bewohner so verändert hatten?

»Die Kirchengebäude existieren noch!«, verbesserte Nick, »man hat sie nur zu Tempeln der *Großen Fünf* umfunktioniert. Bänke und Altartisch wurden entfernt, genauso Kreuze und Heiligenbilder, stattdessen überall Pentagramme und Sprüche, die die *Große Fünf* verehren. Unser Besuch in dieser ehemaligen Kirche bestätigt mir, dass die Verehrung der *Großen Fünf* religiöse Züge trägt.«

»Aber wer die *Große Fünf* wirklich ist, haben wir dort auch nicht herausgefunden«, klagte Tom. »Immer nur dieselben Sprüche: *»Ehrt die Große Fünf! Liebt die Große Fünf!* Dann ist mir aufgefallen, dass es keine Kirchenbänke mehr gibt. Man kann nur noch stehen. Einige Besucher haben sich niedergekniet und waren in einer gebetsähnlichen Haltung vertieft. Ich kann an allen Fingern abzählen, zu wem die gebetet haben.«

Jane zeigte auf das fünfeckige Schaufenster eines unscheinbar aussehenden Buchladens, der unterhalb eines turmhohen Wolkenkratzers klein und unbedeutend erschien. Das Geschäft war keine drei Meter breit und die fünfeckige Eingangstür schmal und mit Pentagrammen verziert, davor befanden sich Grabbelkästen mit ausgemusterten Exemplaren zum Sonderangebot.«

»Das ist *die* Gelegenheit!«, freute sich Nick. »Wir sollten jetzt unbedingt mal einen Blick in die Literatur dieser Welt werfen!«

Als sie die Ladenfront erreicht hatten, griff er gleich zum ersten Band. Es war eine Hardcover-Ausgabe von dreihundert Seiten Umfang, Vorder- und Rückdeckel schmückte das sattsam bekannte Pentagramm-Motiv, ein Autor wurde nicht genannt und ein schneller Blick in das Impressum zeigte zur großen Überraschung der Terraner, dass das Erscheinungsjahr nur wenige Jahre vor dem aktuellen Jahr auf der heimatlichen Erde lag. Die Zeitrechnungen mussten wohl annähernd gleich gewesen sein. Der Name des Verlages kam den Freunden unbekannt vor, als Standort wurde *Große-Fünf-City* angegeben. Das klang nach einer Hauptstadt.

»Wie lautet der Titel des Buches?«, erkundigte sich Jane.

Nick las vor: »Kontakt mit der oberen Welt«.

»Hört sich sehr esoterisch an. Steht was im Klappentext?«

Nick drehte noch einmal den Wälzer um. Auf dem Rückdeckel befand sich nur ein winziger Hinweis: »Wie du mit Hilfe der *Großen Fünf* Kontakt zur oberen Welt aufnehmen kannst.«

»Hier sind noch weitere Titel!«, sagte Jane. Sie hatte in der Zwischenzeit zu anderen Publikationen gegriffen und rezitierte: »Glücklich und friedlich leben«, »Fünf - die heilige Zahl«, »Die große Prägnation«, »Wege ins Prägnellium - das Pentäon«.

»Prägnation? Prägnellium? Pentäon?«, fragte Nick erstaunt

zurück. »Das hört sich alles sehr komisch an. Gibt es einen Klappentext?«

»Das sind alles sehr gute Bücher!«, hörte Nick plötzlich seinen Freund sagen.

»Wie bitte?«

»Es lebe die *Große Fünf*!«

»Was ist mit dir los? Zitierst du nur oder bist du plötzlich verrückt geworden?«

»Nein, Nick!«, hörte er plötzlich die Stimme seiner Gefährtin. »Die *Große Fünf* hat die Welt gerettet, Frieden gestiftet! Es lebe die *Große Fünf*!«

Nick war über das seltsame Verhalten seiner Freunde völlig irritiert. »Wie könnt ihr so etwas sagen?«, rief er ihnen mit bebender Stimme entgegen. »Die *Große Fünf* ist uns doch völlig ...«

Er zuckte zusammen. Gesichter und Augen seiner Gefährten waren plötzlich ausdruckslos und leer - wie bei den Menschen auf dieser Welt, und er begriff, dass sich bei Jane und Tom eine unheimliche, nicht fassbare Veränderung vollzogen hatte. Dann spürte er plötzlich mit wachsender Panik, dass fremde Gedanken in sein Bewusstsein drangen und von ihm Besitz ergreifen wollten.

»*Ehre die Große Fünf! Sei ihr Diener - so wie alle Bürger dieser Welt!*«

Tom und Jane wiederholten diese Sätze. Er musste sofort handeln, bevor es zu spät war, und konzentrierte sich umgehend auf die Sanskari-Techniken, die er von Meister *Untar* auf *Ascalon 9* gelernt hatte und erst kürzlich im *Swing*-System anwenden musste, um den mentalen Angriff der *Destruktiven* abzuwehren.

Sans-ka-ri! Sans-ka-ri!«, pressten seine Gedanken dem fremden Einfluss entgegen.

»Ehre die Große Fünf!« *»Ehre die Große Fünf!«*, hämmerte es zurück, eine fremde Macht versuchte, Besitz von seinen Gedanken, seinem Bewusstsein, seinem Ich zu ergreifen.

Nick drückte beide Hände gegen seine Schläfen, sein Gesicht verzerrte sich vor geistiger Anstrengung.

»Ehre die *Große Fünf*, Nick!« Janes Stimme klang hart und beschwörend - und schien so unfassbar fremd.

»Ehre die *Große Fünf*, dann wird alles gut und wir sind wieder Freunde!«, schoss ihm ein Wortschwall entgegen, der von Toms Lippen geformt wurde.

Dann wieder der fremde Einfluss:

»Ehre die Große Fünf! Lebe mit ihr, dann wirst auch du leben!«

»Nein!«, wehrte sich Nick mit der geballten Kraft seiner mentalen Energien. Schweißtopfen perlten an seiner Stirn herunter, befeuchteten seine knochentrockenen Lippen.

Ich darf nicht nachgeben! Die Kraft ist böse!

Sans-ka-ri! Sans-ka-ri!

Komm zu mir! Diene mir - mir, der Großen Fünf!

Nein! Nein! Sans-ka-ri! Sans-ka-ri!

Komm!

Nein!

Komm!

Nein!

Wie durch einen Schleier sah Nick, dass sich vor ihm ein Dimensionsfeld öffnete.

Die Rettung! schoss es ihm durch den Kopf, *Raskin muss über die Fernsehbilder mitbekommen haben, was hier passiert, und hat schnell gehandelt. Das nenne ich Hilfe im letzten Augenblick.*

Gleichzeitig spürte er, wie die mentalen Angriffe nachließen und die fremden Gedanken sich wieder zurückzogen. Die Sanskari-Technik hatte Wirkung gezeigt - vorläufig. Aber jetzt durfte er keine Zeit mehr verlieren, um Tom und Jane dem Einfluss der *Großen Fünf* so schnell wie möglich zu entziehen.

»Tom! Jane!« brüllte er den beiden zu. »Springt durch das Feld, dann seid ihr in Sicherheit!«

Keine Reaktion.

Nick wiederholte die Aufforderung und als sie noch immer keine Anstalten trafen, durch das Feld zu springen, sondern stattdessen mit dem Versuch fortfuhren, ihn zu einem Leben mit der *Großen Fünf* zu überzeugen, begriff er: Sie waren so stark von dieser fremden Macht besetzt, dass sie auf seine Worte nicht mehr hören würden.

Und dann gesellte sich noch eine neue Bedrohung zu den anderen: Passanten waren auf sie aufmerksam geworden und Nick fühlte sich plötzlich von einer Gruppe unerwünschter Augenzeugen seiner Auseinandersetzung mit der fremden Macht umgeben. Er wusste nicht, was sie unternehmen würden, nur eines erkannte er mit wachsender Beklemmung: Schnelles Handeln war jetzt das Gebot der Stunde.

Ein kurzer Gedankenimpuls, und sein Strahler wurde aus dem versteckten Holster unter dem Gewand in seine rechte Hand teleportiert. Blitzschnell schaltete er mit geübtem Griff auf Traktorfunktion, zielte zunächst auf Tom und dann auf Jane, der Strahl umschloss beide und mit einem weiteren Tastendruck schob er sie durch das Dimensionsfeld zurück in die *Delcano.*

Geschafft, und jetzt noch ich!

Mit schnellen Schritten lief Nick auf das Flimmern zu, doch kurz bevor er springen wollte, erlosch es, zerplatzte wie eine Seifenblase, die man mit einem Finger berührt hatte.

»Raskin! Raskin!«, schrie Nick außer sich vor Entsetzen und starrte hilflos in alle Richtungen, hoffte, dass das Feld irgendwo anders wieder erscheinen würde, doch es passierte nichts.

Er muss doch gemerkt haben, dass ich noch nicht durch bin. Warum unternimmt er nichts?

Vielleicht ...?

Nick aktivierte sein Havi[18] und versuchte, mit der *Delcano* Videokontakt aufzunehmen.

Das Gerät schwieg.

Er versuchte es ein zweites Mal.

Noch immer keine Antwort.

Als auch der dritte Versuch ohne Ergebnis verlief, begriff er, dass etwas gründlich schiefgegangen war. Von der *Delcano* konnte er keine Hilfe mehr erwarten, und schmerzhaft wurde ihm auch bewusst, dass er jetzt alleine war - auf einer vertrauten und doch so fremden Welt, die ihn mit einer Macht konfrontierte, von der er nicht wusste, wie er den Kampf gegen sie bestehen sollte.

18 Handgelenkvisiphon

Kapitel 7
Albtraum Erde 2

Nick blieb keine Zeit, über seine Situation gründlicher nachzudenken. Vor ihm hatte sich eine Menschentraube gebildet, die stetig zunahm. Schon sah er sich von den Weißgewandeten eingeschlossen. Sie standen so dicht, dass er ohne den Einsatz seiner Waffe nicht mehr herauskommen würde, aber das bereitete ihm Probleme. Auf keinen Fall wollte er noch weiteres Aufsehen erregen. Fieberhaft suchte er nach einem Ausweg. Was sollte er tun, wenn sie ihn angriffen? Zum Glück verhielten sie sich noch abwartend. Aber würden sie es dabei belassen?

Nein! Misstrauisch und auf jede verdächtige Bewegung achtend, beobachtete Nick, wie sie jetzt mit vorsichtigen Schritten immer näherkamen. Ihre Gesichter wirkten nicht mehr so apathisch, wie er es von den Bürgern dieser Stadt vor einer Stunde noch wahrgenommen hatte. Der Vorfall musste sie in eine starke innere Erregung versetzt haben. Auch ihre Bewegungen waren jetzt fester und deutlich zielorientiert.

Dann registrierte er, wie sie mit ausgestreckten Armen auf ihn zeigten. War das ein Zeichen zum Angriff? Wollten sie ihn überwältigen und dann den Ordnungskräften übergeben?

Seinen Strahler hatte Nick mit gesenktem Arm nach unten gerichtet. Er wollte die Leute um keinen Preis provozieren oder bedrohen, aber seine Finger ruhten am Abzugshebel und er stellte sich darauf ein, die Waffe augenblicklich zu gebrauchen, wenn es notwendig erschien und ihm keine andere Wahl mehr blieb.

Dann hörte er aus der Menschenmenge einen lauten Ruf: »Er ist ein Zauberer. Er steht mit der höheren Welt in Verbindung!«

»Und er kann Menschen mit einem Bündel aus Licht durch die Luft ziehen!«, rief ein anderer.

»Ja!«, hörte Nick eine weitere Stimme. »Er ist ein Bote der *Großen Fünf*. Wir müssen ihm die Ehre geben!«

Nick wehrte mit beiden Armen erschrocken ab. »Stopp!«, rief er den immer näher Kommenden entgegen. »Ich bin kein Zauberer und auch kein Bote der .*Großen Fünf*. Ich bin ein Mensch wie ihr! Was ihr gesehen habt, ist keine Zauberei, es sind technische Hilfsmittel, die ich eingesetzt habe, um meine Freunde zu retten!«

Aber die Menschen ließen sich nicht beirren. »Du *musst* ein Bote der *Großen Fünf* sein! Was du getan hast, kann nur sie - und solche, die von ihr die Macht bekommen haben!«

»Woher wisst ihr das so genau?«, rief Nick zurück, dann setzte er alles auf eine Karte. Genügend aufgefallen war er ohnehin schon und jetzt hatte er nichts mehr zu verlieren. »Ich komme von einer anderen Welt«, erklärte er den Umstehenden mit erhobener Stimme. »Und ich kenne die *Große Fünf* überhaupt nicht!«

Statt einer Antwort kamen die Menschen immer näher - Schritt für Schritt und Meter um Meter. Die Ersten griffen schon nach ihm, berührten sein Gewand. Nick versuchte auszuweichen, aber er konnte keinen Fußbreit mehr nach hinten gehen, der Ring hatte sich um ihn geschlossen und die Menge drohte ihn einzuschnüren.

»Segne uns!«, rief eine Frau.

»Ja!«, scholl es aus dem Mund eines anderen. »Gib uns den Heiligen Touch!«

Ich muss hier dringend weg!, dachte Nick verzweifelt und versuchte, seine aufkommende Panik niederzudrücken. Aber wie konnte er sich ihnen entziehen? Mit der Antigravfunktion seines Strahlers einfach wegzuschweben, dafür war es bereits zu spät, denn einige von ihnen hatten sich inzwischen fest an ihn geklammert, und beim Einsatz der Waffe würde er sie mit nach oben ziehen. Die Folgen wären unabsehbar.

Schließlich kam ihm ein ganz anderer Gedanke: Warum sollte er sie nicht im Namen der *Großen Fünf* segnen, so, wie sie es von ihm forderten?

Wenn ich das tue, sind sie zufrieden und gehen wieder. Das könnte klappen.

Er wollte gerade dem Ersten seine Hände auf die Schulter legen und über ihm einen Segen sprechen, als ein durchdringendes Sirenengeheul die Luft erfüllte und sich nach einer kurzen Unterbrechung viermal wiederholte. Aus vielen Lautsprechern hörte Nick die Aufforderung: »Geliebte *Pentagonier*, es ist wieder Worship-Zeit. Begebt euch alle auf die Gebetsstationen oder in einen Tempel und ehrt die *Große Fünf* mit eurer Anbetung! Es lebe die *Große Fünf*, unsere Wohltäterin und Friedensstifterin!«

Schlagartig ließen die Menschen von Nick ab und verteilten sich auf mehrere Gebäude des Boulevards, einige strömten auch in die zu Tempeln umfunktionierten Kirchen und Kathedralen. Um nicht unnötig Anstoß zu erregen und negativ aufzufallen, schloss sich der Weltraumpionier einer kleinen Gruppe Weißgewandeter an, aber sorgfältig darauf bedacht, keinen in seiner Nähe zu haben, der ihn vorher so unangenehm bedrängt hatte. Kurze Zeit später verschwand Nick zusammen mit den anderen durch den fünfeckigen Eingang in ein kleineres Gebäude der *5th Avenue*.

Was war inzwischen auf der *Delcano* geschehen?

Als Tom und Jane durch das Dimensionsfeld wieder im Transmitterraum des Sternenschiffes angekommen waren, ließ die Wirkung des Traktorstrahls umgehend nach und die beiden konnten sich wieder frei bewegen. Sofort stellte Raskin die Teleportationsanlage ab, das Feld erlosch. Damit war für Nick der Rückweg abgeschnitten.

»Das haben Sie gut gemacht!«, murmelte Tom. »Er darf nicht wieder zurück. Er will der *Großen Fünf* nicht dienen. Er gehört nicht mehr zu uns.«

»Gepriesen sei die *Große Fünf!*«, deklamierte Jane. Dabei blickten Ihre Augen trüb und leer aus einem unbelebten und ausdruckslosen Gesicht.

Der Professor nickte. »Gepriesen sei die *Große Fünf!*«, gab er zur Antwort und sein Assistent Malte Jörgenson stimmte in den Jubel ein: »Ja, gepriesen sei die *Große Fünf!*«

Auf dem Gang vor dem Transmitterraum sangen S-Leute ein Loblied, das der *Großen Fünf* als Herrscherin und Friedensstifterin die Ehre gab.

Unter der Besatzung der *Delcano* hatte sich eine unheimliche Wandlung vollzogen.

Hinter dem Eingang des äußerlich schmalen Gebäudes führte eine Verbindungstür in eine saalartig gestaltete Halle, die Platz für mindestens zweihundert Personen bot. Über dem Podium leuchtete auf einem riesigen Bildschirm der Fünfstern als unmissverständliches Zeichen für die Präsenz einer Macht, die den Anspruch auf totale Herrschaft über die Menschen dieser Welt erhob. Sitzplätze gab es in der Halle nicht, alle Anwesenden hatten sich in einem Abstand von ungefähr 1,50 Metern aufgestellt.

Nick warf einen Blick auf den roten Marmorboden, und jetzt fiel ihm auf, dass dort Fünfecke aufgezeichnet waren, jedes ungefähr einen Meter im Durchmesser und mit einem Abstand von 50 Zentimetern zum nächsten. Die Teilnehmer standen im Mittelpunkt der Figur, die jedem die Position während dieser Versammlung zuwies. In einer ehemaligen Kirche hatten sie schon Ähnliches beobachtet, aber den Sinn nicht verstanden.

Ein fünfmaliger, weicher Gongschlag ließ die Menschen verstummen und auch Nick richtete jetzt seine Aufmerksamkeit auf den riesigen Monitor. Das Pentagramm war in die rechte untere Ecke gerückt und in der Bildmitte erschien die Zahl Eins.

»Eins!«, riefen alle laut und inbrünstig dem Podium entgegen. Die Apathie der Weißgewandeten schien abgelegt.

Es folgten die Zahlen *Zwei*, *Drei* und *Vier* und jedes Mal wiederholte sich der seltsame Vorgang mit lauter werdenden Rufen. Nick passte sich dem Verhalten der Menge an und ahnte schon, was in dieser Aufzählung als abschließender Höhepunkt passieren würde.

Bei *Fünf* wallte eine Begeisterungswoge durch die Halle, reflektierte an den Wänden und resonierte zu einem sinnesbetäubenden Stimmenorkan, voller Enthusiasmus und nicht enden wollender Lobpreiskundgebungen.

»Es lebe die *Große Fünf*, du Mutter allen Lebens, du Erschafferin, Erhalterin und Schützerin dieser Welt! Du Friedensstifterin! Du Retterin vor dem Bösen! Du Freundin von Mensch und Tier! Dein ist auch die Zukunft! Du führst uns in dein ewiges Reich und bewahrst uns vor Tod und Verderben!«

Es klang wie ein festgefügtes und vorformuliertes Glaubensbekenntnis, das die Menschen in Form eines Gebets vortrugen. Nick sah sich aufs Neue darin bestätigt, dass die *Große Fünf* für sich göttliche Verehrung beanspruchte. Er fühlte sich an Diktatoren früherer Zeiten erinnert, die eine vergleichbare Vergötterung durch ihre Untertanen genossen, aber deren bedingungslose Treue für die schamlosesten und fürchterlichsten Verbrechen missbrauchten. Die *Große Fünf* hatte die Menschen dieses Planeten in ihrem Griff. Daran gab es keinen Zweifel. Ob sie die Treue ihrer Gefolgsleute auch zu Verbrechen und menschenverachtenden Machtdemonstrationen missbrauchte? Das abstoßende Beispiel mit Tom und Jane zeigte Nick auf jeden Fall, dass sie den Menschen ihren freien Willen nahm, und das konnte niemals friedensstiftend sein.

Auf dem riesigen Schirm wechselte das Bild und erneut erschien der Fünfstern in überdimensionaler Größe wie eine supranormale Attrappe, die für Werbezwecke posierte, um potenzielle Kunden zum Kauf eines bestimmten Produktes zu animieren.

Nick wartete gespannt, was als Nächstes passieren würde.

Klaviermusik durchdrang plötzlich die Halle und ein Gesangsduo intonierte eine weiche, fast kitschig anmutende Melodie:

»Gib uns den Touch, den Heiligen Touch,
du mächtige Fünf.
Wir wollen dir dienen ein Leben lang
Und brauchen den Touch,
deinen Heiligen Touch!«

Die Menschen in der Halle stimmten ein. Nick musste eine große innere Barriere überwinden, um bei dieser religiösen Zeremonie nicht im Abseits zu stehen. Seine Lippen formten den Text, seine Stimmbänder bildeten die Melodie. Er sang, blieb innerlich aber unbeteiligt, während die begeisterte Menge das kurze Lied gebetsmühlenartig wiederholte, die Lautstärke steigerte sich dabei von Mal zu Mal, das Tonvolumen nahm beständig zu, es wurde in unterschiedlichen Oktaven gesungen und schließlich endete die Anbetungslitanei in einem schmetternden Crescendo, das von den Wänden in doppelter Lautstärke zurückgegeben wurde.

Die Menschen schienen in Ekstase versunken, und während eine einschmeichelnde Melodie mit zarten Klängen die Anwesenden allmählich zur Ruhe brachte, streckten sich erhobene Arme dem Pentagramm entgegen. Nick blickte sich um. Anbetungsverzückte Gesichter leuchteten ihm mit verschlossenen Augen weltvergessen entgegen, die Lobpreisenden schienen wie von dieser Realität entrückt, badeten in einem Meer der Glückseligkeit, gaben sich mit Leib und Seele einer allesbeherrschenden Macht hin, die er noch immer nicht verstand. Wo war er hier bloß gelandet?

Dann kam neue Bewegung in die Menge. Sie knieten nieder, standen wieder auf, drehten sich, folgten mit wippenden Fußbewegungen den Linien des Fünfecks, summten eine Melodie, dann riefen sie wie aus einem Mund: »Gib uns den Touch, den Heiligen Touch! Gib uns den Touch, den Heiligen Touch!«

Eine riesige Hand erschien auf dem Monitor, trat bedrohlich aus dem Schirm heraus und schwebte als dreidimensionale Projektion über der andächtig verharrenden Menschenmenge, die ihre Gesichter der unheimlichen Manifestation wie einer unbegreiflichen Übermutter entgegenreckten.

Und dann geschah es: Ein Strahlenkranz rotleuchtender Lichteruptionen ging von der riesigen Hand aus, waberte wild pulsierend über den Köpfen der Weißgewandeten und legte sich schließlich fächerförmig auf jeden einzelnen. Ein vielstimmiges *Aah* erfüllte den Saal.

Und plötzlich waren sie wieder da, diese fremden Gedanken, die von Nick Besitz ergreifen wollten.

Du bist ein Kind der Großen Fünf! Sei ihr dankbar, diene ihr!

Immer und immer wieder drang diese Stimme übermächtig in sein Bewusstsein und hämmerte ihm bei jedem Zugriff dieselben Phrasen ein, und während die anderen auf dem Boden liegend in meditativer Stille weltversunken den segnenden Touch empfingen, führte Nick gegen die eindringende Macht einen mentalen Krieg, in dem es um nichts Geringeres ging als um seine Identität, die er um jeden Preis bewahren wollte.

Du bist ein Kind der Großen Fünf! Sei ihr dankbar, diene ihr!

Sans-ka-ri! Sans-ka-ri! Ich bin Herr meiner selbst!

Du bist ein Kind der Großen Fünf! Sei ihr dankbar, diene ihr!

Sans-ka-ri! Sans-ka-ri! Ich bin Herr meiner selbst, kein Kind der Großen Fünf!

Der Kampf schien kein Ende zu nehmen. Immer wieder versuchten die fremden Impulse, seinen Geist zu kontrollieren, aber Nick war stark und konnte alle Angriffe erfolgreich abwehren. Schon hatte er das Gefühl für Raum und Zeit verloren, als ein fünffacher Gong das Ende der Worship-Zeit markierte. Gleichzeitig ließ die fremde Macht von ihm ab.

Die Teilnehmer dieser so fremdartigen Zeremonie strömten aus dem Saal dem Ausgang entgegen. Nick schloss sich ihnen an. Ein Blick auf ihre Gesichter und in ihre Augen bestätigte ihn in seinem Verdacht, dass wieder alles so war wie zuvor. Sie hatten den alten Ausdruck angenommen.

Sahen so gesegnete Menschen aus?

Schlagartig wurde Nick klar, dass der Heilige Touch eine andere Funktion hatte, als ein dauerhaftes Glücksgefühl zu vermitteln. Er sollte die Beherrschten an ihren Herrscher erinnern und die mentale Abhängigkeit von der *Großen Fünf* erneuern und stabilisieren.

Als er wieder auf die Straße trat, kam ihm eine Frau entgegen, an die er sich noch gut erinnern konnte. Unwillkürlich zuckte er zusammen. Sie war an dem Auflauf vor der Buchhandlung beteiligt gewesen. Nick hatte sie an ihrem ausgeprägten Kinn, der fein geschnittenen Nase, den auffallend buschigen Augenbrauen und ihren langen, hellblonden Haaren sofort wiedererkannt. Sie war eine der Wortführerinnen und hatte direkt vor ihm gestanden, um den Heiligen Touch zu empfangen.

Schnell drehte sich Nick zur Seite.

Hoffentlich hat sie mich nicht erkannt.

Die Frau kam näher und ging mit bewegungsloser Miene an ihm vorüber, ohne ihn eines Blickes zu würdigen.

Nicks Befürchtung hatte sich als gegenstandlos erwiesen.

Erleichtert holte er einmal tief Luft. Entweder hatte sie ihn nicht wiedererkannt oder die Segnung durch die *Große Fünf* in der Worship-Versammlung hatte ihr Bedürfnis nach mentaler Berührung so weit befriedigt, dass sie keinen Bedarf mehr verspürte, von einem vermeintlichen Boten der angebeteten Macht einen weiteren Touch zu erhalten. Diese Heilige Berührung hatte auf Nick ohnehin den Eindruck erweckt, als sei sie eine geistige Droge, die ihre Empfänger in einen sinnesbetäubenden Rauschzustand versetzte.

Diese Gefahr war zum Glück vorbei. Aber wie sollte es weitergehen?

Nick zog sich in eine Nebenstraße zurück und versuchte noch einmal, mit der *Delcano* in Kontakt zu kommen. Er aktivierte sein Havi und sprach in das Gerät: »Hier Nick Steel an *Delcano*. Bitte kommen!«

Das Handgelenkvisiphon schwieg und Nick wurde zunehmend unruhiger. Hatte die *Große Fünf* auch schon die Macht über das Sternenschiff übernommen? Selbst wenn sein Havi nicht mehr funktionierte, hätte man zumindest seine Strahlenwaffen anpeilen können. Selbstzweifel quälten ihn. War er wieder zu leichtsinnig gewesen und seine Entscheidung vorschnell und unüberlegt, als er mit Tom und Jane auf diese Welt teleportierte, ohne sich vorher gründlich Gedanken darüber zu machen, welche Gefahren auf sie lauern könnten? Und vor allem: War *er* jetzt dafür verantwortlich, dass die *Delcano* offenkundig in fremde Hände geraten war?

Er fand auf seine Fragen keine Antwort und beschloss, zunächst an das eigene Überleben zu denken. Wovon sollte er sich ernähren, ohne Verdacht zu erregen? Und wie lange würde es dauern, bis die *Große Fünf* seiner habhaft wurde? Polizei- oder andere Ordnungskräfte waren ihm zwar noch nicht aufgefallen, aber der mentale Angriff vor dem Bücherladen und die unheimliche Veränderung seiner Freunde zeigten eindeutig, dass man sie beobachtet hatte und er wahrscheinlich immer noch observiert wurde. Den Angriff auf seinen Geist hatte er zweimal abwehren können, aber warum kam keiner, um ihn festzunehmen? Wollte man zunächst noch abwarten und sehen, was er unternahm? Und wenn er schlief, war er dann der mentalen Beeinflussung seines Gegners nicht hilflos ausgeliefert? Nick hatte noch keine Erfahrung mit der Wirksamkeit seiner Abwehrtechnik, wenn jemand in der Nacht von seinem Geist Besitz ergreifen wollte. Er erinnerte sich, dass Meister Untar ihn auf diese Gefahr hingewiesen hatte. Einen vollkommenen Schutz gäbe es nicht. Ein Alarmmechanismus würde in seinem Gehirn zwar sofort aktiviert werden, wenn fremde Gedanken versuchten, das Bewusstsein zu übernehmen, aber wenn er zu tief schlief und nicht rechtzeitig aufwachte, könnte es für ihn bereits zu spät sein.

Nick wurde zunehmend bewusster, dass er im Kampf gegen seinen unbekannten Feind nicht über die besten Karten verfügte. Ihm blieb nur die Hoffnung, dass sich die *Delcano* doch noch meldete und ihn rechtzeitig an Bord holte. Eine andere Möglichkeit, so überlegte er sich, bestand in dem Versuch, mit Regierungsvertretern in Kontakt zu treten und sie davon zu überzeugen, dass die Sternenschiffexpedition in friedlicher Absicht gekommen war. Aber bei dieser Beteuerung würde er es niemals belassen können, denn es war offenkundig, dass die *Große Fünf* den Menschen dieses Planeten ihren freien Willen geraubt hatte. Doch wer war sie - diese *Große Fünf*? Seit wann regierte sie und wo konnte man sie aufsuchen, um vielleicht mit ihr zu verhandeln?

Nick beschloss, seinem unbekannten Beobachter keine offene Zielscheibe mehr zu bieten, und begann, seine Gedanken abzublocken. Jetzt würde man ihn hoffentlich mental nicht mehr orten können. Dann griff er zu seiner Waffe und aktivierte Ortungsschutz und Deflektor, sodass er auch vor energetischer und optischer Erkennung geschützt war. Weil das Sonnenlicht um ihn herumgeleitet wurde, warf er nicht einmal einen Schatten. Er war also umfassend geschützt. Aber war er das wirklich ...?

Er wusste zu diesem Zeitpunkt noch nicht, dass sein nahezu perfekter Schutzschild eine Lücke aufwies, die der *Großen Fünf* die Möglichkeit zum Zugreifen bot. Eine weitere Lücke war nicht technischer Natur; sondern seine Unbedachtsamkeit, und die hätte sich beim nächsten Vorfall schon fast als verhängnisvoll erwiesen.

Nick entschied sich zu einem Gang durch die New Yorker Innenstadt, um noch mehr über das Leben auf dieser Welt in Erfahrung zu bringen und nach einem Verwaltungsgebäude

Ausschau zu halten. Aufmerksam studierte er das Straßenbild von Manhattan. Dabei fiel ihm zunächst auf, dass nirgendwo Abfall und Unrat herumlagen und die Luft sauberer war als im heimatlichen New York, wo einige Autos noch immer mit fossilen Brennstoffen fuhren, auch wenn atomar- und solarbetriebene Fahrzeuge auf dem Vormarsch waren. In dieser Welt rollten die Autos und Vans geräuschlos und mit mäßiger Geschwindigkeit die Avenue entlang. Mit welcher Energie sie angetrieben wurden, konnte er nicht erkennen. Aber die Verkehrsdichte war auf dieser zweiten Erde deutlich geringer als im Manhattan der Erde 1.

Ein Blick in die Regale und auf Ausstellflächen in den Supermärkten zeigte ihm, dass es nur vegetarische Kost gab. Selbst ovolaktische Angebote fehlten. Er befand sich auf einer Welt der veganen Ernährung.

Schließlich nahm er sich aus einem Zeitschriftenständer das oberste Journal und blätterte neugierig darin, um sich einen allgemeinen Überblick darüber zu verschaffen, was Zeitungsleser auf dieser Erde interessierte. Er fand Statistiken über Wetter und Klima, Notizen zu Bauprojekten, Artikel über neue technische Entwicklungen, Reportagen aus anderen Ländern und Völkerschaften sowie Berichte von kulturellen Ereignissen. Und immer wieder begegnete ihm das Pentagramm mit Lobeshymnen auf die *Große Fünf*. Sie war nicht nur der optisch beherrschende Faktor im Straßenbild von New York, auch in den Printmedien schien sie allgegenwärtig zu sein, aber nirgendwo fand er einen Hinweis auf ihre Identität, kein Foto, keine Biografie, keine Angabe eines Ortes, von dem aus sie regierte. War sie ein Bürger dieser Welt? Ein Außerirdischer? Ein Wesen auf einem höheren Energieniveau, das aus einer anderen Dimension in das vierdimensionale Raum-Zeit-Kontinuum gekommen war? Vielleicht sogar eine Maschine? Oder hatte Raskin mit seiner Vermutung Recht, dass die *Große Fünf* nur als Chiffre für eine Regierung stand, die sich vor der Bevölkerung verborgen halten wollte?

Aber dann fiel Nick noch etwas anderes auf: Es gab in der Zeitung keinen einzigen Bericht über Kriege, Verbrechen oder andere Gewalttaten. Erde 2 schien eine Welt des totalen Friedens zu sein. Hatte die Menschheit diesen Zustand der *Großen Fünf* zu verdanken? Oder fielen solche Berichte der Zensur zum Opfer, um die Bevölkerung zu täuschen?

Er steckte das Journal wieder in den Zeitschriftenständer zurück.

Plötzlich ein Aufschrei neben ihm. »Hilfe! Ein Geist!«

Was war passiert?

Nick registrierte, dass eine Frau und ein Mann mit schreckgeweiteten Augen vor ihm standen und voller Entsetzen in seine Richtung starrten. Sie konnten ihn im Schutz des Deflektors nicht sehen - und auch die Zeitung hätten sie nicht wahrnehmen können, die durch seine Berührung ebenfalls unsichtbar geworden war. Das akustische Schalldämpfungsfeld war ebenfalls aktiviert. Ein Papierrascheln hätten sie also auch nicht bemerken können. Was hatte er bloß verkehrt gemacht?

Dann wurde ihm schmerzhaft bewusst, dass er beim Zurückstecken der Zeitung in den Ständer nicht vorsichtig genug gewesen war, denn sobald er das Blatt losgelassen hatte, war es von einem Augenblick zum anderen wieder sichtbar geworden, und genau das hatten die beiden dummerweise registriert. Verängstigt liefen sie davon - zum Glück nicht in seine Richtung.

Nick haderte mit sich. Durch seine Unvorsichtigkeit hatte er ungewollt schon wieder die Aufmerksamkeit anderer auf sich gezogen. Wenn die beiden Zeugen ihre Beobachtung einem zuständigen Amt meldeten - und damit musste er rechnen -, hatte er möglichen Verfolgern eine hinreichend deutliche Spur gelegt, die ihm im schlimmsten Fall zum Verhängnis werden könnte. So etwas durfte er sich nicht noch einmal erlauben.

Auf die Bewegungen anderer Passanten achtend, um Zusammenstöße mit ihnen zu vermeiden, ging er vorsichtig weiter. Hinter dem Kiosk erblickte er eine Telefonzelle. Hörer und Tastenfeld waren wie auf Erde 1. Es gab hier also auch ein Telefonnetz. Warum um alles in der Welt hatte Sören Tauber keine entsprechenden Signale empfangen können?

Zwanzig Minuten später stand Nick vor dem Eingangsportal zu einem Museum. *Historisches Museum der Großen Fünf* war in großen, leuchtenden Buchstaben über den kunstvoll und mit Ornamenten nach dem Motiv des Pentagramms geschmückten Arkaden zu lesen.

Prima, dachte er. *Hier kann ich endlich etwas über die Geschichte der Großen Fünf erfahren.*

Der Eintritt zu den Ausstellungsräumen war frei und Nick brauchte keine Barriere zu überwinden, um in das Innere des Gebäudes zu gelangen.

Eine Eingangstafel informierte die Besucher über Ziel und Inhalt des Museums

Erleben Sie die faszinierende Geschichte der Menschheit von den vier dunklen Zeitaltern bis zum Pentäon. Gelobt sei die Große Fünf, die uns aus der Finsternis vergangener Epochen durch die große Prägnation ins Licht des Prägnelliums, des fünften Zeitalters, geführt hat.

Da waren sie wieder, diese seltsamen Begriffe aus dem Klappentext des dicken Bandes, auf den sie in dem Bücherladen schon gestoßen waren. *Pentäon*, *Prägnellium*, *Prägnation*. Es musste etwas mit der Geschichte der *Großen Fünf* zu tun haben. Aber was? Hoffentlich gab es hier eine Antwort.

Die Bezeichnungen für die ersten vier Epochen, die als die *dunklen Zeitalter* betitelt wurden, waren Nick bekannt: Vorgeschichte mit Alt- und Jungsteinzeit, Antike, Mittelalter und Neuzeit. Auch die Zeitangaben für Beginn und Ende der Epochen entsprachen weitestgehend den irdischen - mit Ausnahme des Übergangs vom Mittelalter zur Neuzeit. Als Stichjahr wurde auf dieser Welt das Jahr 1776 angegeben, und das Jahr 1945 leitete zum fünften Zeitalter, dem *Pentäon,* über.

Nick wurde sehr nachdenklich. Schon wieder die Zahl Fünf. Fünf Epochen der Menschheitsgeschichte - und warum begann die letzte ausgerechnet 1945, als der Zweite Weltkrieg zu Ende gegangen war? Auch auf dieser Welt?

Er hoffte, in den einzelnen Abteilungen eine Antwort auf seine Fragen zu bekommen.

Schon in der Abteilung für Vorgeschichte wartete auf Nick eine erste Überraschung. Während die Exponate vom Steinbeil über den Faustkeil bis zu diversen Speerspitzen und Schabern - alles aus Feuerstein geschlagen - altbekannte Standards aus der ältesten Epoche der Menschheit repräsentierten, versetzte ihn der Text auf der Informationstafel in Erstaunen:

Vorgeschichte

Auf einer erschaffenen Erde tauchten die ersten Menschen vor circa 100 000 Jahren zum ersten Mal in Afrika auf. Ihre Wohnungen waren zunächst Höhlen, Mooshütten und Zelte.

Wieso *erschaffene* Erde und warum erst vor 100 000 Jahren und nicht schon vor zwei Millionen? Ob das auch wieder mit der *Großen Fünf* zusammenhing? Wollte sie sich jetzt auch zur Erschafferin dieser Welt erheben?

Da Nick in der Abteilung Vorgeschichte keine weiteren Informationen zur Identität der *Großen Fünf* entdeckte, machte er sich gleich auf den Weg zu den Ausstellungsräumen der zweiten Menschheitsepoche. Hinter Glasvitrinen boten sich Keilschrifttafeln und Papyrusrollen den Blicken der staunenden Besucher dar. Verkleinerte Nachbildungen von Zikkuraten, den Stufentürmen des Zweistromlandes als älteste Monumentalbauwerke der Menschheitsgeschichte, gaben ein beredtes Zeugnis antiker Architektur. Den Turm von Babylon und die nur wenige Jahrhunderte später errichtete Cheopspyramide konnte man als herausragende Beispiele dieser Epoche im 3-D-Format bewundern und ihre Einbindung in das städtische und ländliche Umfeld in einer virtuellen Realität hautnah erleben.

Noch interessanter war für Nick der Text auf der dazugehörigen Informationstafel.

Antike

Die zweite Epoche der Menschheit beginnt mit der 1. Monarchie um 2900 v. u. Z. mit König Nimrod in Sumer. Durch Migrationswellen, ausgehend vom Zweistromland, entstanden überall auf der Welt die ersten Hochkulturen wie Ägypten, die Indus-Kultur, China, Japan und schließlich das Reich der Azteken, Maya und Inkas. In Vorderasien bildete sich das Assyrische Reich aus, dann Neubabylonien, Medo-Persien, Griechenland und Rom. Die Herrscher all dieser Imperien führten vernichtende Kriege gegeneinander und gaben durch ihre bestialischen Grausamkeiten ein abstoßendes Beispiel von Herrschaftssystemen aus der dunklen Periode der Menschheitsgeschichte.

Es geht also um Gewalt und Krieg, überlegte sich Nick und betrat neugierig die nächste Abteilung. Bilder von Karl dem Großen, von mittelalterlichen Burgen und Schlachten, von Judenpogromen, Inquisitionsgerichten und Kreuzzügen fielen Nick sofort ins Auge, dazu Dokumentationen über Folterkeller, Hexenverbrennungen und dem unmenschlichen Wüten der Kolonialmächte in Süd- und Mittelamerika einschließlich der unwürdigen Behandlung afrikanischer Sklaven in der Neuen Welt. Von einer Nachbildung der *Santa Maria* blickte Kolumbus auf dieses menschenverachtende Treiben.

Eine Informationstafel brachte die Grausamkeiten des Mittelalters auf den Punkt. Der Text geißelte die Machtgier der Herrschenden und prangerte die Vereinigten Staaten von Amerika an, die in ihrer Verfassung im Namen des Christentums von der Gleichheit und Würde aller Menschen sprachen, aber durch ihre Politik der Sklavenhaltung und der Ausrottung eines Großteils der indigenen Völker diese hehre Zielsetzung letztlich ad absurdum führten.

Alles schön und gut, dachte Nick und stimmte dem Text widerspruchslos zu. *Das ist ja auch der Grund, weshalb die Schiffe der ersten transkosmischen Expedition nicht Magellan, Kolumbus oder Vasco da Gama heißen, sondern nach Menschen benannt sind, die keine brutalen Eroberer waren, sondern sich für die Durchsetzung der Menschenrechte eingesetzt haben.*

Er hielt in seinen Überlegungen einen Augenblick inne, dann fragte er sich, warum es hier eine andere Einteilung der Epochen gab als auf seiner Erde. Das Mittelalter endete bekannterweise mit der Wiederentdeckung Amerikas durch Christoph Kolumbus im Jahr 1492, auf Erde 2 war es knapp 300 Jahre später.

Auch in der Abteilung der Neuzeit wurde er nicht klüger. Hier standen im Mittelpunkt die Schreckenszeit der Französischen Revolution, als unter der Guillotine Tausende unschuldiger Menschen einen unwürdigen Tod fanden, dann die Industrialisierung mit dem Arbeiterelend, die Russische Revolution mit ihren brutalen Morden, aber vor allem zwei Weltkriege, die als die verheerendsten und verlustreichsten in die Geschichte der Menschheit eingingen und ihren schrecklichen Tiefpunkt fanden, als die ersten Atombomben über Hiroshima und Nagasaki abgeworfen wurden.

Der Gang durch die Geschichte fand schließlich seinen Höhepunkt im fünften Zeitalter, dem *Pentäon*, das auf der Informationstafel auch als *Prägnellium* bezeichnet wurde. Die Ausstellung in dieser Abteilung war ein einziges Loblied auf die *Große Fünf:*

Die zurückliegenden dunklen Zeitalter haben die brutale Grausamkeit aller menschlichen Herrschaft gezeigt, konnte Nick auf der Tafel lesen. Neugierig verfolgte er weiter den Text: *Doch dann kam die große Prägnation und seit 1945 herrscht auf der Erde dank der Großen Fünf, die diese Welt erschaffen hat, ein ewiger Friede. Die Große Fünf hat nach Jahrtausenden des Irrtums und schrecklicher Verirrungen jetzt selbst die Herrschaft übernommen und wird uns aus der Dunkelheit vergangener Epochen in das Licht eines neuen, glücklichen Zeitalters führen, in dem Leid und Tod für immer vergessen sind.*

Ab 1945 muss die Geschichte hier anders abgelaufen sein als auf unserer Erde, schlussfolgerte Nick. *Es hat keinen Kalten Krieg zweier Supermächte gegeben, keine atomare Zerstörung Londons durch den Absturz eines Übungsbombers und keine Weltregierung, die im Jahre 1975 gebildet wurde*[19]*. Die Große Fünf spielt sich als Retter der Welt auf und ist wahrscheinlich 1945 politisch erstmals in Erscheinung getreten. Nun wird sie bis zum Geht-nicht-mehr in den Himmel gelobt.*

Die grenzenlose Überheblichkeit dieser zweifelhaften Macht kannte Nick schon aus anderen Texten und Medien, aber durch

19 Siehe Nick Piccolo 1. Serie Teil a, Nr. 1 „Sputnik explodiert" und im Glossar das Stichwort „London 1972".

die Einordnung des gegenwärtigen Zeitalters als Erfüllung und Ziel der Weltgeschichte offenbarte sich das historische Verständnis der *Großen Fünf* als eine Variante alter und neuer Vorstellungen von einem goldenen Zeitalter. Sie war zum Religionsersatz für eine Menschheit geworden, die sich nach Frieden und Harmonie schon seit Anbeginn ihrer Geschichte gesehnt hatte.

Aber etwas ärgerte Nick, nachdem er seinen Gang durch die Ausstellungsräume beendet hatte: Er fand kein Wort über die Identität der *Großen Fünf*, keine Information über ihren Ursprung, außer dass sie als Erschafferin der Welt scheinbar schon uralt sein musste, und es fehlte auch eine Erklärung darüber, wie es zu der Machtübernahme gekommen war, wie sich die große Prägnation vollzogen hatte und mit welcher Strategie es ihr gelungen war, die gesamte Menschheit unter ihre Kontrolle zu bringen. Wo konnte er auf diese Fragen eine Antwort finden?

Er sah sich noch einmal nach weiteren Tafeln um, dabei streifte sein Blick einen Museumsdiener, der gelangweilt auf einem hölzernen Stuhl in einer Saalnische hockte und mit leerem Gesichtsausdruck die wenigen Besucher zu kontrollieren schien.

Ob ich es wagen soll?

Sich des Risikos seiner Entscheidung durchaus bewusst, suchte Nick einen von den Besuchern nicht einsehbaren Nebengang auf und deaktivierte dort den Deflektor, dann ging er mit den üblichen schweren Schritten auf den Wächter zu.

»Darf ich Sie etwas fragen?«

Der Mann nickte. »Dafür bin ich hier!«

Nick begann mit einer unverfänglichen Bemerkung, um nicht gleich mit der Tür ins Haus zu fallen und unnötig Misstrauen zu erwecken. Zunächst musste er das Vertrauen des Dieners gewinnen. Er begann mit einem großen Kompliment und hob die übersichtlich strukturierten Ausstellungsräume, das überzeugende Museumskonzept und die sehr informativen Schrifttafeln lobend hervor, dabei spürte er, dass sich der Mann sichtlich geschmeichelt fühlte. Dann wurde Nick schon etwas zentraler: »Wissen Sie vielleicht, warum bei allen diesen vorbildlichen und beispiellosen Leistungen unserer gütigen Herrscher die Zeitrechnung immer noch nicht geändert wurde? Ich finde, sie sollte mit dem Anbruch des *Pentäons* im Jahre 1945 wieder neu beginnen, so wäre die *Große Fünf* noch mehr geehrt.«

Der Museumsdiener verzog sein Gesicht, als er Nick - plötzlich nicht mehr so nett und zuvorkommend - eine unfreundliche Antwort verpasste: »Das müssten Sie eigentlich wissen. Das lernt schon jedes Kind in der Schule. Erst, wenn das *Pentäon* in die Ewigkeit übergeht und wir alle unsterblich geworden sind, wird man die Zeitrechnung mit dem Jahr 1 neu beginnen. Jetzt herrschen trotz der großartigen Leistungen der *Großen* Fünf - sie sei gelobt und geehrt - immer noch Unvollkommenheit und Tod. Erst die Vollkommenheit verdient eine neue Zählung.«

»Das verstehe ich sehr gut«, heuchelte Nick. »Ich muss in der Schule bei der Durchnahme dieses Themas wohl gefehlt haben, und später habe ich mir darüber keine Gedanken mehr gemacht. Ich werde die *Große Fünf* um Vergebung bitten. Meinen Sie, dass sie mir verzeihen wird?«

»Die *Große Fünf* ist gütig und gerecht«, gab der Wächter wieder etwas versöhnlicher gestimmt zur Antwort. »Sie können ihrer Vergebung gewiss sein.«

Nick räusperte sich kurz, dann setzte er zu seiner entscheidenden Frage an: »Da ist noch etwas, das ich nicht verstehe. Ich war früher viel krank und habe wohl auch bei einem anderen Thema gefehlt. Wer ist die *Große Fünf* und wie hat sie die so langersehnte Macht über uns Menschen ergriffen?«

Schon während Nick seine Frage formulierte, war der Mann zusehends unruhiger geworden. Jetzt erblasste er, schreckte zusammen und seine Augen nahmen einen verängstigten Blick an.

»Häretiker!«, flüsterte er. »Erbärmlicher Ketzer und Lügner. Wir werden erst im Alter krank, nicht schon als Kind - und niemand darf diese Frage stellen. Wer sind Sie, dass Sie das nicht wissen?«

Nick schwieg. Er merkte, dass er einen Fehler begangen hatte.

Indes wurde der Mann lauter und heftiger. »Häretiker! Häretiker!«, brüllte er ein zweites Mal, dann erhob er sich von seinem Stuhl und rannte eilends davon. Augenblicke später durchdrang ein hoher Ton die Stille des Museums.

So schnell er konnte, aktivierte Nick wieder seinen Deflektor.

Ein weiterer Versuch, die *Delcano* mit seinem Havi zu erreichen, blieb wie alle vorherigen ohne Ergebnis.

Dann riefen die Lautsprecher erneut zum Worship, und die Menschen begaben sich wie schon in der Vormittagsstunde auf die Gebetsstationen und in die Tempel. Nick beschloss, diesmal eine ehemalige Kathedrale aufzusuchen und das Geschehen im Hintergrund mitzuverfolgen. Er hatte es nicht weit, denn nur wenige Schritte entfernt stand er vor dem Eingangsportal der ehemaligen St. Patrick‘s Cathedral mit ihren imposanten neugotischen Spitzbogenfenstern und den hochaufragenden Türmen aus der zweiten Hälfte des 19. Jahrhunderts.

Wenigstens die Architektur hat man belassen, stellte Nick beim Anblick des ehemals sakralen Bauwerks fest. *Kruzifixe und Heiligenstatuen sind entfernt worden. Sie erinnern wohl zu sehr an einen anderen Religionsstifter. Stattdessen prangt das Pentagramm über der Eingangstür, das Zeichen der neuen Religion.*

Nick betrat das Gebäude nicht sofort, er wartete, bis der Zustrom abebbte. Zu riskant wäre es gewesen, in dem Gedränge mit jemand anderem zusammenzustoßen.

Als die Worship-Zeit begann, konnte er im Foyer mitverfolgen, was sich auf der Leinwand über dem Podium abspielte. Es war dasselbe Programm, das er schon von der ersten Anbetungs-Zeremonie her kannte, aber zum Abschluss wartete auf ihn doch noch eine Überraschung. Anstelle eines Gongs, der das Ende der Feier verkündete, geschah etwas Neues und für Nick völlig Unerwartetes.

»Geliebte *Pentagonier*, bleibt noch hier!«, forderte eine Stimme die Besucher auf. »Wir übertragen jetzt die entscheidenden Minuten des Häretikers Lesfilo, der drei Epochen überlebt hat und jetzt in die vierte Epoche gekommen ist, wo er sich wieder neu bewähren muss.«

Häretiker? Drei Epochen überlebt? Vierte Epoche? Bewähren? Was soll das?

Bevor Nick ins Grübeln darüber geriet, was diese seltsame Ansage zu bedeuten hatte, setzte der Kommentator seine Einführung fort: »Wie ihr wisst, hat Lesfilo als Strafe für seine lästerlichen Worte gegenüber der *Großen Fünf* - gelobt sei ihr Name - bereits in drei Epochen um sein Leben kämpfen müssen, Jetzt muss er in die vierte. Wir wünschen euch im Namen der *Großen Fünf* eine spannende Unterhaltung!«

Auf dem Schirm erschien amerikanische Kavallerie, die offenbar kurz vor einem Angriff stand. Nick erkannte die Soldaten an ihrem schwarzen Cowboyhut mit dem hellen, geschnürten

Kavallerieband, der gefütterten Weste und Gewehr mit Säbel als Bewaffnung. Aber was sollte dieser historische Spot?

Dann wurde ein Text eingeblendet: *Wounded Knee, 29. Dezember 1890.*

Nick begriff: In dem Bildschirmtext wurde Bezug genommen auf das Massaker unter amerikanischen Ureinwohnern, das Soldaten der US-Armee in *Wounded Knee* im Bundesstaat *South Dakota* verübt hatten.

Aber warum wurde dieses Ereignis hier eingeblendet? Neugierig blickte Nick auf die Leinwand und verfolgte mit Interesse, was sich dort als Nächstes abspielen würde. Als der Bildschirmtext verschwand, zeichnete der Monitor zunächst nur winterliche Impressionen mit glitzernden Eiskristallen, die im Halbdunkel einer düsteren Landschaft wilde Tänze vollführten, als wollten sie eine Vorwarnung geben auf das, was sich gleich an dramatischen Vorgängen abspielen sollte.

Jetzt schwenkte die Kamera wieder zu den Kavalleristen hinüber. Ihre Gesichter drückten Spannung aus. Dann gab ein Hornsignal das Zeichen zum Angriff. Fünfhundert Soldaten sprengten mit ihren Pferden gegen das Zeltlager der Ureinwohner vom Stamm der Lakota-Sioux und kesselten es ein.

»Alle Indianer sind hiermit aufgefordert, uns ihre Waffen auszuhändigen!«, rief der Befehlshaber der Kompanie mit harter Stimme. Von Hunger und Entkräftung ausgezehrte Menschen blickten ihn ängstlich in ihren zerlumpten Kleidern an.

Der todkranke Häuptling *Big Foot* trat vor die Angreifer. In seiner Begleitung einige Krieger seines Stammes. Die Kamera fokussierte jetzt einen von ihnen, und die Weißgewandeten wussten offenbar Bescheid, um wen es sich bei dieser Person handelte.

»Lesfilo, kämpfe, was das Zeug hält!«, riefen sie. »Wir wollen dich kämpfen und sterben sehen, damit du das bekommst, was du verdienst.«

Nick war tief betroffen. Unglaublich, was diese friedlichen Leute da riefen.

Das Geschehen auf dem Monitor setzte sich fort und trat in seine entscheidende Phase.

Als der Häuptling zum Sprechen anhob, wurde es um ihn herum sehr still. Nur das Heulen des unbarmherzig tobenden Schneesturms war noch zu hören. Es lieferte die akustische Kulisse für ein unwürdiges Schauspiel, das sich gleich vor, in und zwischen den Tipis der First Nation People abspielen sollte.

»Häuptling *Big Foot* hat die Forderung des weißen Mannes gehört«, antwortete er endlich mit schwacher Stimme und setzte danach bestimmt und entschieden hinzu: »Aber wir werden ihr nicht folgen. Wir sind auf der Flucht, suchen eine neue Heimat, weil ihr uns unsere Jagdgründe genommen habt. Ohne Gewehre sind wir wehrlos. Wir brauchen sie und geben sie nicht her!«

Unzufriedenheit auf dem Gesicht des Offiziers. »Seid ihr elenden Rothäute euch der Konsequenzen bewusst, wenn ihr euch weigert? Ihr seid in unserer Hand und wir werden euch spüren lassen, was es heißt, dem weißen Mann den schuldigen Gehorsam zu verweigern!« Er drehte sich wütend um und zeigte drohend auf seine bewaffnete Einheit.

Wieder schüttelte *Big Foot* den Kopf. Der Colonel sprang von seinem Pferd, stieß den kranken Häuptling zur Seite und schrie so laut er konnte: »Dann holen wir uns die Gewehre eben selbst, und wer seine Donnerbüchse nicht rausrückt, wird erschossen!«

Die Soldaten betraten die armseligen Zelte, Frauen und Kinder schrien voller Entsetzen. Ein Mann gab seine Waffe freiwillig ab, andere taten es ihm gleich, und so konnten einige Gewehre von den Kavalleristen eingesammelt werden.

Dem Colonel waren es nicht genug. »Da sind noch etliche versteckt!«, brummte er missmutig mit verkniffenem Gesicht, dann gab er seinen nächsten Befehl. Er bestand aus nur einem einzigen Wort: »Leibesvisitation!«

Bei *Black Coyote* wurden die Soldaten fündig. Unter seinem Deckenmantel aus Büffelfell hatte er eine Winchester versteckt. Schnell packte er seinen Schatz und brüllte die Männer an: »Die gebe ich nicht her! Dafür habe ich viel Geld bezahlt und ich krieg sie von euch nicht zurück!«

Ein Soldat versuchte, *Black Coyote* das Gewehr zu entreißen, der Sioux stieß ihn zurück. »Fass mich nicht an, du elendes Bleichgesicht!« Da packte der Soldat zornig sein Opfer von hinten, drückte zu und verpasste ihm einen heftigen Stoß in die Seite, es folgte ein Gegenschlag in die Magengrube. Beide kämpften eng umschlungen, doch in diesem Augenblick löste sich aus der Winchester ein Schuss. Die US-Soldaten feuerten zurück und töteten *Black Coyote*.

Andere Kavalleristen hörten die Schüsse und eröffneten ebenfalls das Feuer auf die Sioux, von denen viele, auch Frauen und Kinder, im Kugelhagel der US-Armee ums Leben kamen.

Jetzt blendete das Bild wieder den angeblichen Lästerer Lesfilo ein. Um sich vor den marodierenden Soldaten zu schützen, versteckte er sich in einem Tipi, und als einer das Zelt betrat, hechtete er in einem wilden Satz auf ihn zu, entriss ihm das Gewehr und schlug ihn mit dem Kolben nieder. Schon kam der Nächste herein. »Was ist hier los?«, herrschte er Lesfilo an, dann sah er seinen Kameraden besinnungslos auf dem Boden liegen und brachte sein Gewehr zum Anschlag. Zu spät. Mit einem gezielten Schuss streckte ihn Lesfilo nieder, dann stürzte er ins

Freie und wollte aus dem Lager fliehen, hinein in den heulenden und tobenden Blizzard, aber in diesem Augenblick traf ihn ein Geschoss, das von einer Anhöhe aus mit einem schweren Geschütz auf ihn abgefeuert wurde. Er brach getroffen zusammen und wälzte sich sterbend im eiskalten Schnee.

Das Bild verlosch, die Zuschauer klatschten begeistert Beifall. Der Kommentator erklärte: »Damit hat Lesfilo für seine Lästerungen die wohlverdiente Strafe erhalten. Ihr hattet hoffentlich eine gute und angenehme Unterhaltung und beim Zusehen viel Spaß gehabt. Die Übertragung ist hiermit beendet. Lang lebe die *Große Fünf*!«

»Lang lebe die *Große Fünf*!«, riefen die Zuschauer dem Pentagramm entgegen, dann fielen sie wieder zurück in ihre Apathie. Der Tempel leerte sich.

Nick war bestürzt. Er konnte nicht begreifen, was er da eben gesehen hatte. War das ein Spielfilm? Ein Computer-Game? Eine Simulation? Das Historienspektakel einer Reenactment-Truppe?

Er beruhigte sich wieder. Das dargestellte Ereignis lag über 150 Jahre zurück, es konnte sich also nicht um einen authentischen Mitschnitt vom Massaker am *Wounded Knee* gehandelt haben. Aber was war es dann? Und welche Rolle spielte Lesfilo in diesem Drama? Er wagte es nicht, jemanden danach zu fragen.

Kapitel 8
Unverhoffte Begegnung

Die Große Fünf - Verwaltungsbezirk New York

Alles durch sie - nichts ohne sie!

Nick stand vor dem Portal eines fünfeckigen Monumentalbaus - genau an der Stelle, wo auf seiner Erde die Zentrale der Weltregierung in den Himmel ragte. Eine beeindruckende Fassade mit fünfeckigen Glassegmenten reflektierte das helle Licht der Frühabendsonne. Weißgewandete Männer und Frauen kamen ihm aus dem Gebäude entgegen oder betraten es durch das mit der Spitze nach oben gerichtete und durch rote Pentagramme umrahmte Eingangsfünfeck.

Hier bin ich richtig, dachte sich Nick. *Ich muss unbedingt mit einem Beamten sprechen und ihn davon überzeugen, dass wir friedfertig sind. Das ist meine letzte Chance.*

Mit Blick auf die vielen Besucher der Bezirksverwaltung wurde ihm deutlich, dass die Gefahr sehr groß war, versehentlich jemanden anzurempeln.

Ich muss mich wieder sichtbar machen, überlegte sich Nick und verschwand hinter dem dicken Stamm eines Spitzahorns. Aber bevor er den Deflektor deaktivierte, versuchte er noch einmal, mit der *Delcano* in Funkverbindung zu treten.

»Hier Nick Steel an Raumschiff *Delcano*. Bitte kommen!«, sprach er mehrere Male in das Gerät.

Wieder vergeblich.

Dann muss ich mich wohl oder übel darauf einstellen, dachte er grimmig, *dass ich die Nacht im Freien verbringe, am besten weit fort aus dem Wirkungsbereich der Großen Fünf und genau in der Mitte zwischen zwei Türmen, falls die etwas mit der mentalen Beeinflussung zu tun haben. Es wäre zu dumm, wenn sie mich im Schlaf übernimmt.*

Er machte sich sichtbar und betrat das Regierungsgebäude. Auch im Inneren herrschte noch reges Treiben. Männer und Frauen mit dem Fünfstern auf ihren Gewändern und Zahl-Buchstabenkombinationen an den Ärmeln, die sie als Verwaltungseinheiten auszeichneten, gingen gemächlichen Schrittes die Eingangshalle entlang. Nick sah sich interessiert in dem lichtdurchfluteten Foyer um und zählte die Ecken. Es waren fünf. Wie sollte es auch anders sein.

Dann blieb er vor einer großen Leuchttafel stehen, auf der die Verteilung der Zuständigkeitsbereiche in den fünf Gebäudetrakten und auf fünf Stockwerken angegeben war.

Energieversorgung - Straßenverkehrsamt - Müllentsorgung - Sicherheit - Kultur - Meldeamt - Hoch- und Tiefbau - Sozialamt

Es waren die üblichen Bezeichnungen für Aufgabenbereiche einer Verwaltung.

Worship-Raum (5. Stock)

Aha, dachte Nick, *auch hier versammelt man sich zu diesen Lobpreisveranstaltungen.*

Ehrt die Große Fünf und seid nett zueinander, so erfüllt ihr den Willen eurer Herrscherin, die euch alle liebt!, las Nick auf einer zweiten Tafel, die rechts neben dem großen Informationsschirm installiert war und die Aufforderung zum richtigen Verhalten im Wechsel mit einem roten Pentagramm anzeigte.

Die Große Fünf liebt alle Menschen!, ging es Nick noch einmal bitter durch den Kopf. Galt das wirklich unterschiedslos für alle? Mit Schaudern musste er immer wieder an die Übertragung in der *St. Patrick's Cathedral* zurückdenken.

Nein! Er durfte sich von den optischen Eindrücken dieses Massakers nicht entmutigen lassen. Er musste jetzt unbedingt jemanden aufsuchen, dem er alles erklären konnte. Ob es hier so etwas wie eine Bürgersprechstunde gab?

Er las weiter auf der großen Leuchttafel, und während er nach einem Hinweis suchte, wo Besucher ihre Sorgen loswerden oder besondere Anliegen vorbringen konnten, wurde er plötzlich von hinten angesprochen.

»Mr. Nick Steel?«

Völlig perplex drehte er sich um und sah vor sich ... Jane Lee.

»J ... J ... ane?«, stotterte er verwirrt und musste darauf achten, dass ihm die Kinnlade nicht zu weit nach unten rutschte.

»Sie sind wirklich Nick Steel? Und kein Doppelgänger?«

»N ... n ... ein, ich bin es wirklich!«

Dass sie ihn mit *Mister* angesprochen hatte, gab Nick die Gewissheit, dass es wahrscheinlich nicht *seine* Jane war. Es musste sich um das Double auf dieser zweiten Erde handeln. Eine unglaubliche Begegnung.

Inzwischen wieder etwas gefasst, betrachtete er sein Gegenüber so unauffällig wie möglich. Diese Jane glich seiner Gefährtin wie ein Ei dem anderen: Dieselbe schlanke Figur, auch die schulterlangen, hellblonden Haare, die seegrünen Augen mit den hochgezogenen Augenbrauen und die vollen Lippen, die sich schnell zu einem Schmollmund verziehen konnten - alle Merkmale glichen dem bekannten Vorbild von Erde 1 bis aufs Haar. Es gab keine Zweifel, er hatte ein Duplikat seiner geliebten Jane vor sich. Und noch etwas fiel ihm sofort auf: Sie hatte nicht den apathischen Blick wie alle anderen auf dieser Welt. Was war los mit dieser Frau? Und dann sprach sie ihn auch noch mit seinem Namen an. Es musste einen Doppelgänger gleichen Namens von ihm geben und möglicherweise hatten sie sich auch gekannt.

Janes Stimme riss ihn aus seinen Überlegungen.

»Warum sind Sie so überrascht, mich zu sehen? Die Überraschung müsste auf *meiner* Seite liegen, denn Sie sind doch seit zwanzig Jahren tot - als Testpilot bei einem Flugzeugabsturz ums Leben gekommen. Ihre Leiche wurde halb verbrannt aus dem Flieger geborgen. Ihren Tod können Sie also nicht vorgetäuscht haben. « Sie blickte ihn aus ihren hübschen Augen fragend an, bevor sie weiter von ihm wissen wollte: »Sind Sie etwa von den Toten wieder auferstanden? Die *Große Fünf* hat prophezeit, dass es eines Tages dieses Wunder geben würde, aber bisher warten noch alle vergeblich darauf.«

Soll ich ihr sagen, wer ich bin? Laufe ich Gefahr, entdeckt zu werden?

Die unterschiedlichsten Gedanken wirbelten durch seinen Kopf. Was sollte er tun?

Unsicherheit, Irritation und Zweifel bemächtigten sich seiner. Würde er die Mission gefährden, wenn er Jane die Wahrheit sagte? Aber er war auf fremde Hilfe angewiesen und vielleicht konnte Jane ihm helfen, mit einem Verantwortlichen zu sprechen.

Nick hatte seine Entscheidung getroffen: Er würde Jane reinen Wein einschenken. Eine andere, halbwegs plausible Erklärung, dass er nach dem tödlichen Absturz noch am Leben war, konnte er ihr ohnehin nicht geben.

»Ich bin nicht von den Toten auferstanden und ich bin auch nicht der Nick Steel, für den Sie mich halten«, gab er Jane zur Antwort.

Plötzlich kam ihm ein Gedanke, der ihn wieder unsicher machte. *Wieso war sie gerade jetzt in diesem Gebäude? War es reiner Zufall, dass wir uns hier getroffen haben?*

Nick beschloss, über diese Fragen Klarheit zu bekommen, bevor er ihr seine Identität offenbaren würde.

»Ich möchte Sie vorher noch etwas fragen, bevor ich Ihnen von mir erzähle«, unterbrach Nick seine Erklärung. »Wie kann es angehen, dass wir uns gerade hier begegnen?«

Jane lächelte. »Wie Sie sicher durch die Medien wissen, leite ich alle Zoos im Verwaltungsbezirk New York. Hier ist mein Büro und täglich absolviere ich in einem der zwanzig Tierparks meinen Rundgang, um nach dem Rechten zu sehen. Ich bin gerade auf dem Weg zum Central-Park-Zoo. Sie können mich ja begleiten. Mein Heli-Car befindet sich auf einem Parkplatz im Innenhof dieses Gebäudes.«

Nick freute sich. »Ich nehme Ihr Angebot gerne an.« Dann ergänzte er: »Sie waren schon immer in Tiere vernarrt und werden es wohl ihr Leben lang bleiben.«

Jane betrachtete ihn mit Erstaunen und Misstrauen. »Woher wissen Sie das so genau? Vor zwanzig Jahren war ich noch nicht auf der Weltbühne der Zoologen!«

»Wie ich eben schon sagte«, antwortete Nick, »ich bin nicht der Nick Steel, für den Sie mich halten.«

Sie verließen das Gebäude auf der Rückseite, Nick blickte sich noch einmal unauffällig um. Er wollte sichergehen, dass sich niemand in Hörweite befand, und während sie sich dem Parkplatz zuwandten, der sich innerhalb des fünfeckigen Komplexes befand, begann er, seine Geschichte zu erzählen - von seinem Raumschiff, mit dem er gekommen war, und von einer parallelen Erde, viele Milliarden Lichtjahre von dieser Welt entfernt. Auch dort würde es eine Jane Lee geben, deren ganzer Lebensinhalt ihre Tiere waren, und mit dieser Frau sei er liiert.

Jane schluckte mehrmals. Man sah ihr an, dass sie Nicks Erklärungen erst einmal verdauen musste.

»Eine zweite Erde?«, fragte sie schließlich zweifelnd. »Unser Planet wurde früher tatsächlich *Erde* genannt, aber jetzt heißt er *Pentagon* und wir als seine Bewohner *Pentagonier.* Auch diese Namen sollen daran erinnern, wer auf meiner Welt die Macht ausübt. Nur wenige wissen, wie unser Planet früher hieß. Trotzdem fällt es mir schwer, das alles zu glauben, was Sie mir soeben erzählt haben.«

»Aber es ist wahr«, entgegnete Nick. »Ich bin dafür doch der beste Beweis. Der Nick Steel Ihrer Welt ist seit zwanzig Jahren tot.«

Inzwischen hatten sie das Heli-Car erreicht und stiegen ein. Jane schloss die Plastikkuppel über den Sitzen, betätigte einige Schalter, und wenige Augenblicke später erhob sich das Fluggerät geräuschlos in die Höhe und schwebte kurz darauf über den Wolkenkratzern der Großstadtmetropole.

Jane sah Nick verständnislos an. »Die *Große Fünf* behauptet, es gäbe im Weltraum kein anderes Leben, deswegen würde sich Raumfahrt auch nicht lohnen. Unsere Astronomen bestätigen das. Auf den vier anderen Planeten unseres Sonnensystems vermutet man nicht mal Mikroben.«

»Aber das Weltall ist unendlich viel größer als dieses Sonnensystem, und es gibt Millionen Welten, die bewohnt sind. Wir haben manche von ihnen schon besucht. Ich komme wirklich von einer anderen Welt und bin nicht der Nick Steel, den Sie gekannt haben.« Er zögerte einen Moment, dann fragte er Jane direkt: »Oder glauben Sie, dass ich von den Toten wieder auferstanden bin?«

Jane zögerte lange mit der Antwort, dann erklärte sie fest und bestimmt: »Ich glaube Ihnen, Nick. Sie haben mich überzeugt.«

»Und der *Großen Fünf* glauben Sie nicht?«

Hoffnung schwang in seiner Stimme mit, als er nachhakte: »Mir ist aufgefallen, dass Sie anders sind - nicht so apathisch wie die Menschen hier um uns herum. Ihr Blick ist lebendig. Was ist los mit Ihnen?«

Sie hatten den Zoo im Central-Park erreicht und ihn gleich nach der Landung durch einen Eingang für Betriebsangehörige betreten. Vor einem Gehege mit exotischen Vögeln blieben sie stehen. Jane hatte auf Nicks letzte Frage noch keine Antwort gegeben.

Da heulte ein Sirenenton fünfmal durch das Zoogelände.

»Jetzt müssen wir erst einmal zu dieser schrecklichen Worship-Versammlung«, flüsterte Jane. »Kommen Sie, aber passen Sie auf sich auf. Der *Heilige Touch* macht Sie abhängig. Ich selber bin dagegen resistent. Mir kann nichts passieren, und das ist auch der Grund, weshalb ich nicht so apathisch bin wie die anderen. Aber Ihnen kann es passieren, dass der Touch Sie verändert.« Jane wurde noch ein wenig ernster, als sie mit Ihren Erklärungen fortfuhr: »Hören Sie auf meinen Rat: Wenn Sie merken, dass eine geistige Macht von Ihnen Besitz ergreifen will, dann verlassen Sie so schnell wie möglich den Versammlungsort und tun so, als sei Ihnen plötzlich übel geworden.«

»Keine Sorge!«, entgegnete Nick. »Ich kann mich auch zur Wehr setzen. « Dann erzählte er ihr von seinen Abwehrtechniken, die er schon erfolgreich gegen die *Große Fünf* eingesetzt hatte.

Jane nickte. »Ähnlich geht es mir auch. Es gibt einige wenige Menschen, die gegen die mentale Beeinflussung der *Großen Fünf* resistent sind. Ich erzähle Ihnen davon nach der Versammlung.«

Wenig später hatten sie einen überdachten Platz innerhalb des Zoos erreicht, auf einem großen Schirm prangte das rote Pentagramm. Davor hatten sich schon viele *Pentagonier* versammelt und bald darauf begann die Zeremonie.

»Ich habe auch nur zum Schein alles mitgemacht«, erklärte Jane nach der Worship-Zeit. »Das ist nötig, um nicht aufzufallen! Der *Heilige Touch* kann mir nichts anhaben.«

Sie hatten einen weniger belebten Platz vor dem Seelöwen-Biotop aufgesucht und konnten sich jetzt ungestört unterhalten.

»Und die *Große Fünf* hat nicht versucht, in Sie einzudringen?«, wollte Nick wissen.

Jane lächelte grimmig. »Schon, aber ich kann gleichzeitig konform sein und mich abschirmen. Die *Große Fünf* bemerkt es nicht. Ich bin da ziemlich geschützt.«

»Sie wollten mir von den Menschen erzählen, die gegen die *Große Fünf* resistent sind. Was ist mit ihnen und wodurch sind sie resistent?«

»Es muss ein genetischer Defekt sein, der körperlich keine negativen Auswirkungen hat, aber die Schwingungen unserer Gehirnströme so modifiziert, dass die *Große Fünf* keinen Zugriff darauf hat. Und das Schönste: Sie bemerkt es selbst nicht einmal und denkt, sie hat uns unter ihrer Kontrolle. Wir können ein ambivalentes Bewusstsein generieren, das uns vor der *Großen Fünf* schützt.« Nach einer kurzen Unterbrechung fuhr sie fort: »Die genaue Ursache für diesen Defekt wissen wir nicht. Ich vermute, es handelt sich um eine Mutation. Aber die *Defekten*, wie wir uns nennen, haben sich zu einer Widerstandsgruppe zusammengeschlossen. Wir beklagen, dass die *Große Fünf* den Menschen ihren freien Willen nimmt. Sehen Sie: Alles ist vereinheitlicht, die Kleidung, die Frisuren, das Alltagsleben, das keine Individualität mehr zulässt, sondern neben der beruflichen

Tätigkeit nur noch die Verehrung der *Großen Fünf* vorschreibt.«

»Wir sind in einem Tierpark«, unterbrach Nick, »und hier laufen viele Besucher herum.«

»Selbst dieser Tierpark dient ihrer Huldigung. Wir dürfen in Zoos und Museen, aber die Ausübung von Hobbys ist uns verboten. Niemand darf hier mehr joggen, Baseball oder Tennis spielen. Die alten Sportfelder dienen nur noch dem Zweck, den *Pentagoniern* - ich sage lieber *Menschen* - vor Augen zu führen, wie destruktiv das Leben vor der Herrschaft der *Großen Fünf* gewesen ist. Lediglich Spaziergänge sind erlaubt.«

»Ich habe in einer Zeitung von Konzerten gelesen!«

»Das sind Veranstaltungen, die von Beauftragten der *Großen Fünf* durchgeführt werden. Sie dienen ausschließlich ihrer Verherrlichung. Es gibt nichts Privates, keinen Sport, keine Musik, keine Spiele, kein Schwimmvergnügen. Alles ist für normale Menschen verboten, weil es angeblich davon ablenkt, der *Großen Fünf* die Ehre zu geben.«

»Wer sagt das?«

»Die *Große Fünf*, und die Menschen glauben ihr.«

»Weil sie unter ihrem Einfluss stehen.«

»Richtig, aber das gesamte soziale Leben unterstützt diesen Irrsinn. In den Museen wird sie als Schöpferin der Welt und Herrin der Geschichte verherrlicht und in den Kinos sieht es nicht anders aus. Alle Filme lobpreisen die *Große Fünf*. Ich kann das Gesülze nicht mehr ertragen. Wir wollen sie stürzen und eine neue Welt errichten, in der alle Menschen frei und glücklich sind.«

»Wie wollen Sie das bewerkstelligen? Die *Große Fünf* erscheint mir zu mächtig, als dass man sie besiegen kann. Wissen Sie überhaupt ihren Aufenthaltsort?«

Jane schüttelte den Kopf, ließ sich aber von Nicks kritischer Rückfrage nicht verunsichern »Den werden wir herausfinden.

Und wir wollen die *Große Fünf* mit ihren eigenen Waffen schlagen. Wenn wir uns mental zusammentun und ihr unsere gebündelte Energie schicken, dass sie davon gelähmt wird, haben wir gewonnen.«

»Sind Sie so viele, dass Sie das schaffen können?«

»Wir haben einen genialen Professor unter uns, der an einem Energieverstärker arbeitet. Wenn sein Gerät fertig ist und wir wissen, wo die *Große Fünf* sich aufhält, können wir losschlagen. Wir sind uns sicher, dass wir diesen Kampf gewinnen werden.«

Nick musste innerlich grinsen. Er war sich ziemlich sicher, um wen es sich bei diesem genialen Professor handeln würde.

»Meinen Sie etwa Professor Raskin?«

Jane stutzte. »Ja, gibt es den bei Ihnen auch?«

Nick erzählte von den ungewöhnlichen Erfindungen des Professors in seiner Welt und jubelte innerlich. Wenn Raskin seine Hand hier im Spiel hatte, standen die Chancen wirklich gut. Freimütig erzählte er ihr, wie seine Freunde unter die Herrschaft der *Großen Fünf* geraten waren und dass sich wahrscheinlich auch das Sternenschiff jetzt in ihrer Hand befand.

Jane ballte zuversichtlich ihre Fäuste. »Das ist typisch *Große Fünf*. Aber wir werden Ihr Schiff und die Besatzung aus den Händen dieser Bestie wieder befreien und auch die gesamte Menschheit retten!«

Dann sagte sie: »Ich würde mich freuen, wenn Sie uns bei unserem Kampf unterstützen würden!«

»Ich mache gerne mit«, antwortete Nick. Es fiel ihm schwer, seine Begeisterung zu verbergen. Hatte er die erhoffte Hilfe gefunden?

Aber es gab für ihn noch offene Fragen.

»Können Sie mir etwas über die Identität der *Großen Fünf* erzählen? Wer ist sie und wie ist sie an die Macht gekommen?«

Janes Antwort enttäuschte ihn.

»Keiner weiß, wer sie ist, auch ich nicht, und niemand hat sie je zu Gesicht bekommen. Sie behauptet, schon ewig zu leben und diese Welt erschaffen zu haben, aber das glaube ich nicht. Wir wissen nur, dass sie seit der großen *Prägnation* die Macht ausübt. Ich war damals noch nicht geboren, aber ich weiß von meinen Eltern, dass sich dieses allesentscheidende Ereignis gleich nach dem zweiten schrecklichen Krieg im vergangenen Jahrhundert vollzogen hatte.«

»Was ist mit *Prägnation* eigentlich gemeint?«, fragte Nick nach.

Jane seufzte. »*Prägnation* meint, dass die Menschen mit der mentalen Sphäre der *Großen Fünf* imprägniert wurden. Sie wurden von ihrem Geist quasi besetzt, sodass sie bis heute nicht mehr Herr ihrer selbst sind.«

»Das habe ich zur Genüge miterlebt«, bestätigte Nick. »Und wie ging es weiter?«

»Genau das ist das Traurige!«, erzählte Jane mit leiser Stimme. »In Windeseile, innerhalb weniger Tage, hat sich ihre Herrschaft über die ganze Welt verbreitet. Die *Große Fünf* sandte Boten aus, besonders begabte Menschen, die den Geist der *Fünf* mit dem *Heiligen Touch* weitergeben konnten. Auf allen Kontinenten wurden solche Übermittler rekrutiert. Aber damit nicht genug, auch über Radio- und Fernsehsender und selbst drahtlos durch das Telefon, das auf unserer Welt auf Funkbasis funktioniert, konnte sie Einfluss nehmen und die Menschen geistig besetzen, weil ihre mentalen Kräfte über die vorhandenen Verbindungen in jedes Haus gelangten. Später hat die *Große Fünf* die alten Technologien, die auf Elektrizität und anderen Energieformen wie Nuklearenergie und fossilen Brennstoffen basieren, radikal abgeschafft und durch ihre mentale Energie ersetzt.

Radio- und Fernsehsendungen, alle Telekommunikation und der Funkverkehr sind heute mental gesteuert und funktionieren auf rein geistiger Basis genauso wie auch alle Transportmittel.«

Nick unterbrach Janes Redefluss für einen kurzen Moment. »Deswegen konnten wir keine Funkwellen registrieren und Fernsehsender orten.«

Jane bestätigte, dann setzte sie ihre Erklärungen fort: »Als die ganze Welt erfasst war, verkündete die *Große Fünf* den Anbruch einer neuen Epoche in der Menschheitsgeschichte: Das *Pentäon*, das fünfte Zeitalter. Die vorangegangen waren, wie Sie sicher wissen, Steinzeit, Antike, Mittelalter und Neuzeit.«

»Die anderen Zeitalter sind bei uns ähnlich!«, sagte Nick. »Aber für das Ende des Mittelalters und den Beginn der Neuzeit gibt es bei euch im Vergleich zu unserer Welt eine Abweichung!«

Nick erläuterte kurz, dann wollte er wissen: »Nach welchen Kriterien wurde die Einteilung der Epochen durch die *Große Fünf* vorgenommen?«

»Immer mit dem Beginn einer mächtigen Herrschaft«, gab Jane zur Antwort. »In der Steinzeit gab es keine Könige, nur Stammeshäuptlinge, dann begann die Antike mit der ersten Hochkultur und dem ersten großen Herrscher im Zweistromland, dem König Nimrod von Babylon, der im dritten Jahrtausend vor unserer Zeitrechnung regiert hatte. Das Mittelalter begann mit dem Untergang Roms, genauer gesagt Westroms, und seinem Nachfolgereich, dem Reich Karls des Großen im Jahre 800 unserer Zeitrechnung. Die Neuzeit begann 1776 mit der Gründung der Vereinigten Staaten von Amerika, die sich zu einer Supermacht entwickelt und die beiden großen Kriege im vergangenen Jahrhundert entschieden hat.«

»Und die letzte und entscheidende Herrschaft kam dann 1945 mit der *Großen Fünf*.« Nick lachte bitter auf.

»So ist es.« Auf Janes Stirn bildeten sich steile Wutfalten, ihre Lippen bebten. Dann sprudelte es aus ihr wie ein Wasserfall heraus. »Die *Große Fünf* nimmt für sich in Anspruch, nach Jahrtausenden des Terrors und der Gewalt die erste wirkliche Friedensherrschaft auszuüben, aber was sie tut, ist pure Unterdrückung.«

»Es wird behauptet, es sei zum Wohle der Menschheit«, warf Nick ein.

»Und zum Wohle aller Tiere und der Natur«, ergänzte sie, wieder etwas ruhiger geworden. »Sie haben es vielleicht in den Supermärkten gesehen: Fleischliche Nahrung gibt es nicht mehr, die Umwelt bleibt mit mentaler Energie ökologisch intakt. Dank der *Großen Fünf* ist das Energieproblem für alle Zeiten gelöst, Kriege und Verbrechen finden nicht mehr statt. Selbst Krankheiten wurden ausgerottet. Man wird nur noch im Alter krank, wenn es ans Sterben geht, aber selbst das soll ja mit dem Anbruch des vollkommenen Reiches angeblich bald ein Ende finden, und dann wird auch die zurzeit praktizierte temporäre Zwischenlösung nicht mehr nötig sein. Aber ich glaube das alles nicht.«

»Welche Zwischenlösung?««

»Das zeige ich Ihnen morgen.« Sie schluckte schwer. »Bei allen positiven Entwicklungen darf man die Augen nicht vor der Kehrseite der Medaille verschließen: Die *Große Fünf* verspricht ewigen Frieden, Abschaffung des Todes, aber uns ist der Preis zu hoch. Man hat den Menschen jede Freiheit genommen. Sie haben keinen eigenen Willen mehr, wie Sie es ja selbst gesehen haben. Die vom Geist der *Großen Fünf* Besetzten bewegen sich wie in Trance und lassen ihren Tagesrhythmus von der Zahl Fünf diktieren: Fünfmal am Tag Worship-Zeit, an der jeder teilnehmen muss und in der sie eine Auffrischung ihrer von der

Großen Fünf gesteuerten mentalen Energie bekommen. Sie haben ja schon einige dieser abstoßenden Versammlungen miterlebt.«

»Ja«, bestätigte Nick. »Wie sind diese Zeremonien eigentlich zeitlich über den Tag verteilt und wann findet die nächste statt?«

»Jane blickte auf ihre Armbanduhr. »Vorhin hatten wir die vierte, das war um 20 Uhr, die letzte ist um 25 Uhr.«

»25 Uhr?« Nick staunte über die Zeit.

Jane erklärte: »Die *Große Fünf* hat auch die Uhrzeiten geändert. Alles richtet sich nach der Zahl Fünf: Der Tag hat 25 Stunden, die Worship-Versammlungen sind um 5 Uhr, 10 Uhr, 15 Uhr, 20 Uhr und - wie schon erwähnt - um 25 Uhr. Selbst die Woche besteht jetzt aus fünf Tagen, nur im Schaltjahr hat die letzte Woche einen Tag mehr. An der Dauer einer Sonnenumkreisung konnte selbst die *Große Fünf* nichts ändern. Wer an den Worship-Versammlungen nicht teilnimmt, bekommt Minuspunkte. Er hat dann Probleme, wenn er etwas kaufen will, eine Reise plant oder öffentliche Verkehrsmittel benutzt. Bei der Wohnungssuche ist er der Letzte, der bei der Vergabe berücksichtigt wird. Wer dreimal hintereinander nicht teilnimmt, wird von der *Roten Garde* aufgesucht - das ist die Geheimpolizei der *Großen Fünf* - und in den nächsten Tempel gezwungen.«

»Woher weiß *die Rote Garde*, wenn jemand verweigert?«, hakte Nick nach.

Jane zuckte mit den Achseln. »Die *Große Fünf* weiß es eben. Sie kontrolliert jeden von uns, Tag und Nacht und egal, wo wir uns aufhalten. Nur die *Defekten* können sich ihr entziehen. Trotzdem ist es wichtig, dass wir uns an den Worship-Versammlungen beteiligen. So bleiben wir unauffällig und erregen keinen Verdacht.«

Nick bestätigte. »Ihr verhaltet euch sehr geschickt, damit bewahrt ihr die Chance, die *Große Fünf* eines Tages vielleicht doch zu besiegen.« Dann kam er noch einmal auf den 25-Stunden-Tag zu sprechen und erklärte: »Bei uns hat der Tag 24 Stunden und das war bei Ihnen früher sicher auch so.«

Jane wusste darüber Bescheid. »Das ist mir bekannt, und eine Stunde hatte früher 60 Minuten, jetzt hat sie 50 Minuten und jede Minute 50 Sekunden. Es wurde einfach die Länge einer Sekunde geändert, dann passte es wieder zusammen. Und das alles zur Ehre der *Großen Fünf*. Sie soll lang leben, länger als nur 25 Stunden!« Nick hatte an ihrer erhobenen Stimme die Ironie unmissverständlich herausgehört.

»Sind denn die Menschen um Mitternacht noch unterwegs und um 5 Uhr morgens auch schon wieder, um an den Versammlungen teilzunehmen?«

»Es geht auch am heimischen Bildschirm!«, erklärte Jane.

Durch die Anlage hallte ein dumpfer Gong.

»Der Zoo macht jetzt dicht. Ich werde nach Hause gehen. Können Sie sich vor Ortung schützen?«

Nick bejahte und erzählte ihr von seinem Deflektor.

»Das ist gut!«, freute sich Jane. »Dann kommen Sie problemlos durch die Eingangskontrolle meines Blocks. Ich nehme Sie mit zu mir in meine Wohnung. Sie können etwas zu essen bekommen und im Gästezimmer übernachten. Morgen sehen wir weiter.«

»Vielen Dank!«, freute sich Nick. »Dieses Angebot nehme ich gerne an. Fliegen wir wieder mit Ihrem Heli-Car?«

»Ja, ich wohne in einem Außenbezirk der Stadt. Am besten, Sie machen sich jetzt schon unsichtbar, damit keiner sieht, dass ich in Begleitung bin. Und in meiner Wohnung bleiben Sie es besser auch. Mit Kameras werden nämlich alle Bürger stichprobenartig überwacht.«

»Wie kann ich dann unbemerkt essen?«

Jane lächelte verlegen. »Im Bad. Wenigstens dort findet keine Kontrolle statt.«

»Und im Gästezimmer? Wenn ich mich ins Bett lege, wird man beobachten, dass sich eine Vertiefung bildet.«

»Nicht, wenn Sie auf dem Boden daneben schlafen. Aus Sicherheitsgründen kann ich Ihnen leider nichts Bequemeres anbieten!«

Nick winkte ab. »Es gibt Schlimmeres!«

»Diese Leute sind zur *Segregation* bestimmt!«

Nick und Jane waren am nächsten Morgen wieder unterwegs. Mit dem Heli-Car überflogen sie einen S-Bahnhof und die Vergrößerung ließ eine Gruppe älterer Menschen erkennen, einige stützten sich auf Krückstöcken, andere saßen im Rollstuhl, vier Personen hatten auf einer Bank Platz genommen.

»*Segregation*?«, fragte Nick. »Das Wort bedeutet so viel wie *Abtrennung*. Was ist damit gemeint?«

»Ich wollte Ihnen ja heute erklären, wie man in unserer Gesellschaft das Problem der alten und kranken Menschen löst. Sie werden einfach *segregiert*. Das ist eine moderate Umschreibung für *getötet*«, antwortete Jane. Verachtung für diesen Vorgang schwang in ihrer Stimme mit. »Wer zur *Segregation* bestimmt ist, fährt mit dem Omega-Express ins nächste *Segregations*-Center, wo ihn der gnädige Übergang in die Glückseligkeit erwartet.«

Nick hatte den sarkastischen Unterton in ihrer Stimme deutlich vernommen und war sichtlich geschockt. Sein Mund stand offen, die Stirn lag in Falten, seine Augenbrauen waren nach unten gezogen. Jetzt wurde ihm nachträglich bewusst, dass er weder auf den Straßen noch im Zoo und auch nicht in den Worship-Versammlungen alte Menschen gesehen hatte oder zumindest solche, die alt aussahen und gebrechlich waren. Die *Große Fünf* hatte sie einfach ausgelöscht.

»Habe ich Sie richtig verstanden?«, fragte er ungläubig nach. »Für Alte und Kranke gibt es in Ihrer Welt keinen Platz, sondern man bringt sie einfach um?«

»Ihr Tod sei schmerzlos und soll deswegen gnädiger sein als ein langes, qualvolles Dahinsiechen, zumindest sagt man das. Was im *Segregations*-Center wirklich passiert, weiß keiner so genau, und von dort zurückgekommen ist bisher ja auch niemand. Die *Große Fünf* verkündet: Alte Leute nützen der Gesellschaft nichts mehr, aber sie dürfen sich auf die redlich verdiente Glückseligkeit freuen. Ist das nicht ein tolles Sozialsystem?«, bemerkte Jane voller Ironie und hätte vor Wut mit ihrem Fluggerät fast einen Satz vollzogen.

»Und die Betroffenen nehmen das einfach so hin?«

»Was sollen sie tun? Die *Große Fünf* steuert ihr Bewusstsein und ganz Unwillige, die es selbst in diesem perfekten System zu geben scheint, werden von der *Roten Garde* abgeholt. Außerdem lügt man ihnen vor, dass sie im ewigen und vollkommenen Reich der *Großen Fünf* wieder auferstehen und dann ohne Leid und Schmerz für immer glücklich leben werden.«

»Aufgrund dieser Lüge haben sich auf meiner Erde schon Attentäter freiwillig in die Luft gesprengt«, bemerkte Nick, dann fragte er Jane: »Steht Ihnen ein ähnliches Schicksal bevor, wenn Sie ein bestimmtes Alter erreicht haben?«

Jane lächelte bitter. »Unser ganzes Leben läuft nach einem fest vorgegebenen Plan ab und ist streng nach der Zahl Fünf geregelt: Fünf Jahre Säuglings- und Kleinkindalter, dann

15 Jahre Schule und Ausbildung, danach 25 Jahre Arbeit und noch einmal 15 Jahre Ruhestand, zum Schluss die große *Segregation*. Vorher feiert der Auserwählte mit seinen Angehörigen und Freunden Abschied und sie wünschen ihm alles Gute für die Reise ins Paradies. Was mich betrifft und die anderen *Defekten*, wir hoffen, dass wir bis dahin die *Große Fünf* gestürzt haben.«

»Und wenn nicht, oder wenn Ihr Vorhaben scheitert?«

Jane seufzte. »Dann müssen wir als Häretiker in die *Fünf-Epochen-Arena*, und das würde den sicheren Tod bedeuten, denn die *Große Fünf* sorgt dafür, dass dort niemand wieder lebend herauskommt.«

»*Fünf-Epochen-Arena?*« Nick musste unwillkürlich an das Massaker von *Wounded Knee* denken und an den Tod jenes bedauernswerten Mannes, den der Kommentator auch als Häretiker bezeichnet hatte.

Bevor Jane antworten konnte, schrillte es plötzlich fünfmal aus einem Lautsprecher auf der Schalttafel.

Jane wurde kreidebleich. »Wir müssen sofort landen!« Furcht leuchtete aus ihren weit geöffneten Augen.

»Was ist los?«

»Wir werden abgeschossen, wenn ich nicht gehorche!«

»Sind wir entdeckt?«

»Das weiß ich nicht, aber sie werden gleich jemanden holen!«

Jane folgte einem Leitstrahl und landete auf dem Parkplatz neben einem hoch aufragenden Wolkenkratzer, zu dessen Füßen sich bereits eine Gruppe *Pentagonier* eingefunden hatte. Nick und die Zoologin entstiegen dem Fluggerät und gingen einige Schritte auf die Weißgewandeten zu.

»Bleib unsichtbar hinter mir, Nick«, zischte sie ihm kaum hörbar zu. »Dir kann nichts passieren, aber wenn sie es auf mich abgesehen haben, sage ich jetzt schon *Leb wohl*! Ich habe die Zeit mit dir als sehr schön empfunden.«

Sie hatte ihn *Nick* genannt, und obwohl es nicht seine Jane war, fühlte er sich mit dieser Frau nach der kurzen Zeit ihrer Bekanntschaft so stark verbunden, als seien sie schon viele Jahre ein Paar.

Ein dumpfer, durchdringender Gong erfüllte den Platz und die Menschengruppe verharrte in lebloser Starre. Jane tat es ihnen gleich.

Neugierig äugte Nick in alle Richtungen, dann schaute er wieder auf seine Begleiterin. Sie schien völlig verängstigt und schwieg - wie alle anderen auch. Ihr Gesicht hatte maskenhafte Züge angenommen. Auf der anderen Straßenseite standen fünf Rotuniformierte mit geschulterten Gewehren und richteten ihre Blicke kontrollierend auf die versammelten Menschen. Nick verstand jetzt, warum Jane so plötzlich verstummt war. Mit jedem weiteren Wort hätte sie sich bei den Bewaffneten verdächtig gemacht. Indes starrten die Weißgekleideten mit versteinerten Mienen in die Höhe. Was würde sich gleich ereignen?

Atemlose Stille. Kein Geräusch. Warten vor dem Sturm!

Und dann geschah es.

In der Luft erschien wie aus dem Nichts ein fluoreszierender Wirbel, der aus Millionen winziger roter Pentagramme bestand. Er kreiste in atemberaubend schnellen Bewegungen über der Menschenmenge, dann ließ er sich auf einen etwas abseitsstehenden jungen Mann herabfallen, den Nick zwischen dreißig und vierzig Jahren schätzte, und hüllte ihn hell aufleuchtend ein wie eine wabernde Lohe. Das Opfer dieses flammenden Spektakels wurde augenblicklich transparent und entschwand den Blicken der immer noch in Bewegungslosigkeit verharrenden

Zeugen dieses erschreckenden Schauspiels. Ein dumpfer Gong löste die Menge aus ihrer Erstarrung.

Jane schien erleichtert. »Komm, Nick, wir steigen wieder ein!«

»Was ist mit dem jungen Mann passiert, Jane?« Nick hatte stillschweigend und kommentarlos die vertraute Anrede seiner neuen Weggefährtin übernommen.

»Ich erkläre es dir während des Fluges.«

»Wohin geht es?«

»Zum Flughafen. Ich erwarte heute Vormittag die Lieferung eines Saiga-Antilopenpärchens. Diese seltene Tierart bedarf unseres besonderen Schutzes. Wir wollen einige von ihnen in meinem Zoo züchten und sie dann wieder in die freie Wildbahn aussetzen.«

»Ein lobenswertes Ziel«, kommentierte Nick, dann fuhr er ironisierend fort: »Aber Menschen werden hier offenbar nicht geschützt. War das Verschwinden des jungen Mannes so eine Art Hinrichtung?«

»Gleich!« Jane bemühte sich bei ihren Worten um möglichst geringe Lippenbewegung.

Dann befanden sie sich wieder über den Dächern von New York.

»Der Mann ist nach meiner Überzeugung willkürlich für die *Fünf-Epochen-Arena* ausgesucht worden. Es wird immer behauptet, die Ausgesuchten seien Häretiker, die die *Große Fünf* gelästert hätten, aber das glaube ich nicht. Sie werden zur Unterhaltung der Massen in die Vergangenheit versetzt und müssen dort in einer extrem gefährlichen Situation um ihr Leben kämpfen. Ihre einzige Aufgabe besteht darin, die Prüfung lebend zu überstehen. Wenn ihnen das gelingt, kommen sie in die nächste Epoche. Irgendwann schafft es aber keiner mehr, den Kampf zu überleben.«

Nick war entsetzt. »Ich dachte, die *Große Fünf* ist eine Wohltäterin der Menschheit!«, sprudelte es aus ihm heraus. Fassungslos schüttelte er dabei seinen Kopf.

»Die *Große Fünf* versorgt uns, sichert unsere Existenz, aber sie unterdrückt die Menschen und bietet ihnen neben dem *Heiligen Touch* auch makabre Unterhaltung. Gleichzeitig ist es eine warnende Abschreckung, damit niemand auf den Gedanken kommt, etwas gegen sie zu unternehmen«, gab Jane zur Antwort.

»Ist das bei dieser perfekten Kontrolle überhaupt möglich?«

»Wenn man sich dreimal dem *Heiligen Touch* entzieht und der Geist nicht rechtzeitig mit der Sphäre der *Großen Fünf* aufgefrischt wird, kann das schon mal passieren. Die *Rote Garde* ist dann in der Regel immer zur Stelle, aber weil es so wenig wirkliche sogenannte Häretiker gibt, werden die Opfer willkürlich ausgewählt. Das Volk will sein Vergnügen, und ich habe das dumme Gefühl, der *Großen Fünf* gefällt es auch. Bei manchen Fernsehübertragungen kann man den Äußerungen der Kommentatoren entnehmen, dass es auch dieser Despotin viel Spaß bereitet, andere leiden und sterben zu sehen. Der *Heilige Touch* und die Arena-Spiele sind die beiden Komponenten, die ihre Herrschaft stabilisieren.«

»Was für ein teuflisches System!«, schimpfte Nick. »Und die Leute werden wirklich in die Vergangenheit geschickt?« Er musste wieder an den Tod der Sioux am *Wounded Knee* denken.

Jane nickte zweimal mit ernster Miene. Großes Bedauern lag in ihrer Stimme. »Mittels ihrer geistigen Kräfte ist die *Große Fünf* tatsächlich dazu in der Lage - und kann die Ereignisse durch die Zeiten hindurch auf die Bildschirme übertragen. Und wenn du meinst, dass es durch die *Fünf-Epochen-Arena* Veränderungen im Geschichtsablauf geben würde, die der *Großen Fünf* vielleicht sogar gefährlich werden könnten, dann muss ich dich enttäuschen, Nick. Sie sucht sich nur solche Ereignisse aus, bei denen es nicht zu wesentlichen, sagen wir mal politischen Veränderungen in der Geschichte kommen kann.«

»Nick sah seine Weggefährtin mit innerem Schaudern an. »Dann war das Massaker am *Wounded Knee* und der Tod des Häretikers keine Simulation, sondern echt?«

»Ja!«

»Mein Gott!« Er vergrub sein Gesicht in beide Hände. »Das ist ja wie im alten Rom: Brot und Spiele!« Dann fragte er Jane: »Gibt es denn keinen, der sich gegen diese Barbarei auflehnt?«

»Doch, wir!«

Nick wollte dazu etwas sagen, aber statt einer Entgegnung kam nur ein lautes *Stopp!* über seine bebenden Lippen. »Drossel die Geschwindigkeit! Sofort!«

Jane folgte seiner Bitte. »Was ist los?«

Nick zeigte in Flugrichtung. »Der Turm direkt vor uns. Kannst du ihn umkreisen?«

Sie hatten die Wolkenkratzer und Straßenschluchten Manhattans hinter sich gelassen und überflogen ein Siedlungsgebiet. Zwischen modernen Winkelbungalows mit gepflegten Gärten innerhalb eines schachbrettartig angelegten Straßensystems erhob sich einer dieser seltsamen Türme, denen Nick und die Sternenschiffbesatzung schon am Mississippi begegnet waren. Jane umflog mit ihrem Heli-Car das Bauwerk.

»Wir haben diese fünfeckigen Türme überall auf der Welt gefunden!«, erzählte er seiner Weggefährtin. »Aber wir wissen nicht, welchem Zweck sie dienen. Kannst du mir dazu etwas Genaueres sagen?«

»Nein. Niemand hat bisher einen dieser Türme betreten. Es gibt auch keine Leiter, die nach oben führt. Außerdem wissen wir auch nicht, ob ein Abwehrsystem aktiviert wird, wenn man in ihn eindringen will.«

»Wenn die *Große Fünf* alle Menschen unter ihrer Kontrolle hat, wird das wohl kaum nötig sein«, vermutete Nick. »Ich will's versuchen!«

Jane hielt vor Schreck ihre Hand vors Gesicht. »Bist du wahnsinnig? Wie willst du da reinkommen?«

»Ich kann mit meiner Waffe schweben, außerdem kann ich einen Energieschirm um mich herum aufbauen, der mich vor Angriffen absichert, und gegen jegliche Ortung bin ich auch geschützt. Ich *muss* wissen, was in diesen Türmen versteckt gehalten wird und welchem Zweck sie dienen. Vielleicht hilft uns das auch im Kampf gegen die *Große Fünf*!«

»Ok, ok!« Sie hatte sich wieder ein wenig gefangen »Aber ich lande nicht direkt davor, das wäre zu auffällig!«

»Hast du eine bessere Idee?«

»Ja, es gibt in der Nähe einen kleinen Park mit See. Ich werde dort landen und einen Spaziergang machen.«

»Gut!«

Eine Viertelstunde später war Nick mithilfe des Antigravs und unter dem Schutz von Deflektor und Energieschirm auf dem Weg zum Turm, den er nach weiteren fünfzehn Minuten erreichte. Still und bedrohlich baute sich das seltsame Bauwerk vor ihm auf - als Zeichen einer unheimlichen Macht, die die Menschheit fest in ihrem Griff zu haben schien. Welches Geheimnis verbarg sich hinter diesem Turm?

Wild entschlossen, dem Rätsel auf die Spur zu kommen, schwebte er entlang des mächtigen Stützpfeilers immer höher dem fünfeckigen Turmaufsatz entgegen, und es dauerte nicht lange, bis er sich mit dem anvisierten Ziel auf gleicher Höhe befand. Langsam umrundete er den Aufbau und hielt Ausschau nach einer Tür oder nach Vertiefungen im Metall, die einen Eingang andeuten könnten und den Zugang ins Innere ermöglichten, aber seine Suche blieb ergebnislos. Wahrscheinlich gab es den Zutritt nur von unten durch den Stützpfeiler. Er musste es dort versuchen. Langsam glitt Nick wieder nach unten und landete auf dem Sockel, der die Säule trug. Vorsichtig ging er um den fünfeckigen Pfeiler herum und gewahrte schließlich Einkerbungen, deren Linien ein gleichseitiges Fünfeck umrissen, das mit seinen 1,50 Metern Höhe groß genug war, um einem Besucher als Eingang zu dienen.

Einen Öffnungsmechanismus fand er nicht. Jetzt musste er alles auf eine Karte setzen. Er schaltete seine Waffe auf Nadelstrahl.

Hoffentlich wird die energetische Entladung nicht registriert, wenn der Strahl den Ortungsschutz verlässt, überlegte er sich besorgt.

Dann richtete er seine Pistole auf die Fuge und wenige Augenblicke später fraß sich ein haarfeiner Strahl in das Metall. Nick vollzog mit der Waffe einen Kreis und es dauerte auch nicht lange, bis sich die ausgefräste Fläche wie ein Deckel aus der Wandung löste und krachend auf den Sockel fiel. Der Weg ins Innere war frei.

Nur kurz inspizierte Nick das herausgetrennte Material. Es sah aus wie Aluminium, ansonsten konnte er nichts Auffälliges daran erkennen. Er wartete noch eine Minute vor der Öffnung, und als sich nichts ereignete, betrat er den Raum hinter dem Eingang. Eine Wendeltreppe führte nach oben. Alles blieb dunkel. Er aktivierte den Scheinwerfer seines Strahlers und setzte den linken Fuß auf die erste Stufe.

Ich muss mich beeilen. Eine Überwachungsanlage könnte Alarm geschlagen haben.

Plötzlich spürte er einen fremden Impuls in seinem Bewusstsein. Mentale Kräfte versuchten, Besitz von ihm zu ergreifen. Sofort verstärkte er seinen permanent aktivierten geistigen Abwehrmechanismus.

Sans-ka-ri! Sans-ka-ri!

Der fremde Impuls ließ nach.

So schnell er konnte, lief Nick die Treppe hoch, aber je näher er dem Turmaufsatz kam, desto intensiver kamen die fremden Gedanken zurück. Nick verstärkte seinen geistigen Widerstrand ein erneutes Mal und konnte die mentalen Angriffe wieder erfolgreich abwehren.

Auf der obersten Treppenstufe angekommen, musste er wieder eine Öffnung in das Metall schneiden, dann betrat er mit größter Spannung das Innere des Turmaufsatzes und verschaffte sich im Schein seines Strahlers einen schnellen Überblick. Der Raum stand leer - nur in der Mitte leuchtete - auf einem fünfeckigen Absatz ruhend - eine fünfseitige Pyramide von einem Meter Höhe.

In diesem Augenblick wurden die fremden Ströme in seinem Geist fast unwiderstehlich stark. Eine sanfte, aber unerbittliche Stimme drang in ihn ein und füllte sein Bewusstsein aus: *Du bist ein Kind der Großen Fünf! Diene ihr! Du bist ein Kind der Großen Fünf! Diene ihr!*

Sans-ka-ri! Sans-ka-ri! Ich diene ihr nicht!

Nick konzentrierte sich ganz auf die Abwehr und spürte intuitiv, dass der Angriff von diesem seltsamen Gebilde in der Raummitte ausging.

Wenn ich die Pyramide ..., schoss ein Gedanke durch seinen Kopf, gleichzeitig nahmen die mentalen Kräfte an Intensität immer weiter zu und er musste seine gesamte Konzentration aufbieten, um sie aus seinem Bewusstsein zu verbannen. Das geistige Duell dauerte einige Minuten, dann hatte sich Nick von der unheimlichen Ummantelung etwas befreien können. Er schaltete unter größter Willensaufbietung seine Waffe auf Hitzestrahlen und schoss auf die Pyramide. Es gab ein berstendes Geräusch und auf einer Seitenfläche bildete sich ein tiefer Riss, dann brach die Pyramide krachend auseinander und eine schleimig- grüne Flüssigkeit ergoss sich über den Boden. Augenblicklich verstummten die fremden Impulse.

Geschafft!

Jetzt war es höchste Zeit zur Flucht.

Er fräste eine Lücke in die Außenwand, zwängte sich durch die Öffnung und entschwebte dem Turm. Als er sich einige Dutzend Meter von dem Aufsatz entfernt hatte, erfüllte ein gewaltiger Donner die Luft. Nick drehte sich erschrocken um und wurde Zeuge, wie das Bauwerk in einem hell aufleuchtenden Feuerwerk zusammenstürzte. Ein orkanartiger Luftstrom entwurzelte Bäume, riss Menschen zu Boden und hob Dächer ab. Dann wurde auch er von der Druckwelle erfasst, die ihn in wilden Wirbeln weit in die Höhe schleuderte, dann wieder - dem Boden gefährlich nahe kommend - in die Tiefe drückte, bis Häuser und Gärten in einem abermaligen Aufwärtsschwung weit unter ihm zurückblieben.

Allmählich ließ das Wüten der ungebändigten Kräfte nach. Nick atmete tief durch, glücklich, das Abenteuer überlebt zu haben, und machte sich auf den Weg zum Parkplatz am See, wo Jane ihr Heli-Car abgestellt hatte und sicher schon auf ihn wartete.

»Bei der Pyramide muss es sich um einen Mentalverstärker handeln«, resümierte Nick, als sie wieder an Höhe gewonnen hatten.

Jane äußerte sich zurückhaltend. »Du hast unverschämtes Glück gehabt. Die Aktion hätte dich das Leben kosten können und ich kann nur hoffen, dass niemand Verdacht geschöpft hat, als wir mit dem Heli-Car hier gelandet sind.«

»Dafür haben wir das Geheimnis der Türme herausgefunden. Der geistige Angriff ging eindeutig von dieser Pyramide aus. Je näher ich ihr kam, desto stärker wurden die Impulse. Ich vermute, die grüne Flüssigkeit, die nach meinem Schuss auslief, hat die Impulse von der *Großen Fünf* empfangen und an die Menschen weitergegeben. Die ganze Welt ist mit diesem Netz an Türmen umspannt. Sie garantieren ihre Herrschaft.«

»Das hilft uns ein Stück weiter«, freute sich Jane, schränkte ihre Zustimmung aber gleich wieder ein. »Von diesen Türmen muss es Hunderttausende geben. Die können wir nicht alle zerstören.«

»Das ist richtig«, meinte auch Nick. »Wenn wir den zentralen Ort ermitteln können, von dem die *Große Fünf* ihre geistigen Schwingungen aussendet, wäre das auf jeden Fall effektiver.«

»Zumindest wissen wir jetzt, wie wir den Einfluss der *Großen Fünf* wenigstens regional ausschalten können, das kann uns in unserem weiteren Kampf eine wertvolle Hilfe sein. Vielleicht könnten wir auch das Netzwerk nach dem Sturz der *Großen Fünf* übernehmen und es für unsere Zwecke nutzen.«

»Es wäre sicher interessant herauszufinden, wie sich die Zerstörung des Turms auf die Bewohner ausgewirkt hat«, bemerkte Nick.

Jane bestätigte. »Vielleicht haben wir die Gelegenheit, uns auf dem Rückweg darum zu kümmern.«

Am Flughafen erfuhren sie, dass der Transportflieger inzwischen gelandet war, die Tiere aber von der Lagerkontrolle noch nicht freigegeben waren. Das Procedere eines Gesundheitschecks mit gesetzlich vorgeschriebenen Impfungen stand dem Antilopenpärchen noch bevor. Nick und Jane hatten sich bis zur Aushändigung des Freigabezertifikats in eine nicht einsehbare Nische einer Flughafen-Cafeteria zurückgezogen und standen sich an einem Bistrotisch gegenüber. Jane sprach flüsternd mit fast unbewegten Lippen. Niemand sollte bemerken, dass sie sich mit einem unsichtbaren Partner unterhielt.

»Logistisch ist alles geregelt!«, erklärte sie Nick und nippte vorsichtig an einem Becher, der mit perlendem Fruchtsaft gefüllt war. »Die Spezialtransporter unseres Zoos stehen vor der Abfertigungshalle bereit. Ich warte jetzt nur noch auf die Lautsprecherdurchsage, dass ich ins Flughafenbüro kommen kann, um die Lieferpapiere entgegenzunehmen.«

Nick wunderte sich. »Läuft sowas bei euch nicht elektronisch?«

»Elektronisch?« Sie sah ihn fragend an und Nick verstand. »Sorry«, lenkte er ein. »Ich hatte vergessen, dass euer Kommunikationswesen auf einer anderen Energieform basiert.«

»Ja, auf mentaler Energie. Aber die Lieferpapiere sind noch ganz traditionell.«

Sie hielt einen Augenblick inne und betrachtete durch ein riesiges Fenster das Flughafengelände mit seinen asphaltierten Rollbahnen. Gerade stand ein Flugzeug zum Abflug bereit und wartete auf die Starterlaubnis durch den Tower. Direkt daneben ragte ein fünfeckiger Turm in die Höhe.

Janes Gesichtsausdruck änderte sich, als sie den roten Giganten registrierte. »Ich hatte dir ja schon erzählt …«, setzte sie noch einmal mit ihren Ausführungen an, »… dass Flugzeuge, Autos und Schiffe von derselben Energie betrieben werden, die auch die Gedanken der Menschen kontrolliert. Und jetzt, wo ich diesen Fünfeckturm neben dem Tower wieder sehe, wird mir auch klar, woher diese Kraft bezogen wird. Das ist ein sorgfältig gehütetes Geheimnis. Aber jetzt bin ich mir sicher: Diese roten Türme sind nicht nur Sendestationen für die mentale Beeinflussung der Bürger, sondern auch regionale Energieverteiler für das Betreiben technischer Geräte. Wenn ich telefoniere, mir einen Kaffee koche, die Heizung anstelle, oder wenn dieses Flugzeug gleich startet, die Energie kommt immer von diesen Türmen.«

»Und das hat man euch nie erzählt?«

»Nur, dass wir die Energie auf dem Luftweg von einem regionalen Versorgungssilo erhalten. Wo sich das befindet, ist ein Geheimnis. Man darf nicht einmal danach fragen.«

Nick war mit der Antwort noch nicht zufrieden. »Warum konntest du dann dein Heli-Car überhaupt starten, nachdem der Turm explodiert ist?«

»Die Energie wird in Speicherzellen gesammelt. Erst bei einem Restbestand von zehn Prozent schickt das Kontaktmodul eine Nachricht an die nächstgelegene Versorgungsstation. Durch die Luft wird dann wieder Nachschub in die Speicher gefüllt. Das geht automatisch und ich merke nie etwas davon, geschweige denn, dass ich mich darum selber kümmern muss.«

»Ein gut durchdachtes System«, anerkannte Nick, »aber angenommen, ihr stürzt die *Große Fünf*, dann würde doch die gesamte Energieversorgung überall auf der Welt zusammenbrechen und die Zivilisation ins Mittelalter zurückfallen.«

»Nicht, wenn wir es schaffen, die Energiequelle der *Großen Fünf* selbst zu übernehmen.«

Nick schwieg einen Augenblick, dann gab er zu bedenken: »Wer garantiert, dass die *Defekten* damit nicht auch gleich die mentale Kontrolle übernehmen?«

Jane sah Nick bestürzt an. Ihr Mund stand offen. »Das ... das kann ich mir nicht vorstellen.«

Nick blieb skeptisch. »Kennst du deine Leute dafür gut genug? Auch die Redlichsten können der Versuchung der Macht erliegen.«

Jane schwieg.

Nick wollte seine Gefährtin nicht weiter in Verlegenheit bringen. Er nahm sich vor, sie zu einem späteren Zeitpunkt noch einmal darauf anzusprechen, und wechselte das Thema. »Noch einmal zurück zur *Großen Fünf*: Ich stelle immer wieder fest: Alle Fragen nach Hintergründen und Zusammenhängen, auch nach dem Ursprung der *Großen Fünf*, sind offenbar tabu. Ich habe das im Museum erlebt, als ich nach der Identität der *Großen Fünf* gefragt habe. Selten bin ich so ins Fettnäpfchen getreten. Der Museumsdiener hat mich als Häretiker beschimpft und Alarm geschlagen.«

Jane nickte. »Um die Herkunft der *Großen Fünf* und wie sie regiert rankt sich in der Tat ein Geheimnis. Keiner darf danach fragen.«

»In totalitären Systemen steckt hinter solchen Verboten nicht selten die Angst vor Machtverlust. Die Herrschenden belügen das Volk, unterdrücken Wahrheiten und verhängen drakonische Strafen über alle, die ihnen auf die Schliche kommen. Manche arbeiten sogar mit Auftragsmorden. Das ist bei euch sicher nicht anders als bei uns.«

Nick senkte seinen Kopf und blickte nachdenklich auf die Tischoberfläche, deren Beschichtung wie ein Spiegel das räumliche Umfeld reflektierte - und zuckte vor Schreck zusammen. Das durfte doch nicht sein! Von der Platte leuchtete ihm sein Angesicht entgegen. Ein eiskalter Schauer lief ihm über den Rücken. Sofort schaute er auf seine Hand - und konnte sie sehen.

Er war sichtbar. Der Deflektor musste ausgefallen sein. Was war da bloß passiert? Hatte man ihn entdeckt und seine Waffe blockiert?

Auch Jane war erschrocken. Mit offenem Mund und weit aufgerissenen Augen starrte sie ihn an. »Nick, du bist plötzlich sichtbar. Etwas muss bei dir schiefgelaufen sein! Wir müssen jetzt gewaltig aufpassen, damit dich die *Rote Garde* nicht entdeckt!«

Doch es war schon zu spät.

»Hände hoch!«

Drei Rotuniformierte standen vor ihnen und richteten ihre Gewehre auf Nick und Jane.

Kapitel 9
Die *Große Fünf* schlägt zu

»Von der *Delcano* immer noch keine Nachricht!« Die stets fröhliche Funkoffizierin Mirella Mugasa musste einmal tief durchatmen und blickte verunsichert auf den Kapitän der *Lascasas*.

Gedankenverloren betrachtete André Coomb die Funkanlage, als hoffe er, der seelenlosen Elektronik das vom Flaggschiff so sehnsüchtig erwartete Lebenszeichen mit einem intensiv gedachten Wunsch entlocken zu können.

Erst Sekunden später kam seine Antwort auf die Meldung der Uganderin. »Überprüfen Sie, ob in Ihrem Gerät möglicherweise das Hyperfunkmodul ausgefallen ist, und dann versuchen Sie es mit der Kontaktaufnahme so lange, bis Nick sich wieder meldet!«

»Zu Befehl, Sir!«

Coomb wandte sich an die Raumüberwachung. »Brown, sind Ihnen in diesem von uns observierten System nennenswerte Objekte aufgefallen, die einer näheren Untersuchung wert sind?«

»Nichts, das wichtiger wäre als die Suche nach der *Delcano*, Sir!«

»Gut, dann kontaktieren Sie die *Wilberforce*. Bevor ich endgültig über den nächsten Schritt entscheide, will ich mich mit Xutl abstimmen.«

Kurze Zeit später war eine Verbindung mit dem Kommandanten der *Wilberforce* hergestellt. Auf dem olivgrünen Gesicht des Marsianers bildeten sich steile Sorgenfalten, als ihm Coomb von der ausgebliebenen Rückmeldung erzählte, und er wandte sich sofort an seinen Funkoffizier. »Mantel, nehmen Sie umgehend Kontakt mit der *Delcano* auf!«

»Zu Befehl, Sir!«

Sekunden später: »Keine Reaktion!«

Als Coomb die Nachricht von dem vergeblichen Kontaktversuch der *Wilberforce* erhielt, stand sein Entschluss fest: »Wir springen!« Dann wandte er sich noch einmal an Xutl: »Haltet euch in Bereitschaft, dass ihr sofort hinterherkommen könnt, wenn es nötig sein sollte. Noch hoffe ich ja, dass sich alles als harmlos herausstellt.«

Xutl bestätigte. »Das ist mir recht. Wir haben gerade mit der Untersuchung einer jupitergroßen Sonne samt ihrer Planeten begonnen und kommen bei Bedarf schnellstmöglich nach. Die Koordinaten sind bereits eingegeben. Ich programmiere die Sprungautomatik und setze sie auf Standby, dann sind wir im Notfall sofort bei euch.«

»Danke. Ich hoffe, es ist nicht nötig!«

»Viel Erfolg! Ende!«

»Danke! Euch auch! Ende!«

»Immer noch keine Verbindung?« Ein letztes Mal erkundigte sich André bei der Funkerin. Aber seine Frage hatte fast nur noch formalen Charakter. Die Antwort stand bereits fest: »Kein Kontakt zur *Delcano*!«

Zehn Minuten später aktivierte Coomb die Automatik zum Hypersprung.

Als sie die vertrauten Umrisse von Nord- und Südamerika auf dem Panoramaschirm registrierten, kamen sie aus dem Staunen nicht mehr heraus.

»Ich fasse es nicht!«, stammelte Eric Marsh. »Das ist die Erde!«

»Unmöglich«, widersprach André, fügte dann aber zögernd hinzu: »Es sei denn, wir haben das Universum bereits durchquert oder sind versehentlich rückwärts gesprungen.«

»Ich bin gespannt, was für eine Erklärung die Astrophysiker und Astronomen für diese unglaubliche Entdeckung haben«, meinte Eric Marsh.

»Wie steht es mit der Funkverbindung zur *Delcano*?«, wollte Coomb von Mirella Mugasa wissen.

»Immer noch negativ!« Ihr Blick war in der Zwischenzeit noch hilfloser geworden.

»Brown, versuchen Sie, die *Delcano* optisch zu erfassen. Sie muss sich im Orbit befinden!«

»Schon versucht, Sir! Bisher ohne Erfolg.«

»Versuchen Sie es weiter!«

»Ja, Sir!«

André wurde zusehends nervöser. Er rieb sich mit der rechten Hand den Schenkel und kratzte mit der linken seinen Hinterkopf.

»Was ist da bloß passiert?« Langsam streckte er sein Gesicht dem Bildschirm entgegen und wartete ungeduldig auf die erlösende Nachricht, dass die vermisste *Delcano* wieder aufgetaucht war oder sich zumindest gemeldet hätte.

Nichts.

Und dann ging plötzlich alles sehr schnell.

Das Bild auf dem Panoramaschirm wechselte. Statt der zweiten Erde leuchtete ihnen aus den digitalen Tiefen der Elektronik bedrohlich und beklemmend ein rotes Pentagramm entgegen.

Alle blickten verstört auf das seltsame Zeichen, ihre Gesichter waren bleich und starr vor Entsetzen.

Dann empfingen sie in ihrem Bewusstsein einen fremden Impuls, der immer stärker wurde und zunehmend Besitz von ihnen ergriff. Er drang in ihr Inneres, imprägnierte eine neue geistige Sphäre und formte alles Denken und Fühlen radikal um.

An der Besatzung der *Lascasas* vollzog sich eine unheimliche Wandlung.

Dann vernahm ihr Bewusstsein eine warmherzig-weiche Stimme, ob akustisch oder mental, vermochte niemand zu beschreiben. »Die *Große Fünf* begrüßt euch auf *Pentagon*, dem Planeten der *Pentagonier*!«

Alle lauschten wie gebannt. Niemand wusste, woher die Worte gekommen waren, und die Stimme war noch nicht am Ende: »Euer Raumschiff wird jetzt mit einem Leitstrahl auf die Oberfläche geführt! Es lebe die *Große Fünf*!«

Die Crew-Mitglieder in der Zentrale stimmten mit leeren Blicken in den Ruf des Unbekannten ein: »Lang lebe die *Große Fünf!*« Ihre Gesichter waren ausdruckslos, ihre Bewegungen wie in Trance. Und von den Stationen hallte das Lob der *Großen Fünf* vielhundertfach zurück.

Indes nahm die *Lascasas* Kurs auf Erde 2.

Die Uniformierten der *Roten Garde* bedrohten Nick und Jane mit ihren Waffen und forderten die beiden auf, sich widerstandslos zu ergeben, aber sie hatten nicht mit Nicks Schnelligkeit gerechnet. Per Gedankenbefehl teleportierte er die beiden Strahler aus den Holstern in seine schießbereiten Hände und betätigte im selben Augenblick die Abzugshähne. Für den sofortigen Gebrauch hatte er die Pistolen immer auf Lähmungs- und Streustrahl gestellt. Bündel hell aufleuchtender Lichtreflexe schossen wie zuckende Blitze aus den oberen Läufen, hüllten die Gegner in eine grell pulsierende Wolke und brachten sie augenblicklich zu Fall. Der Vorgang vollzog sich so unerwartet rasant, dass die Polizisten nicht mehr dazu in der Lage waren, auch nur einen einzigen Schuss abzufeuern.

»Schnell fort hier!«, rief Nick seiner stumm und bewegungslos vor ihm verharrenden Weggefährtin zu, aber dann verstummte er selbst, denn hinter ihm klang hart und brutal ein scharfer Befehl: »Keine Bewegung, nimm die Hände hoch und lass die Waffen fallen, sonst schieße ich!«

War alles umsonst gewesen?

Nick hob langsam die Arme, aber durch eine unauffällige Daumenbewegung stellte er seine Waffen auf Backstrahl. Mit der Umschaltung wurden automatisch zwei Schüsse in die entgegengesetzte Richtung der Läufe ausgelöst und zwei Bewaffnete sanken von den Strahlen getroffen betäubt auf den Boden.

Sofort ergriffen Nick und Jane die Flucht und strebten dem Ausgang der Cafeteria entgegen. Mit Schrecken aber sahen sie, dass bereits neue Uniformierte den Restaurantbereich erstürmten.

»Schnell durch diese Tür!«, rief Jane. Augenblicke später befanden sie sich in einem langen Gang.

»Hier sind nur Büroräume, da kommen wir nicht weiter, aber zurück geht es auch nicht!«, ächzte sie.

»Dann ab durch die Mitte!«

Ohne ein weiteres Wort zu verlieren, hasteten sie los, aber schon nach fünfzig Metern war der Gang zu Ende. Sie standen vor einem Fenster mit Blick auf das Rollfeld, der weitere Fluchtweg war ihnen versperrt.

Am Anfang des Ganges öffnete sich die Tür und ihre Verfolger stürmten mit gezogenen Waffen auf sie zu. Es musste jetzt schnell gehandelt werden.

Die Tür neben ihnen war verschlossen. Mit Desintegrationsstrahlen schoss Nick den Durchgang frei, dann blitzten die ersten Salven auf, aber es gelang Nick und Jane, gerade noch rechtzeitig in den schützenden Raum zu entkommen.

Nick grinste. »Jetzt zeige ich dir mal einen tollen Trick!«, sagte er zu Jane, die neugierig, aber auch etwas ängstlich mit verfolgte, wie er eine Strahlenpistole in seinen Holster zurücksteckte und an der anderen herumnestelte.

Ein kurzer Blick, der die Entfernung zum zerschossenen Eingang abschätzte.

- Die Schritte wurden lauter.

»Jetzt Winkel neunzig Grad links!«

- Wieder schaltete er an seiner Waffe.

»Und jetzt: Feuer frei!«

Nick richtete seine Pistole auf die Türöffnung und zog den Abzug durch. Ein Strahlenbündel schoss in gerader Linie hinaus auf den Gang, aber dann vollzog er im rechten Winkel einen Knick nach links und erfasste frontal die völlig überraschten Verfolger.

Nick und Jane hörten nur noch, wie sie zu Boden purzelten.

»Das ist ja eine richtige Wunderwaffe!«, jubelte sie anerkennend, dann wurde sie aber wieder ernst. »Wir sind hier in der Falle und kommen nicht raus!«

»Doch!«, widersprach Nick. »Dein Heli-Car hast du doch oben auf dem Dach geparkt?«

Jane nickte und wies mit dem rechten Arm an die Decke. »Direkt über uns, aber wie kommen wir da hin?«

»Hast du vergessen, was mit dieser Waffe alles möglich ist?«

Nick trat ans Fenster. »Wir gehen außen nach oben - vielmehr: Wir schweben!«

Er öffnete das Fenster, nahm Jane an die Hand, aktivierte die

Antigravfunktion des Strahlers und wenig später schwebten sie an der Außenwand entlang dem nächsten Stockwerk entgegen. Zum Dach waren es nur noch wenige Meter. Aber in diesem Augenblick schrillte eine Sirene durchdringend über das Gelände.

»Jetzt sind alle alarmiert. Man wird sich denken, dass wir versuchen wollen, dein Heli-Car zu erreichen«, befürchtete Nick. »An der Dachoberkante müssen wir vorsichtig sein!«

Während sie immer höher glitten, hatte Nick etwas Zeit, über ihre Situation nachzudenken. Einiges kam ihm seltsam und widersprüchlich vor. Warum setzte die *Große Fünf* die *Rote Garde* ein, um ihrer habhaft zu werden? Er hatte doch selbst erlebt, dass sie über ganz andere Möglichkeiten verfügte, um einen Menschen in ihre Gewalt zu bekommen - und offenbar auch ohne den Einsatz geistiger Kräfte. Immer wieder musste er an das Ereignis vom Vormittag denken, als ein junger Mann vor den Augen aller Anwesenden in einer leuchtenden Entladung verschwand. Warum hatte ihr unbekannter Gegner ihn und Jane nicht mit derselben Methode eingefangen?

Nachdenklich betrachtete er seine Waffe. Bei dem Buchstaben D leuchtete das Kontrolllämpchen in einem hellen Rot, ein Hinweis der Elektronik, dass bei der Deflektorfunktion eine Störung vorlag.

Aber warum war der Deflektor so plötzlich und grundlos ausgefallen, während alle anderen Optionen seiner Strahler noch einwandfrei funktionierten? War die *Große Fünf* vielleicht doch nicht so mächtig, wie er gedacht hatte, und die Entführung des jungen Mannes nur eine geschickt inszenierte Propaganda-Show?

Aber möglich wäre auch ...?

Ihm kam ein furchtbarer Verdacht. Wieder musste er an das grausame Schicksal der Sioux am *Wounded Knee* denken ...

Dann blieb keine Zeit mehr für weitere Überlegungen. Er musste sich wieder auf die aktuelle Situation konzentrieren.

Kurz vor der Oberkante stoppte Nick den Aufstieg.

»Dein Heli-Car ist nur zwanzig Meter von hier entfernt.« Jane hatte sich aufgrund der Position des Towers den Standort ihres Fluggerätes gut merken können.

»Ich vermute«, sagte Nick, »dass sie dein Car bewachen, weil sie denken, dass es das Ziel unserer Flucht ist.«

»Und damit haben sie ja auch nicht so ganz unrecht!«, bestätigte Jane. »Wir werden sofort abgeschossen, wenn wir versuchen, über die Kante auf das Dach zu kommen. Vielleicht wissen sie auch schon, dass wir hier festhängen und halten ihre Gewehre im Anschlag. Was können wir tun?«

Nick grinste erneut. »Dasselbe wie im Büro.« Mit diesen Worten stellte er seine Pistole auf Knickstrahl, justierte Winkel und Richtung, hielt die Waffe nach oben und feuerte los. Wieder schossen Energiebündel mit Streustrahlwirkung bis kurz über den Absatz des Flachdaches, dann knickten sie im rechten Winkel ab und folgten weiter ihrer Bahn.

»Volltreffer!«, freute sich Nick eine Sekunde später.

»Woher weißt du das so genau?«, wollte Jane wissen.

»Das Display meldet es mir. Es zeigt die Form des getroffenen Objekts an, und die Umrisse lassen darauf schließen, dass es Menschen sind.«

Vorsichtig lugte Nick über die Kante. Sein Blick traf auf drei Uniformierte, die bewegungslos vor Janes Heli-Car auf dem Betonboden des Flachdaches lagen.

Nick nahm Jane an die Hand, aktivierte den Schutzschirm und eilte zusammen mit ihr auf das ovale Fluggerät zu. In diesem Augenblick wurden sie vom Treppenschacht aus unter Beschuss genommen. Feurige Kugelblitze werfend, prallten die grellgelben Strahlensalven auf den Schirm und umgaben die beiden Verfolgten mit einer leuchtenden Aura. Nick erwiderte das Feuer, der feindliche Beschuss ließ nach.

Nach wenigen Metern hatten sie das Heli-Car erreicht und gingen dahinter in Deckung.

Jane griff zu ihrer Fernbedienung - ein Knopfdruck, und die durchsichtige Schutzhaube kippte nach oben, um den Eintritt freizugeben. Dafür musste Nick den Energieschirm wieder abschalten, weil der Strahlenschutz zum Hinsetzen und Bedienen der Instrumente eine unüberwindbare Barriere darstellte. Seine Deaktivierung war riskant, aber unvermeidbar.

»Sie werden das Car mit ihren Strahlen beschädigen, dann kommen wir nicht weg!«, kreischte Jane laut auf.

Nick begriff. Blitzartig aktivierte er den Schirm erneut. Jane war hinter ihrem Fluggerät vor weiterem Beschuss relativ sicher. Er konnte es wagen! Mit einem weiten Satz kam er aus der Deckung hervor, schaltete seine Pistolen auf Konsistenzstrahlen und stürmte den Eingang der kuppelförmigen Konstruktion. Sofort zuckten ihm Strahlenbündel entgegen und tauchten ihn in ein blendend helles Licht, das ihm die Sicht zum Zielen verwehrte. Blind schoss er in die Richtung, aus der die Lichtfinger ihm entgegenblitzten, und der Dauerbeschuss zeigte Wirkung. Das feindliche Feuer ebbte ab und versiegte schon nach wenigen Sekunden wie ein gelöschter Wiesenbrand. Vorsichtig näherte er sich dem Aufbau und blickte ins Treppenhaus. Drei Polizisten der *Roten Garde* lagen wie hingegossen einen Stock tiefer vor der ersten Stufe. Sie mussten sich im oberen Bereich der Treppe kurz vor dem Ausgang verschanzt haben und wurden dann von den Streustahlen erwischt. Von ihnen drohte keine Gefahr mehr.

Janes verzweifelte Schreie rissen Nick aus seiner Betrachtung. Er hetzte zum Heli-Car zurück und sah schreckensbleich, dass ihre Haarspitzen Feuer gefangen hatten - wahrscheinlich durch einen verirrten Streifschuss, der sie beim Einsteigen getroffen hatte. Lodernde Flammen fraßen sich in Windeseile einen Weg nach oben. Er musste sofort handeln. Mit einem schnellen Klick stellte er eine der beiden Waffen auf Kältestrahl und richtete den Lauf auf seine Weggefährtin. Ein gezielter Schuss auf die Flammen - der Brand war gelöscht. Erleichtert warf sich Jane in seine Arme und Nick drückte sie fest an sich. Er genoss ihre Nähe, aber es irritierte ihn auch, dass die Gefühle der Zuneigung immer stärker wurden. Sie war nicht *seine* Jane, aber irgendwie war sie es doch.

»Verletzt?«, fragte er besorgt.

Sie schüttelte stumm den Kopf.

Dann nahmen sie wieder ihre Plätze im Heli-Car ein und Nick drückte die Sichthaube zurück in die Arretierung. Jane beugte sich über die Steuerkonsole und prüfte die Systeme. Als sie keine Störung feststellen konnte, betätigte sie zwei Schalter, das Fluggerät hob ab und bald darauf überflogen sie Terminals und Lagerhallen, dabei achtete Jane sorgfältig darauf, nicht zu hoch zu steigen, sondern dicht über den Dächern zu bleiben.

»So können sie keine Kanonen einsetzen. Ihre Zielerfassung ist auf solche kleinen Winkel nicht eingestellt«, erklärte sie.

»Und wenn wir außerhalb des Flughafengeländes sind?«, fragte Nick zurück.

»Wir bleiben auch dort flach, dann können uns die Kanonen nichts anhaben.«

»Wohin werden wir jetzt fliehen?«

Jane zögerte einen Augenblick, dann rückte sie mit einem wichtigen Hinweis heraus. »Eigentlich ist es streng vertraulich, ich darf mit niemandem darüber reden, aber unsere Situation ist eine andere. Die Widerstandsbewegung hat hier in diesem Gebirge…«, sie deutete auf die nahen Berge »… einen unterirdischen Stützpunkt. Wir landen einige Kilometer von ihm entfernt und schlagen uns im Schutz der Felsen zu Fuß bis zum geheimen Eingang durch, aber keiner darf uns orten. Wenn man uns auf dem Weg dorthin erwischt, muss ich mich töten, damit man den Standort nicht aus mir herauspressen kann.«

»Raue Sitten!«, bemerkte Nick in fast stoischer Ruhe. Dann blickte er nervös nach oben. Ein dumpfes Röhren, das immer lauter wurde, hatte ihn verschreckt.

Er gewahrte über ihnen zwei Hubschrauber, die sich dem Heli-Car schnell näherten. Jane zog eine Schleife, ein erster Schuss verfehlte sie knapp. Dann befanden sie sich zwischen zwei hoch aufragenden Flughafenhotels und hatten etwas Deckung. Nick öffnete die Sichthaube, wartete, bis ein Verfolger aus dem Hintergrund der Fassade kommend wieder sichtbar wurde und zielte auf dessen Rotorblätter. Dann erfolgte der Schuss. Zwei Strahlen blitzten in der Mittagssonne auf und übertrafen sie sogar an Helligkeit, sie schossen auf den Verfolger zu, erfassten ihr Ziel und brachten das Metall der Blätter zuerst zum Glühen und dann zum Schmelzen. Der Helikopter verlor an Höhe, geriet ins Schlingern und stürzte mit berstendem Getöse auf eine Grünfläche zwischen den Hoteltürmen, wo er sofort in Flammen aufging.

Nick atmete erleichtert durch. Diese Gefahr war vorbei und weitere Tote hatte es bei dem Aufprall auch nicht gegeben.

Der nächste Schuss kam aus dem anderen Hubschrauber und traf das Heck des Heli-Cars. Eine Rauchwolke hinter sich herziehend, verlor es schnell an Höhe.

»Wir stürzen ab!«, schrie Jane in wilder Panik.

»Versuche eine Notlandung auf dem Dach rechts unter uns!«

Verzweifelt vollzog Jane eine enge Kurve und drückte das Fluggerät nach unten. Schnell näherte sich das Dach. Jane drosselte das Tempo und die Maschine setzte schräg auf die Betonpiste auf, schrammte ächzend und krachend über die hellgelbe Flachdachfläche, verlor weiter an Tempo, näherte sich aber noch immer viel zu schnell der anderen Seite des Daches. Schon kam der tödliche Abgrund unaufhaltsam auf sie zu. Gleich würden sie in die Tiefe stürzen.

»Nach links!«, schrie Nick und hätte am liebsten selbst in die Steuerung gegriffen. Aber Jane lenkte das schwer beschädigte Fluggerät so gut es ging. Die Drehung gelang im letzten Augenblick und das Heli-Car rutschte unter infernalischem Geknirsch dem kuppelförmigen Aufbau entgegen, dessen Wand rasend schnell auf sie zustürzte, dann gab es einen ohrenbetäubenden Donner und die Fahrt mit dem Heli-Car hatte ihr Ende gefunden.

Von dem Irrflug erschöpft, aber froh, die Hetzjagd überlebt zu haben, krochen Nick und Jane aus den Trümmern des zerstörten Fluggerätes. Da hörten sie über sich wieder ihren Verfolger. Das dumpfe Dröhnen wurde immer bedrohlicher und dann sahen sie den Hubschrauber um eine Hochhausfassade herum auf sich zukommen, bereit, sein tödliches Feuer den Flüchtenden entgegenzuschleudern. Schon explodierten die ersten Salven, aber sie konnten nichts ausrichten. Nick hatte noch rechtzeitig den Schutzschirm aktiviert. Die flammensprühenden Geschosse umhüllten sie in einem grausig-grässlichen Leuchten, das jedem außenstehenden Betrachter den Eindruck mittelalterlicher Höllenfeuervorstellungen vermitteln konnte.

Schnell verzogen sich Nick und Jane hinter den Trümmern des Heli-Cars.

Als Nick auf seine Weggefährtin mit ihren angekokelten Haaren blickte, wie sie neben ihm kauerte und aufmerksam, aber auch mutig und entschlossen das zweite Kommen des zwischenzeitlich abgedrehten Hubschraubers erwartete, wurde ihm wieder warm ums Herz und er musste innerlich lächeln. Sie sah angeschlagen aus, war aber noch immer wunderschön und sehr attraktiv.

Kann man zwei Frauen gleichzeitig lieben?, überlegte er sich. *Aber sind es überhaupt zwei verschiedene Frauen?*

Einerlei. Jetzt musste schnell gehandelt werden.

»Ich zeig dir ein weiteres Wunderwerk meiner Waffen!«, verkündete er fast stolz und stellte seine beiden Strahler auf neue Funktionen ein.

Als der Helikopter nach einer Schleife sich ihnen wieder laut dröhnend näherte, um sie erneut unter Beschuss zu nehmen, hob Nick seinen rechten Arm dem Angreifer entgegen und schoss. Augenblicklich war der Hubschrauber von einem wabernden Strahlenkranz umhüllt, aber weder Außenhülle noch Rotorblätter nahmen irgendeinen Schaden.

Jane sah Nick fragend an. Dieser nahm aber nur eine weitere Einstellung an einer Waffe vor und zu ihrem maßlosen Erstaunen wurde der Schrauber unaufhaltsam in die Tiefe gezogen. Nichts konnte ihn aufhalten, bis er sanft auf dem Hoteldach niedergegangen war.

»Wir nennen das *Traktorstrahlen*«, klärte Nick auf, »und mit der nächsten Option mache ich mir die Insassen gefügig.«

Aber dazu sollte es vorläufig noch nicht kommen. Sie hörten eilende Schritte, die aus der Tiefe des Treppenhauses zu ihnen hochhallten und der Dachterrasse gefährlich nahekamen. Dann tauchte der erste Uniformierte direkt hinter ihrem Rücken aus dem Dunkel der Eingangskuppel auf. Jane reagierte sofort. Sie hatte vor dem Start den betäubten Polizisten die Gewehre abgenommen und schoss durch den Eingang des Aufbaus den

Angreifer nieder. Mit einem gellenden Schrei kippte er zurück in das Treppenhaus. Dann nahm Nick mit Streustrahlen den Eingangsbereich unter Beschuss. Die Strahlenbündel dehnten sich zu fluoreszierenden Wolken aus und setzten alles außer Gefecht, was mit ihnen in Berührung kam. Schnell wurde es wieder still.

»Gut reagiert, Jane!«, lobte Nick »Und nun kümmern wir uns um den Hubschrauber!«

Mit diesen Worten gingen er und Jane auf die gelandete Flugmaschine zu. Durch die Frontscheibe hatten sie Einblick in die Kabine. Drei Rotuniformierte waren gerade im Begriff, mit schussbereiten Gewehren den Schrauber zu verlassen.

Als sich das Schott öffnete und die Männer nach draußen traten, richtete Nick seine linke Waffe auf sie, betätigte den Abzug und befahl: »Waffen nieder!«

Die Wirkung blieb aus. Stattdessen eröffneten sie das Feuer. Im Schutz des Energieschirms blieben die Strahlen aber ohne Wirkung.

Irritiert starrte Nick auf seine Waffe.

Schon wieder einer dieser seltsamen Ausfälle.

Dann stellte er mit noch größerer Verwirrung fest, dass der Anzeiger für eine Störung der Hypnosefunktion nicht leuchtete - das war anders als bei dem Deflektor. Fassungslos schüttelte er den Kopf.

Die Hypnosestrahlen müssen *funktioniert haben. Es liegt keine Störung vor,* überlegte er verzweifelt. *Ist die Polizei gegen geistige Beeinflussung von außerhalb etwa immun?*

Kurz entschlossen stellte er die Pistole auf Lähmungsstrahlen und betäubte ihre Gegner, dann stiegen sie in den Hubschrauber. Die Steuerungselemente waren Nick vertraut. Sie glichen den irdischen. Diesen Hubschrauber konnte er bedienen.

»Wir starten!«, rief er Jane zu.

Mit einem Knopfdruck schloss er das Schott, dann aktivierte er das Turbinentriebwerk, die Rotorblätter begannen sich zu drehen und kurz darauf hob der Helikopter von der Dachfläche ab.

Sie hatten den Airport und das Stadtgebiet hinter sich gelassen und waren in die Appalachen eingetaucht. Nach Janes Anweisungen steuerte Nick den Schrauber über sattgrüne Matten und bizarre Felsformationen.

Die Situation hatte sich in den letzten Minuten ein wenig entspannt, aber auf Nicks Stirn bildeten sich steile Sorgenfalten. Er traute dem Frieden nicht und zunehmend beherrschte ihn das beunruhigende Gefühl einer dumpfen Vorahnung. Irgendetwas erschien ihm nicht stimmig. Trotz mancher Bedrängnisse war ihm die Flucht zu glatt verlaufen.

»Fünf Hubschrauber verfolgen uns!« Janes entsetzter Aufschrei riss ihn aus seinen Überlegungen

»Wie weit ist es noch bis zu unserem Ziel?« Nick sah besorgt aus der Frontscheibe. Ihre Gegner kamen näher. Sie hatten schnellere Fluggeräte.

»In zwanzig Kilometern haben wir einen herzförmigen See unter uns. Von dort müssen wir uns zu Fuß zum Eingang des Stützpunktes durchschlagen.«

»Zwanzig Kilometer sind nicht viel«, prognostizierte Nick, »aber ich fürchte, für uns zu lang. Bis dahin haben uns die anderen eingeholt. Wir müssen uns was einfallen lassen!«

»Wenn sie uns zu nahekommen, schießen sie uns einfach ab«, befürchtete Jane. Ihr Gesicht wurde immer ernster, dann fügte sie bitter hinzu: »Und das scheint nur noch eine Frage der Zeit zu sein. Dabei hätten wir es fast geschafft.«

»Noch haben sie uns nicht!« Wilde Entschlossenheit war aus Nicks Stimme herauszuhören, als er weitersprach. »Ich hab' auch schon eine Idee. Kommen wir vor dem angepeilten See noch über einen anderen?«

Janes Antwort verriet, dass sie sich in der Region gut auskannte. »Diese Landschaft hat viele Seen. Wenn wir bei einem anderen landen, müssten wir nur einige Kilometer länger gehen, aber das ist machbar. Willst du früher runter?«

Nick musste ein wenig schmunzeln. »*Runter* ist das richtige Wort. Du kennst doch die alte Pilotenweisheit: Mach dir beim Fliegen keine Sorgen. Runter kommst du auf jeden Fall!«

Jetzt verkniff auch Jane ihre Lippen zu einem verhaltenen, aber bitteren Lächeln. »Den Spruch gibt es auch bei uns. Aber ich möchte gerne mitentscheiden, *wie* ich runterkomme.«

»Ich fürchte, uns bleibt da keine andere Wahl. Zeig mir den Weg zum nächsten See.«

»Ok, dann biege im Winkel von 30 Grad in südwestliche Richtung ab!«

Nick folgte Janes Anweisungen. Unter ihnen ließen sie schmale Grate, steile Felswände und geröllige Abhänge hinter sich. Ein sprudelnder Gebirgsfluss schlängelte sich durch enge Schluchten, seine Wasser stürzten sich bei Katarakten meterweit in die Tiefe, Gischt wirbelte an Stromschnellen in unzähligen hell glitzernden Kristallen hoch, schattige Einschnitte vermittelten düstere und bedrohliche Seiten schwer zugänglicher Gebirgswelten.

Währenddessen erläuterte Nick seinen Plan. Er war bereit, aufs Ganze zu gehen.

Dann wurde ein erster Schuss auf sie abgegeben, der aber

sein Ziel noch weit verfehlte. Um die Steuerung zu bedienen, hatte Nick den Körperenergieschirm ausgeschaltet gelassen, aber jetzt war das Risiko zu groß. Er programmierte eine Schleife, stellte den Kurs auf Automatik und aktivierte seinen Schirm. Der angesteuerte See lag jetzt direkt unter ihnen.

»Wir lassen uns einfach abschießen!« Nick war erstaunt, wie emotional unberührt er von dem geplanten Absturz gesprochen hatte. »Unter unserem Schirm sind wir beide sicher und geschützt.«

Zwei weitere Energieblitze streiften den Hubschrauber, der dritte traf den Rotor. Der Schrauber kippte nach unten und schoss heulend der spiegelglatten Oberfläche entgegen. Sekunden später stürzte er laut klatschend und meterhohe Wellen aufpeitschend in das Wasser und versank durch die Wucht des Aufpralls sofort in die dunklen Tiefen des Sees.

Die Hubschrauber zogen noch eine Schleife um die Absturzstelle, dann drehten sie bei und kehrten zu ihrem Standort am New Yorker Flughafen zurück.

Der Aufprall war für Nick und Jane so heftig, dass sie wie ein Gummiball durch die Kabine geschleudert wurden. Nick kannte diesen Vorgang schon von früheren Einsätzen. Außer einigen Purzelbäumen konnte nicht viel passieren, weil sie durch den Energieschirm vor Stößen und Verletzungen geschützt waren, und der auf Janes körperspezifische Energieschwingungen programmierte Individualsensor verhinderte, dass Nicks Weggefährtin bei der Berührung mit dem Dimensionsfeld auf der Schirminnenseite aus dessen Schutz teleportiert wurde. Nun aber befanden sie sich gemeinsam unter der Energiehaube und schlugen immer wieder gegeneinander. Jane war diese ungewohnte Dynamik so fremd. dass sie sich verbissen an Nick festhielt, während dieser zwischen den Stößen beruhigend auf sie einredete.

Dann wurden die Erschütterungen weniger, die Bewegung langsamer und sie kamen allmählich zur Ruhe. Wasser quoll aus einem Leck in die Kabine und hatte bereits den Boden bedeckt.

»Bist du unverletzt, Jane?«, fragte Nick seine Mitstreiterin nach ihrem Billard-Erlebnis.

Sie hielt sich den Kopf und stöhnte. »Mein Schädel brummt noch ganz schön, einige blaue Flecken habe ich mir bei diesem Ping-Pong auch zugezogen, aber ansonsten geht es mir gut.«

»Wir sollten sehen, dass wir rauskommen. Weißt du, wie tief dieser See ist? Das Messgerät hat den Aufprall nicht überstanden.«

»Der Seegrund muss bei vierzig Metern liegen. Wie sollen wir da wieder hochkommen?«

»Ganz einfach!«, erklärte Nick. »Der Schirm ist so eingestellt, dass die Luft nicht entweichen kann, so stellt der Schutz eine künstliche Blase mit einem natürlichen Auftrieb dar, der uns nach oben an die Wasseroberfläche bringt. Und sollte es wider Erwarten doch nicht vorangehen, kann ich die Rückstoßfunktion meiner Waffen einsetzen. Diese Option ist eigentlich für den Einsatz im Weltraum gedacht, aber unter Wasser funktioniert der Antrieb auch.«

»Und wie gelangt der Strahl von innen nach außen?«, hakte Jane interessiert nach.

»Wie bei den Schüssen auch. Er wird durch eine Vorrichtung an der Innenwand, die wir *Dimensionsfeld* nennen, nach außen teleportiert. Dass du bei dem Ping-Pong-Effekt nicht auch nach außen versetzt wurdest, hängt damit zusammen, dass das Feld auf deine Körperschwingungen programmiert ist und den Vorgang bei dir blockiert. Übrigens ähnlich auch mit der Luft, die mit dem Feld in Berührung kommt. Bei ihr ist die Teleportation ebenfalls deaktiviert.«

»Schön, aber die Luft ist doch nach einer gewissen Zeit verbraucht«, wandte Jane ein. »Warum ersticken wir dann nicht?«

»Im Strahler ist ein Sauerstoffmesser installiert. Unterschreitet der Sauerstoffgehalt eine kritische Marke, wird ein Impuls an das Dimensionsfeld ausgesandt, der einen Luftaustausch durch den Energieschirm hindurch vornimmt, ohne dass wir für diese Zeit ungeschützt sind. Voraussetzung dafür ist natürlich, dass sich außerhalb des Schirms sauerstoffhaltige Luft in der richtigen Zusammensetzung befindet.«

»Ich bin von eurer Technik immer wieder fasziniert!«, musste Jane zugeben.

»Die mentale Energie bei euch auf *Pentagon* ist aber auch nicht ohne!«, entgegnete Nick.«

Jane antwortete: »Es kommt nur darauf an, ob man sie zum Guten oder zum Bösen einsetzt.«

»Das ist das Entscheidende und darüber müssen wir noch einmal sprechen«, bestätigte Nick, dann warf er einen Blick auf die Frontscheibe. »Hier ist unser Ausgang.«

Er zerschoss die Verglasung und Wasser flutete in die Kabine. Mithilfe des Rückstoßes drückten sie sich durch die breite Öffnung und strebten schließlich der Seeoberfläche entgegen.

»Wir sollten möglichst im Schutz der Felsen wieder an Land gehen!«, bemerkte Nick. »Falls die Hubschrauber noch über uns sind, könnten sie uns sichten.«

Jane gab ihm recht. »Sie werden vermuten, dass wir bei dem Absturz ums Leben gekommen sind. Aber man wird die Absturzstelle genau untersuchen, und wenn sie unsere Leichen nicht finden, werden sie Verdacht schöpfen.«

»Was geschieht dann?«

»Sie werden auf dem Land nach uns suchen, aber bis dahin sind wir in Sicherheit.«

Eine Viertelstunde später konnten sie im Schutz der Felsen aus dem Wasser steigen.

Als Erstes schaltete Nick den Energieschutzschirm ab. »Man könnte den energetischen Prozess messen«, machte er Jane deutlich. »Leider funktioniert mein Deflektor nicht mehr. Die Gründe dafür sind mir nach wie vor schleierhaft. Ich bin durch den Ausfall des Deflektors also auch nicht ortungsgeschützt. Das erhöht die Gefahr, entdeckt zu werden.« Dann spähte er vorsichtig in den wolkenlosen Himmel. »Kein Hubschrauber zu sehen!«

Sie waren erleichtert, aber Jane mahnte zur Vorsicht. »Es kann sich jeden Augenblick wieder einer blicken lassen. Außerdem können sie uns auch aus großen Höhen orten. Wenn wir im Verborgenen bleiben, sind unsere Chancen größer.«

Nick meldete Bedenken an. »Nach all dem, was ich mit der *Großen Fünf* erlebt habe, möchte ich das bezweifeln. Ich habe mich die ganze Zeit schon gewundert, dass wir ihren Häschern so relativ einfach entkommen konnten.«

»Es war manchmal äußerst knapp«, schränkte Jane ein, aber dann stimmte sie Nick zögernd zu. »Ich finde es auch merkwürdig!«

»Hast du irgendeine Vermutung?«

»Nein. Was wir erlebt haben, ist auch für mich eine völlig neue Erfahrung!«

»Ich habe eine Befürchtung!«, bemerkte Nick völlig unerwartet-

Jane sah ihn neugierig an. »Auf die bin ich gespannt!«

»Könnte es nicht sein, dass die *Große Fünf* von dem geheimen Stützpunkt weiß und uns absichtlich laufen lässt, damit wir die *Rote Garde* dort hinführen?«

Janes Gesicht wurde plötzlich starr wie eine Maske. »Wenn das zutreffen sollte, dürfen wir keinen Schritt mehr weitergehen. Der Stützpunkt muss um jeden Preis geheim bleiben, sonst ist alles verloren. Am sichersten ist es, wenn wir uns töten.« Wortlos richtete sie ihr Gewehr auf ihn. »Ich fange bei dir an! Auch du bist ein Risikofaktor, denn du weißt, dass es den Stützpunkt gibt, und kennst die ungefähre Lage.«

Nick zuckte vor Schreck zusammen. Hatte er da eben richtig gehört? War das noch die Jane Lee, die er so liebte? Oder war das Double auf *Erde 2* doch eine ganz andere?

»Jane!«, flehte er sie an. »Bist du verrückt geworden? Wir sind ein gutes Team gewesen und haben in der kurzen Zeit schon so viel gemeinsam durchgestanden. War das alles null und nichtig?«

Jane öffnete ihre Lippen und Nick las Zweifel in ihren Gesichtszügen, dann nahm sie aber wieder jenen maskenhaften Ausdruck an, der ihn vor Angst erstarren ließ.

»Ja, wir sind ein gutes Team und ich habe die Zeit mit dir auch als schön empfunden. Ich könnte mir sogar gut vorstellen, dass wir ein Paar geworden wären, aber du hast ja deine eigene Jane und ich gehöre zu den *Defekten*. Du musst wissen, wir haben einen Eid abgelegt, dass die gemeinsame Sache über allem steht. Da dürfen persönliche Interessen keine Rolle mehr spielen. Meine Liebe muss allein dem Widerstand gehören, selbst über den eigenen Tod hinaus!«

»Jane!« Nick wurde immer verzweifelter. »Uns beide für ein Ziel zu opfern, von dem keiner weiß, ob es überhaupt erreichbar ist, kann nicht gut sein. Euer Widerstand setzt die falschen Prioritäten. Es muss andere Lösungen geben, als dich und mich zu töten.«

»Dann nenn mir welche!«

»Dass wir unsere Verfolger zu dem geheimen Stützpunkt führen könnten, war eine schnell überlegte Vermutung von mir. Weiß die *Große Fünf* überhaupt, dass die *Defekten* hier in den Appalachen eine wichtige Zentrale haben? Und wenn ja, hätte man sie dann nicht schon längst entdeckt und ausgehoben?«

Jane zögerte und blickte nachdenklich geworden in die Höhe, als wäre die Antwort auf den Wolken geschrieben. Schließlich entgegnete sie: »Du hast recht, davon ist mir zumindest nichts bekannt.«

»Siehst du!« drängte Nick weiter. »Man wird davon ausgehen, dass wir uns in den Bergen verstecken wollten, um einer Gefangennahme zu entgehen. Außerdem sind wir mit dem Helikopter in den See gestürzt. Man wird erst einmal dort nach uns suchen. Sollten wir diese Chance nicht nutzen, schnell unser Ziel zu erreichen, egal, ob die *Große Fünf* von diesem Stützpunkt weiß?«

Jane gab sich einen Ruck, sie zog die Stirn in Falten. Nick sah, dass sie in ihrem Inneren einen Kampf ausfocht. Aber plötzlich verwandelte sich ihr Mienenspiel in eine fratzenhafte Starre, und ihre Augen standen weit aus den Höhlen. Nick hatte fast den Eindruck, dass seine Gefährtin jeden Augenblick einen hysterischen Anfall bekommen würde.

»Du hast vorhin gesagt, dass wir das Ziel nicht erreichen werden. Du glaubst nicht an unsere Sache, und du hast nicht den Geist des Widerstands. Du passt nicht zu uns. Du willst keinen Sturz der *Großen Fünf*! Und weil du keine Chance siehst, jemals wieder zu deinen Leuten und zu deiner Jane zurückzukommen, willst du - mich!« Sie begann zu schluchzen. »Oh, ich dumme Kuh, warum begreife ich das erst jetzt?« Ihre Hände umfassten das Gewehr noch fester, die Finger zitterten um den Abzug herum.

Nick sah sich schon fast verloren. War alles umsonst gewesen? Sie glaubte ihm nicht. Was sollte er tun? Jeden Augenblick konnte es zu spät sein.

Sie zögerte.

»Jane!«, rief Nick. »Habe ich nicht beim Eindringen in den Turm mein Leben für eure Sache riskiert? Und habe ich je versucht, dich vom Kampf gegen die *Große Fünf* abzuhalten, damit ich dich nicht verliere?«

Keine Antwort.

»Jane, gib mir eine Chance zu beweisen, dass ich es ehrlich meine!«

Keine Antwort.

Die Spannung wurde unerträglich.

Dann gab sich Jane einen Ruck. »Ich kann uns nicht töten, Nick, aber ich gehe jetzt alleine weiter. Wir können dich im Widerstand nicht gebrauchen. Ich versuche, unbemerkt zum Stützpunkt zu kommen. Folge mir nicht, sonst könnte ich mich doch noch vergessen.« Nach einer kurzen Pause forderte sie ihn auf: »Lass den Gürtel mit deinen Pistolen zu Boden fallen und entferne dich einige Schritte!«

Nick zögerte. Was sollte er tun? Die Strahler in seine Hände teleportieren und schießen? Er hatte seine Waffen in den Holstern unter seinem Gewand versteckt, aber vergessen, sie auf Lähmungsstrahlen umzustellen. Er würde Jane mit dem Rückstoß treffen und töten. Aber das wollte er auf keinen Fall. Eine düstere Erkenntnis hämmerte knallhart und gnadenlos in sein Bewusstsein: Wenn nicht noch etwas Unerwartetes eintrat, waren seine Aussichten gering, diesen Planeten wieder zu verlassen.

Mit einem dumpfen Aufschlag landeten Gürtel und Pistolen auf dem felsigen Boden und Nick trat einige Schritte zurück.

Jane nahm den Gürtel an sich und legte ihn um ihre Schultern.

Sollte er versuchen, sie jetzt anzuspringen und unschädlich zu machen? Ausgerechnet Jane? Auch wenn es nicht *seine* Jane war? Er hatte Gefühle der Zuneigung zu ihr entwickelt. Gegen sie zu kämpfen, war ihm unmöglich, er brachte es einfach nicht über sich.

Jane machte sich zum Aufbruch bereit, aber vorher sah sie Nick noch einmal an, ihre Maske war verschwunden, das Mienenspiel wieder durchschaubar. Traurigkeit spiegelte sich in ihren grünen Augen.

»Es tut mir leid, Nick, aber ich diene einem höheren Ziel und musste so handeln. Wenn du die *Große Fünf* überlebst, wirst du es eines Tages vielleicht verstehen. Du musst in den Bergen ein gutes Versteck aufsuchen und dich von Beeren, Früchten und wildem Honig ernähren. Die Wälder bieten genug davon. Wenn du unentdeckt bleibst, holen wir dich vielleicht in einigen Wochen oder Monaten. Das kann ich aber alleine nicht entscheiden. Ich sage jetzt *Leb wohl* und ich meine es ernst, wenn ich dir wünsche: Mach es gut!«

»Jane, lass mich erklären!« Noch einmal versuchte Nick, seine Weggefährtin umzustimmen, aber das Double von *Pentagon* wandte sich von ihm ab und ließ ihn alleine zurück.

Von tiefer Niedergeschlagenheit befallen, blickte er ihr hilflos nach. Er war auf dem Tiefpunkt seines Abenteuers angekommen. Würde es für ihn noch einen Ausweg geben?

Aber noch lebte er, noch hatte die *Große Fünf* keine Macht über ihn. Und solange er lebte, konnte und wollte er hoffen.

Ein aggressives Schnaufen und Knurren, gefolgt von einem schrillen Aufschrei, ließ Nick das Blut in den Adern gefrieren.

Was war das?

Dann sah er mit schreckgeweiteten Augen, wie sich von der Seite hinter einem Felsblock ein Schwarzbär auf Jane stürzte und sie unter sich begrub. Scharfe Zähne ragten gefährlich aus seinem aufgerissenen Maul, elfenbeinfarbene, messerscharfe Krallen drohten jedes Opfer erbarmungslos zu zerfleischen. Der Überfall kam so plötzlich, dass für die Angegriffene keine Reaktion mehr möglich war. Dafür reagierte Nick. Ohne zu zögern packte er zwei Felsbrocken und schleuderte sie gezielt und mit Wucht gegen den Schädel des Bären. Das getroffene Raubtier brüllte vor Schmerzen auf und wandte sich seinem neuen Gegner zu, aber da war Nick schon heran und versetzte ihm einen kräftigen Fußtritt gegen die empfindliche Nase. Der nächste Schlag traf ihn mit seiner stahlharten Faust zwischen den Augen, und bevor der Pelzriese dazu kam, seinen plötzlich aufgetauchten Feind für eine Gegenreaktion genauer zu lokalisieren, bekam er von Nick noch einen geraden Tritt in den Bauch. Danach zog der Raumpionier sein Bein blitzschnell wieder zurück und entging damit knapp einem Schlag der mächtigen Pranke, die auf seinen Oberschenkel gerichtet war. Mit einem weiten Satz gewann Nick etwas Abstand und hielt sich seitlich von seinem Gegner auf. Aus Trainingseinheiten zum Überleben in der Wildnis wusste er, dass die Halsmuskeln dieser Pelztierart eine schnelle Kopfdrehung erschweren, so dass Bären seitlich nicht so weit schauen können. Dies nutzte Nick jetzt eiskalt aus. Er warf aus dem Sichtschatten heraus mit weiteren Steinen auf das Tier. Einer traf am Hinterkopf, der andere ging ins Auge.

Noch einmal brüllte der Schwarzbär auf, dann wurde es plötzlich ruhig und Nick konnte aufatmend beobachten, wie sich das Raubtier von ihm und Jane langsam trottend entfernte. Es war ein Kampf auf Leben und Tod gewesen, den Nick mit viel Geschick und einer Menge Glück überstanden hatte.

Nun war es Zeit, sich um Jane zu kümmern. Schnell war er an ihrer Seite.

»Bist du verletzt?«

Sie richtete sich mühsam auf, unternahm Tretversuche mit dem linken Fuß und stöhnte leicht. »Ich glaube, ich habe mir den Knöchel verstaucht. Ich kann nicht auftreten. Dann umarmte sie ihn. »Danke für deine Hilfe! Warum hast du das getan?«

»Weil ich dich liebe und an euer - unser gemeinsames Ziel glaube.«

Jane sah ihn überrascht an. »Du hast doch gesagt ... «

Nick lächelte. »Ich habe gesagt, dass keiner *weiß*, ob wir das Ziel, die *Große Fünf* zu stürzen, erreichen werden. Das können wir nicht wissen, weil niemand in die Zukunft blicken kann, aber wir können daran *glauben*!«

»Dann habe ich dich falsch verstanden?«

Der Raumpionier bestätigte durch ein Kopfnicken. »Du warst aufgeregt und verunsichert. Da macht man schnell mal Fehler.«

Jane senkte verschämt ihren Kopf. »So ist es wohl gewesen. Was ich gesagt und getan habe, war ganz schön blöd von mir. Kannst du mir noch mal verzeihen?«

»Wie könnte ich das nicht«, flüsterte Nick. »Aber wie kommen wir jetzt weiter?«

»Wir müssen es Stück für Stück versuchen. Wenn du mich stützt, werden wir es schaffen!«

»Und wie ist es mit dem Risiko, dass wir die *Große Fünf* ungewollt zu eurem Stützpunkt führen?«

»Ich will nicht daran glauben!« Fast trotzig hörte sich Janes Antwort an. »Und zurücklassen kann ich dich auch nicht. Dass ich dich allein gelassen habe und dich notfalls töten wollte, tut mir jetzt unendlich leid und ist mir absolut peinlich.«

Nick drückte seine Weggefährtin fest an sich. »Danke, dass du deine Meinung geändert hast. Du bist mir vorhin sehr fremd gewesen.«

»Und mir ist das alles verdammt schwergefallen, ich musste mich zwischen dir und meinem Eid entscheiden, den ich für die *Defekten* abgelegt habe.«

»Fühlst du dich jetzt nicht mehr daran gebunden?«

»Das Leben kann Eide manchmal ad absurdum führen. Wie kann ich überzeugend für Menschlichkeit eintreten, wenn ich selber unmenschlich handle und meinen Nächsten und vor allem denjenigen, dem meine Zuneigung gilt, ohne mit der Wimper zu zucken im Stich lasse?«

Nick sah sie traurig an. »So leicht ist es dir nun auch wieder nicht gefallen, das habe ich schon gemerkt, aber solche Konflikte hat es immer wieder gegeben. Ich sehe eure Widerstandsgruppe inzwischen sehr skeptisch. Dein Handeln hat mir gezeigt, dass eure ethischen Grundsätze für mich nicht immer einleuchtend und schon gar nicht gut sind.« Er unterbrach sich kurz, bevor er mit seinen Erklärungen fortfuhr und Jane eine wichtige Frage stellte.: »Um noch einmal auf unser Gespräch in der Cafeteria zurückzukommen: Bist du dir sicher, dass bei einem Sieg eurer Bewegung wirklich alles besser wird? Wäre es nicht viel wahrscheinlicher, dass lediglich die Herrscher ausgetauscht werden, sich aber an der Unterdrückung des Volkes nicht das Geringste ändert? Wie gut kennst du überhaupt eure Führer, dass du dir gewiss sein kannst, dass dieser Fall nicht eintreten wird?«

»Darüber habe ich noch nicht nachgedacht!«, musste Jane zugeben.

»Die Geschichte ist voll von solchen Beispielen. Im Namen der Menschlichkeit wurden totalitäre Systeme gestürzt, nur um von einer noch brutaleren Herrschaft abgelöst zu werden. Wir haben auf unserer Erde lange gebraucht, bis eine gerechte Weltregierung die Geschicke der Menschheit in die Hand nehmen konnte, und auch wir sind vor Rückschritten nicht gefeit.

Habt ihr überhaupt irgendwelche Vorstellungen, wie die Welt nach dem Umsturz regiert werden soll?«

»Ja, wir hoffen, dass die Menschen nach der Befreiung überall eigene Verwaltungen aufbauen, wie es vor dem *Pentäon* gewesen ist.«

»Und ihr befürchtet kein Chaos, wenn der mentale Einfluss nicht mehr vorhanden ist?«

»Doch, die Gefahr des Chaos besteht«, musste Jane einräumen. »Es wird sicher auch wieder Verbrechen und gewaltsame Konflikte geben. Das ist der Preis, den wir für die neu erlangte Freiheit zahlen müssen, aber vielleicht gelingt es, dass wir uns die mentale Energie der *Großen Fünf* dienstbar machen können, dann besteht die Möglichkeit, den Prozess der Erneuerung zu steuern.«

»Und habt ihr Mechanismen, um den Missbrauch der Macht zu verhindern oder zumindest einzudämmen?«, fragte Nick kritisch nach.

Jetzt war es Jane, die Nick traurig in die Augen sah. »Ich weiß es nicht. Vielleicht können wir uns beide dafür stark machen.«

»Wir werden euch mit dem Know-how unserer Expedition gerne zur Seite stehen, aber wenn die Transformation nicht gelingt, werden sich viele nach den alten Verhältnissen zurücksehnen, in denen es zumindest friedlich war. Und sie werden sie einfordern, vielleicht sogar mit Gewalt. Ihr pokert mit einem sehr hohen Risiko und ich weiß nicht, ob man allen *Defekten* wirklich trauen kann.«

»Was schlägst du vor? Den Kampf aufgeben?«

»Nein! Wir müssen unseren Weg zunächst fortsetzen. Uns bleibt keine andere Wahl.«

Jane nickte und hielt ihm seinen Gürtel mit den Pistolen entgegen. »Hier hast du deine Waffen zurück.«

Als Nick die Strahler entgegennahm und sie freudig in den

Händen hielt, hellten sich seine Augen plötzlich auf. »Was ist denn jetzt los?« Völlig verblüfft betrachtete er die Schaltflächen seiner Waffen.

»Ja? Ist wieder eine Funktion ausgefallen?«, erkundigte sich Jane und wartete mit Spannung auf seine Antwort.

»Ganz im Gegenteil. Das Feld mit dem *D* für *Deflektor* leuchtet nicht mehr.«

»Und das bedeutet?«

»Dass der Deflektor wieder funktioniert. Ich probiere es gleich mal aus.«

Einen Moment später war Nick unsichtbar. Als Jane ihn wieder sehen konnte, strahlte er sie an.

»Das löst gleich zwei Probleme!«

»Ich glaube, ich ahne, was du meinst!«

»Mit dem Deflektor sind wir vor Ortung sicher und können außerdem mit dem Antigrav bequem zu eurem Stützpunkt schweben.«

»Dann war es gut, dass ich dir die Waffen zurückgegeben habe.«

»Die Sache hat leider einen Wermutstropfen«, schränkte Nick die Freude seiner Weggefährtin ein.

Jane nickte. »Ja, es ist seltsam, dass der Deflektor plötzlich wieder funktioniert. Hast du eine Erklärung dafür?«

Nick sah sie etwas ratlos an. »Es könnte eine vorübergehende Störung gewesen sein. So etwas passiert bei technischen Geräten, wenn auch nur sehr selten, aber seltsam ist es schon. Gibt es am Flughafen irgendwelche technischen Einrichtungen, die den Deflektor blockiert haben könnten?«

»Ist mir nicht bekannt«, erwiderte Jane. »Und was war mit deinem Strahler los, als die *Roten Garden* aus dem Hubschrauber stiegen? Da hat doch auch irgendwas nicht funktioniert.«

Nick erklärte Jane die Wirkung der Hypnosestrahlen, dann bemerkte er: »Da war nie eine Störung. Warum die Waffe bei der Hubschrauberbesatzung nicht funktioniert hat, ist mir unverständlich. Vielleicht war in dieser besonderen Situation die mentale Beeinflussung der *Großen Fünf* stärker als die Wirkung der Strahlen.«

Er überlegte sich, ob er die Hypnosefunktion noch einmal bei Jane ausprobieren sollte, aber er würde es nicht tun, ohne sie vorher zu fragen. Doch sollte er wirklich? Einen Augenblick rang er mit der Entscheidung.

Es wäre für künftige Einsätze nützlich zu wissen, ob man sich auf die Hypnosestrahlen verlassen kann, schoss es ihm durch den Kopf.

Er hatte seine Entscheidung getroffen.

»Bist du damit einverstanden, wenn ich die Wirkung der Strahlen mal an dir ausprobiere? Es könnte für unsere Einsätze sehr nützlich sein.«

Jane nickte. »Mach das! Schäden werde ich doch keine davontragen?«

»Die Hypnosestrahlen sind physisch und psychisch völlig unschädlich!«, beruhigte Nick. »Um die Wirkung richtig zu testen, solltest du dich gegen meinen Befehl wehren, erst dann kommen die Strahlen richtig zur Geltung.« Jane bestätigte. Dann aktivierte Nick die Hypnosefunktion, zog am Abzugshahn und richtete die Mündung der Waffe auf Jane.

»Hebe deinen rechten Arm!«, befahl Nick.

Eine Sekunde verging, dann hob sie ihren rechten Arm.

»Ausgezeichnet! Und jetzt zeige mir deinen rechten Zeigefinger!«

Auch die zweite Anordnung führte Jane nach Nicks Vorgabe durch.

»Die Hypnosestrahlen funktionieren wieder einwandfrei«, freute sich Nick. »Du hast genau das getan, was ich gesagt habe.«

Jane nickte. »Das habe ich mitbekommen. Ich habe versucht, den Arm unten zu lassen, aber es ging nicht. Er hat sich gegen meinen Willen aufgerichtet.«

»So soll es auch sein«, bemerkte Nick. »Trotzdem beunruhigt es mich, dass die Hypnosewirkung bei der Helikopterbesatzung ausgeblieben ist.« Er sah sie fragend an. »Hast du vielleicht eine Idee?«

Janes Antwort war der Versuch, Nick ein wenig zu trösten. »Zerbrich dir nicht unnötig den Kopf darüber, nutzen wir lieber diese unerwartete Chance.«

»Du hast recht.«

Eine Minute später schwebten sie unsichtbar ihrem Ziel entgegen.

»Wir sind angekommen, hier bei diesem Steinhügel müssen wir runter!«

Jane zeigte auf einen pferdekopfähnlichen Felsen, der mitten aus einem immergrünen Koniferenwald zwanzig Meter hoch herausragte.

Am Fuß des Felsens setzten die beiden auf.

»Komm mit!«, sagte Jane und führte Nick halb um die Erhebung herum, bis sie vor zwei natürlichen Felsrissen, die ein Andreaskreuz bildeten, stehen blieb und mit der Kuppe des linken kleinen Fingers auf die Schnittstelle der beiden Linien drückte.

»Du kannst jetzt den Deflektor abstellen«, erklärte Jane. »Hier kann uns keiner orten. Der Sensor ist auf meine Energieschwingungen und die Abdrücke meines linken kleinen Fingers abgestimmt. Pass auf, was gleich geschieht!«

»Warum kann uns hier keiner orten?«, wollte Nick wissen.

»Erkläre ich dir später. Jetzt achte mal auf das, was gleich geschieht!« Interessiert blickte Nick auf das Kreuz, dann beobachtete er, wie sich eine winzige quadratische Fläche von etwa fünf Zentimetern Durchmesser zur Seite schob. Eine Stimme forderte Jane auf: »Identifiziere dich!«

Es folgte als Antwort eine komplizierte Folge von Zahlen und Buchstaben. Dann wurde sie gefragt: »Wer ist in deiner Begleitung?«

»Ein neuer Mitstreiter.«

»Du weißt genau, dass du niemanden in unseren Stützpunkt bringen darfst. Er könnte ein Spion sein!«

»Wir sind zusammen auf der Flucht gewesen. Es ging nicht anders. Außerdem bringen wir zu den Pentagramm-Türmen neue Erkenntnisse mit, die uns in unserem Kampf gegen die *Große Fünf* nützlich sein können. Mein Begleiter hat es herausgefunden und einen Turm sogar zerstört.«

»Auch das kann inszeniert sein.«

»Wenn er ein Verräter ist, könnt ihr uns sofort umbringen«, schlug Jane vor.

»Darauf könnt ihr euch verlassen. Der Neue soll sich identifizieren und beweisen, dass er nicht im Auftrag der *Großen Fünf* in deiner Begleitung ist. Außerdem meldet unser Archiv, dass er mit dem verstorbenen Testpiloten Nick Steel identisch zu sein scheint. Das bedarf natürlich auch einer plausiblen Erklärung.«

»Das kann mein Begleiter alles genau erläutern.« Sie wandte sich an Nick: »Bitte, du bist jetzt dran!«

»Ich fürchte, dass alles, was ich sage, auch gegen mich verwendet werden kann, aber ich will es versuchen!«

Dann erzählte Nick dem *Defekten* seine Geschichte und schloss mit der Bemerkung: »Und jetzt will ich euch beweisen, dass ich nicht von dieser Welt stamme, aber dazu habe ich noch eine Frage: Habt ihr die technischen Möglichkeiten, echte Fotografien von unechten zu unterscheiden?«

Die Antwort kam postwendend. »Über diese Möglichkeiten verfügen wir.«

Jetzt nahm Nick sein Handgelenkvisiphon ab und hielt es vor den Kontaktschirm, dann erklärte er die Funktion des Gerätes und schloss mit der Bemerkung: »Auf diesem Visiphon sind Fotografien von *Pentagon* gespeichert, die aus dem Weltraum aufgenommen wurden, dazu Nahaufnahmen von anderen Planeten und unserem Raumschiff, mit dem wir zu eurer Welt gekommen sind. Da ihr keine Raumfahrt betreibt, kann niemand von hier die Objekte eingefangen haben, es sei denn, die *Große Fünf* belügt euch und es hat doch schon Flüge durch den Weltraum und zu anderen Planeten gegeben. Ich biete euch an, die Echtheit zu überprüfen.«

Es dauerte eine Weile, bis Nick und Jane die Stimme wieder vernahmen. »Weltraumfahrten der *Großen Fünf* wären uns nicht entgangen. Unsere Spione sind überall. Wir lassen euch ein und prüfen umgehend das Gerät, welches du *Handgelenkvisiphon* nennst. Wenn wir die Bilder für echt befinden, bist du bei uns willkommen, andernfalls werden wir dich und Jane sofort töten.«

Nach diesen Worten wurde ein Teil des Felsens transparent, eine Öffnung tat sich auf, Leuchtkörper begannen, mattes Licht auszustrahlen und Nick und Jane betraten das Innere des Pferdekopffelsens.

Hinter dem Eingang befand sich ein Fahrstuhl, der sie in die Tiefe führte.

Während der Fahrt wollte Nick Genaueres zur Energieversorgung der unterirdischen Anlage wissen. »Du wolltest mir noch erzählen, warum uns hier keiner orten kann. Außerdem würde mich interessieren, mit welcher Energie hier eigentlich gearbeitet wird.«

»Wir arbeiten mit Erdenergie«, gab Jane zur Antwort. »Das Verfahren hat Professor Raskin entwickelt. Speichervorgang und Akkumulator sind tief unter der Erde installiert. Eine zusätzliche Spezialhülle dämpft die Intensität der energetischen Schwingungen. Das Orten der Restenergie wird von vier *Defekten* auf mentalem Wege verhindert. Auch die energetischen Prozesse deiner Waffen und deines Handgelenkvisiphons sind dadurch vor Ortung geschützt.«

»Beeindruckend«, musste Nick zugeben. »Ihr seid wirklich gut ausgestattet und denkt an alles.«

Nach fünf Minuten Fahrt hatten sie die unterste Ebene erreicht.

Die Lifttür öffnete sich und vor ihnen stand eine Gruppe Bewaffneter. Nick fiel zu seiner Verwunderung sofort auf, dass sie wie die Polizisten der *Roten Garde* aussahen - rotuniformiert und mit dem Pentagramm auf der Brust.

»Wieso sehen diese Männer wie eure Geheimpolizei aus?«, zischte er Jane voller Misstrauen zu.

»Das ist Strategie. Selbst in unseren eigenen Räumen soll es aussehen, als seien wir systemkonform.«

Das klang logisch, aber Nick hatte zunehmend Mühe, eine aufkommende innere Unruhe zu bekämpfen. Dann musste er wieder an die Unstimmigkeiten denken, die ihm aufgefallen waren, seitdem er allein auf Erde 2 war. Man hatte es ihm und Jane zu leicht gemacht und sein Gefühl sagte ihm untrüglich, dass irgendetwas hier nicht stimmen konnte. Sollte sich sein Verdacht etwa bestätigen ...?

Aber noch gab es für seine Befürchtung keinen äußeren Anlass. Jane und er wurden von den Männern des Empfangskomitees höflich begrüßt, einer von ihnen nahm Nick das Havi ab und dann wurden sie gebeten, ihnen zu folgen.

Der Weg führte sie durch weitverzweigte Gänge, die von zahlreichen Türen flankiert waren. Was sich dahinter verbarg, konnte Nick nur ahnen. Als immer noch kein Ende absehbar war, fragte er voller Ungeduld: »Wohin gehen wir eigentlich?«

»Wir sind gleich bei unserem Chef«, antwortete Jane.

Der Gang endete vor einer grauen Tür, die von zwei Rotuniformierten bewacht war. Einer der beiden gab den Zutritt frei und ließ die beiden in das Allerheiligste des unterirdischen Stützpunktes eintreten. Sie standen in einem schmucklosen Raum mit gelben Wänden und kreisförmig angelegten Sitzungstischen. Drei weißgewandete Männer mit Pentagrammen auf den bekannten Positionen ihrer Kleidung saßen ihnen gegenüber, dahinter ein großer Bildschirm, auf dem das Zeichen der *Großen Fünf* kalt und übermächtig wie der Morgenstern in der Hand eines mittelalterlichen Soldaten drohend in den Raum hineinleuchtete. An den Wänden war das Herrschaftsemblem, das in fünffacher Ausfertigung ein übergeordnetes Pentagramm bildete, der einzige Zierrat.

Nicks Misstrauen wuchs. Befand er sich wirklich in einem Stützpunkt der Rebellen? Es sah ihm eher nach einer Basis der *Großen Fünf* aus. War er möglicherweise seinem Gegner blind in die Falle gelaufen?

Der Mittlere aus der Dreiergruppe erhob sich von seinem Sitz und streckte seine Arme in einer freundschaftlich-jovialen Geste den Eingetretenen weit entgegen. »Ich bin der Führer des Widerstandes gegen die *Große Fünf*«, sprach er mit fast feierlich erhobener Stimme. »Mein Name tut nichts zur Sache, aber ich begrüße euch ganz herzlich in unserem unterirdischen Zentrum. Neben mir«, er verwies auf seine Tischnachbarn, »sitzen meine engsten Vertrauten. Zu dritt bilden wir ein Triumvirat, das alle Aktivitäten unserer Bewegung steuert und koordiniert. Wenn du bei uns mitarbeiten willst, Nick Steel, haben wir noch viel miteinander zu bereden. Nehmt an einem der vorderen Tische Platz!«

Nick entschied sich gleich für den ersten vor ihm stehenden Stuhl und ließ sich darauf nieder. Nach dem langen Marsch und den Zweifeln der letzten Minuten spürte er etwas Entspannung. Das Sitzpolster war sehr bequem, die Rückenlehne passte sich dem Verlauf seiner Wirbelsäule gut an. Er wollte sich noch einmal aufrichten, um seine Position ein wenig zu korrigieren, zuckte aber im nächsten Augenblick erschreckt und völlig verstört zusammen.

Was ist das?

Er war am Stuhl wie festgeklebt und konnte sich keinen Zentimeter mehr bewegen. Irritiert stemmte er seine Füße mit aller Kraft gegen den grauen Plattenboden, spannte die Waden- und Oberschenkelmuskeln an, stützte sich auf der Tischplatte ab, aber alle Versuche blieben vergeblich. Er saß fest. Bestürzt drehte er sich zu Jane, die links neben ihm saß, und wollte sie auf seine seltsame Beobachtung aufmerksam machen, aber dann erstarrte sein Blick, die Pupillen rollten vor grenzenlosem Erschauern und das Weiß seiner Augen leuchtete kalt und glasig aus tiefen Höhlen hervor. An seiner Wegbegleiterin vollzog sich eine unheimliche Veränderung: Ihre Haare wurden kürzer und waren plötzlich nicht mehr blond, sondern schwarz, das vertraute Antlitz verschwand, mutierte zu einem scharfkantigen, harten Männergesicht und statt des weißen Gewandes blitzte ihm feindselig die rote Uniform der *pentagonischen* Geheimpolizei entgegen.

Nick stockte der Atem.

»Jane!«, rief er außer sich vor Entsetzen. Er lehnte sich weit in seinen Sitz zurück, alle Muskeln verkrampften und seine zitternden Hände bedeckten die vor Erschrecken weit auseinandergerissenen Lippen. Er konnte nicht glauben, was seine Augen ihm vorspiegelten. Neben sich gewahrte er plötzlich nicht mehr den vertrauten Anblick seiner Weggefährtin, sondern einen Fremden, einen Vollstrecker der *Großen Fünf*. Wo war seine geliebte Jane geblieben?

Der Polizist grinste. »Deine Jane war nur eine Projektion. Ihr Aussehen wurde dir durch einen Sensual-Generator optisch, akustisch und stofflich vorgetäuscht. Die wirkliche Person hinter Jane Lee war *ich* und du hast die zurückliegenden Abenteuer nur mit mir, einem Mitglied der *Roten Garde*, erlebt. Die Soldaten, gegen die du gekämpft hast, waren allerdings vollständige Projektionen und nicht reell, kreiert von der allmächtigen *Fünf*. Ihr gehört unsere Verehrung. Es war alles eine geplante Inszenierung, eine Reality-Show für das Volk, das unsere Aktionen auf den Bildschirmen überall auf *Pentagon* mitverfolgen konnte. Wir ließen dich gewähren, damit alle ihren Spaß daran hatten. Ein Kompliment dürfen wir dir allerdings aussprechen, du hast so gut gekämpft wie kaum ein anderer und für unterhaltsame Stunden gesorgt. Von der Vielseitigkeit deiner Waffe waren übrigens alle sehr beeindruckt.«

Der Polizist unterbrach sich für einen kurzen Augenblick. Höhnisch lächelnd fuhr er dann mit seinen niederschmetternden Erklärungen fort: »Sicher hast du dich gefragt, warum deine Hypnosestrahlen auf dem Hoteldach nicht funktioniert haben, obwohl deine Waffe bis auf den Deflektor nicht blockiert war. Die Antwort ist einfach: Projektionen sind keine Lebewesen, die kann man mental nicht beeinflussen. Und dass du uns mit deinen Lähmungsstrahlen unschädlich machen konntest, war auch nur in Szene gesetzt, um dir und den *Pentagoniern* einen echten Kampf vorzutäuschen. Wir hätten dir natürlich auch bei den Hypnosestrahlen vorgaukeln können, dass sie wirken, aber da wollten wir halt mal sehen, wie du reagierst, wenn sie nicht funktionieren. Den Deflektor haben wir blockiert, damit du für alle Zuschauer sichtbar warst. Sonst hätte das Ganze keinen Spaß gebracht.«

Nach dieser Offenbarung konnte Nick den Uniformierten nur noch verzweifelt anstieren. Seine schlimmsten Befürchtungen schienen bestätigt.

»A ... alles nur Inszenierung? Es ... es gibt keine Jane? Auch keinen Professor Raskin? Keine Widerstandsbewegung? Keinen Testpiloten Nick Steel?«, stammelte er.

Wieder grinste der Polizist. »Nicht auf *Pentagon*. Seit dem zweiten großen Krieg im vergangenen Jahrhundert ist die Geschichte bei uns anders verlaufen als auf deiner Welt.«

»Wie seid ihr mir auf die Spur gekommen? Ich war doch ortungsgeschützt, bevor ihr meinen Deflektor deaktiviert habt.«

Jetzt lachte jener Mann, der sie begrüßt und sich als Führer der Widerstandsbewegung ausgegeben hatte. »Du - ja! Du warst in der Tat hervorragend geschützt, aber du hast einen entscheidenden Fehler begangen«, antwortete er Nick mit überheblichem Gebaren. »Du hast ja ununterbrochen versucht, mit deinem Schiff in Kontakt zu kommen, und als die Funksignale deinen Ortungsschutz verlassen hatten, war eine Lokalisierung ohne Weiteres möglich. Dann haben wir dich mit der Projektion von Jane in die Falle gelockt.« Nach einer kurzen Unterbrechung führte er weiter aus: »Von deinem Schiff brauchst du dir übrigens keine Hilfe erhoffen. Das befindet sich in unserer Gewalt und deine Geliebte bot für uns ein perfektes Vorbild für die Projektion.«

Nick fasste sich an den Kopf und begriff, dass er einen kapitalen Fehler begangen hatte. Was nützte der beste Schutz, wenn etwas aus dem Inneren nach außen drang und dann geortet werden konnte?

Ohne weiteren Kommentar befahl er eine Teleportation der beiden Pistolen aus den Holstern in seine Hände, aber ohne Erfolg. Der Vorsitzende des Triumvirats amüsierte sich und wiegte seinen Kopf mitleidig von der einen Seite auf die andere. »Deine Waffen haben wir natürlich schon längst sichergestellt. Die brauchst du jetzt nicht mehr, das Schauspiel ist vorbei.«

»Ihr habt mich zum Schauobjekt eines vergnügungssüchtigen Unterhaltungspublikums gemacht!«, schimpfte Nick, außer sich vor Wut und tiefer Enttäuschung.

Der *Pentagonier* stellte seinen Kopf etwas schräg. Tadelnd antwortete er auf Nicks Wutausbruch: »Na, na, wer wird denn gleich so undankbar sein. Wir hätten dich auch auf der Stelle töten können, stattdessen durftest du zeigen, was in dir steckt. Du hast weltweit große Bewunderung gefunden.«

»Ihr seid ein Verbrecherstaat, der rücksichtslos unschuldige Menschen opfert!«, haderte Nick mit seinem Gegenüber. »Ich wette, es gibt keine Häretiker und ihr sucht euch die Opfer willkürlich aus, um sie zu eurem Vergnügen leiden und sterben zu sehen.«

Der Sprecher wurde ungehalten. »Wir sind *kein* Verbrecherstaat. Unsere Vorgänger waren es, sie haben in sinnlosen Kriegen Millionen von Menschen geopfert, die *Große Fünf* hat der Welt den ewigen Frieden gebracht. Aber auch der größte Friede fordert seinen Preis. Das Böse in den Menschen kann selbst die *Große Fünf* nicht vollständig ausmerzen und - ja - sie trägt sogar selbst Anteile davon in sich, aber statt in Kriegen findet der Destruktionstrieb der Massen jetzt durch die Spiele seine Befriedigung. Nur einige Wenige statt Millionen müssen sterben. Das ist doch ein gewaltiger Fortschritt, oder?«

»Das eine wiegt das andere niemals auf. Menschen wollen keinen Krieg, es sei denn, sie werden durch Lügen- und Hasspropaganda gefügig gemacht, und ein Staat, der Unschuldige tötet, ist und bleibt ein Verbrecherstaat. Das ist meine tiefste innere Überzeugung und davon wird mich auch die *Große Fünf* niemals abbringen können.«

»Das glauben wir dir ohne Weiteres!«, höhnte der Weißgewandete. »Du verfügst über mentale Fähigkeiten, die selbst die *Große Fünf* nicht brechen kann, deswegen würdest du auf *Pentagon* immer ein Unsicherheitsfaktor bleiben. Weil du geistig nicht beeinflussbar bist, hat uns unsere gnädige Herrscherin angewiesen, dich in die vorzeitige *Segregation* zu schicken, die in einer Stunde an dir vollzogen wird, und dann haben wir uns des gefährlichsten Feindes entledigt, den *Pentagon* je gehabt hat. Es lebe die *Große Fünf*, die uns dreien die unbegreifliche Gnade erwiesen hat, *ihre* Sprecher zu sein!«

Nick nahm sein Todesurteil mit tiefster Niedergeschlagenheit entgegen. Entmutigt stützte er beide Ellenbogen auf den Tisch und verbarg das eingefallene Gesicht in seinen Händen. Er war der *Großen Fünf* leichtfertig in die Falle gegangen und fühlte sich wie ein Kind, das man mit falschen Versprechungen scheinheilig geködert hatte.

Am meisten aber quälte ihn die Erkenntnis, dass seine Mitstreiterin eine geschickt inszenierte Illusion gewesen war, mit der man ihn arglistig getäuscht hatte. Der unsichtbare Gegner konnte nur auf telepathischem Weg von seiner Beziehung zu Jane erfahren haben, dann hatte er dieses Wissen in einer teuflischen Scharade kaltblütig und gewissenlos dazu missbraucht, um der Welt ein besonderes Spektakel zu bieten.

Immer wieder musste Nick an die Erlebnisse mit seiner so scheinbar echten Gefährtin denken, an den gemeinsamen Weg, den sie beide durch alle Gefahren hindurch Seite an Seite gegangen waren, an seine Empfindungen, die er für sie schon nach wenigen Stunden entwickelt hatte, an ihre zarten Andeutungen der Zuneigung, durch die sie ihm in seiner emotionalen Not heilenden Trost, menschliche Wärme und liebevolle Nähe vermitteln konnte. Und dieses erfüllende Miteinander, das sie schon in dieser kurzen Zeit zusammengeschweißt hatte, sollte nur eine subtile Irreführung gewesen sein? Ein demütigendes Spiel mit seinen Gefühlen? Die arrogante Machtdemonstration eines unbarmherzigen Tyrannen?

Zu seiner Trauer gesellte sich ohnmächtige Wut. Die Erkenntnis, dass alles nur ein Riesenbetrug gewesen war und er die Hauptrolle in einer menschenverachtenden Show gespielt hatte, erschütterte ihn bis in die tiefsten Tiefen seiner angeschlagenen Seele. Sie hatten Jane so perfekt imitiert, dass er ihr Nahesein körperlich gespürt und ihre wohltuende Wärme bei jeder Umarmung genossen hatte. Die tiefe Freude über die empfundene Seelenverwandtschaft hatte er wie ein trockener Schwamm in sich aufgesogen, und noch immer nahm er ihre Nähe wie das einigende Band zweier Menschen wahr, die sich auf Gedeih und Verderb zueinander hingezogen fühlen.

Doch die Jane der vergangenen Stunden war nur ein subtiles Lockmittel. Was für ein gemeiner Hinterhalt, in den er leichtgläubig und naiv hineingeraten war! Was für ein niederträchtiges Spiel, das man mit ihm gespielt hatte! Und was für eine destruktive Philosophie und pervertierte Friedensethik, die auf dieser Erde von einer totalitären Macht als allgemeinverbindliche Maxime verbreitet und gelebt wurde.

Von der *Delcano* konnte er keine Hilfe erwarten. Immer deutlicher wurde ihm bewusst, dass er an einen Gegner geraten war, der ihm von Anfang an nicht die geringste Spur einer Chance gelassen hatte.

In seinem inneren Schmerz bemerkte er kaum, dass er von einer unsichtbaren Kraft angehoben wurde und schwebend den Raum hinter sich ließ. Über einen Gang brachte man ihn in eine winzige Zelle, in der sich nur ein Tisch, ein Stuhl und eine Liege befanden. Körperlich und seelisch völlig erschöpft warf er sich auf das Bett und schon nach wenigen Sekunden war er in eine tiefe Bewusstlosigkeit gesunken.

Als er wieder zu sich kam, fand er sich sitzend auf einem Stuhl, konnte sich aber nicht bewegen. Es war dasselbe Gefühl der Machtlosigkeit, das er schon bei der ersten Begegnung mit den Vollstreckern der *Großen Fünf* schmerzhaft erfahren musste: Eine unbekannte Kraft schien ihn auf seinen Sitz zu kleben.

Vier Rotuniformierte standen um ihn herum. Einer von ihnen trat an ein Steuerpult und berührte auf dem Eingabefeld einige in unterschiedlichen Farben leuchtende, fünfeckige Flächen, worauf ein leises Summen den kleinen Raum erfüllte. Von der Decke senkte sich eine Haube herab, die dem Haartrockner in einem Friseursalon nicht unähnlich sah. Kurz über seiner Schädeldecke stoppte sie in ihrer Bewegung.

Misstrauisch hatte Nick den Vorgang mitverfolgt, und unangenehme Erinnerungen aus der Zeit der ersten interplanetaren Expedition drängten aus den Tiefen seines Bewusstseins in das aktuelle Denken und Fühlen. Er sah sich zurückversetzt in die Marsstation Phobos auf einem Desintegrationsstuhl sitzend und von uniformierten Marsianern umringt, die ihn festschnallten und die letzten Vorrichtungen für seine Hinrichtung trafen. Auch bei jenem Ereignis hing eine Haube über seinem Kopf, durch welche die tödlichen Strahlen den Körper in seine Atome auflösen würden, und er wäre schon lange nicht mehr am Leben gewesen, hätte ihn nicht Xutl im letzten Augenblick aus seiner ausweglosen Situation befreit.[20]

Und jetzt erwartete ihn wieder dasselbe Schicksal. Nur, dass es diesmal keinen Xutl gab, der ihn aus dieser misslichen Lage herausboxen würde.

Die Stimme aus einem Lautsprecher bestätigte seine schlimmsten Befürchtungen: »Gleich wird sich dein Leib in seine Atome auflösen. Du hast dann das ewige Glück gefunden. Die *Große Fünf* wünscht dir einen guten Übergang. Noch 10 Sekunden bis zur *Segregation*, 9 ... 8 ...«

Nick zitterte seinem sicheren Tod entgegen.

Einige Stunden zuvor.

»Ich habe zu dieser Videokonferenz gerufen, weil ich Ihnen Entscheidendes für unsere nächsten Schritte mitzuteilen habe.«

Die Besatzungsmitglieder der *Wilberforce* hatten sich vor den Monitoren zusammengefunden und warteten mit Spannung auf das, was Xutl ihnen zu sagen hatte.

»Es können in kürzester Zeit Umstände eintreten, die ein schnelles Handeln nötig machen«, begann er seine Erklärungen. »Wie Sie wissen, ist der Kontakt zur *Delcano* abgebrochen und wir wissen nicht, was mit dem Schiff geschehen ist. André

20 Siehe Nick Piccolo 1. Serie Teil a, Nr. 23: „Umsturz“

Coomb hat sich auf die Suche gemacht und vielleicht müssen wir ihm so schnell wie möglich zu Hilfe eilen.«

Nach diesen Worten kam er auf das Entscheidende zu sprechen: »Ich möchte, dass mindestens ein Drittel von Ihnen sich auf die Rettungsboote X-1 und X-2 verteilen und in diesem Sonnensystem bleiben. Die Erfahrungen mit *Swing* haben gezeigt, dass es unverantwortlich ist, das Leben der gesamten Besatzung, also Ihr Leben, aufs Spiel zu setzen.«

May Carylls empörtes Gesicht wurde auf dem Bildschirm sichtbar. »Wollen Sie uns etwa zumuten, dass wir nicht dabei sein dürfen, um Nick und seine Leute zu retten? Das ist ungeheuerlich! Ich werde alles für die Rettung der Besatzungen tun, notfalls auch mein eigenes Leben einsetzen, aber damit Sie's wissen: ich bleibe hier, und ich bin mir sicher, die anderen werden es auch!«

Zustimmendes Gemurmel.

»Ich sehe es auch so, dass wir alle füreinander einstehen müssen, Mrs. Caryll, und das ehrt Sie und die gesamte Besatzung!«, lobte Xutl. »Dass zwei Raumboote hier zurückbleiben sollen, hat für mich wichtige Gründe: Zum einen könnte ein Boot uns zu Hilfe kommen. Wir werden im ständigen Kontakt bleiben, so dass ein schnelles Handeln möglich ist, zum anderen sollen die bisherigen Forschungsergebnisse nicht verloren gehen, sondern zurück zur Erde kommen. Das sind wir unserem Auftraggeber und der gesamten Menschheit schuldig. Außerdem sollen es nur Freiwillige sein, die auf die Boote gehen - mit Ausnahme einiger Techniker und der Piloten. Wer sich nicht an der Rettungsaktion beteiligt, bringt also auch ein Opfer. Das erkenne ich hoch an. Wägen Sie darum bitte ab. Freiwillige sollen sich umgehend in die Hangars begeben. McGyver, Sie übernehmen die X-1 und haben jetzt die große Chance, sich zu bewähren. Ted Morgan, Sie übernehmen die X-2. Fliegen Sie am besten mit beiden Booten den zweiten Planeten an. Dort scheint es biologisches Leben zu geben, aber Sie sollen aus Sicherheitsgründen nicht landen, sondern nur in einen Orbit gehen!«

Die Bestätigungen kamen prompt, dann fragte McGyver: Wann sollen wir starten?«

»Halten Sie sich zunächst nur in Bereitschaft. Erst wenn Handlungsbedarf besteht, werden wir die geplante Maßnahme durchziehen.«

»Zu Befehl, Sir!«

Xutl bestimmte noch pro Boot zwei Techniker, dann wandte er sich an seine Stellvertreterin: »Ursel, ich bitte Sie, die Aufteilung zu organisieren. Sie können - wenn Sie wollen - natürlich auch mit auf ein Boot gehen.«

Sie sah ihn aus empörten und traurigen Augen an. »Selbstverständlich werde ich an Ihrer Seite bleiben - oder wollen Sie mich nicht mehr?«, fragte sie etwas beleidigt und zog dabei ihre Mundwinkel nach unten.

Xutl wurde verlegen. »Immer gerne, Ursel!«, brachte er halb stockend hervor, »Ich meinte nur so ...«

»Dann ist ja gut. Ich bin nachher wieder bei Ihnen!« Mit diesen Worten verließ sie die Zentrale.

Schnell hatten sich Freiwillige in den Hangars eingefunden, aber zunächst ging der Bordbetrieb in vielen Bereichen fast so normal weiter wie bisher - auch bei den Astronomen und Astrophysikern.

Die Offizierin der technischen Leitzentrale meldete sich über Visiphon mit überraschenden Neuigkeiten zu Wort. »Hier Whina Takoto, ich möchte Ihnen drei seltsame Beobachtungen melden, für die unsere Astronomen, Astrophysiker und Biologen keine Erklärung finden.«

Xutl sah sie mit großen Augen ganz überrascht an. Seine grüne Hautfarbe leuchtete heller als gewohnt. Eigentlich beschäftigten ihn jetzt andere Sorgen, aber auch die Arbeit der Wissenschaftler war wichtig, sie musste zur Kenntnis genommen und gebührend beachtet werden. Das Universum konnte so interessant und aufregend sein. Wenn nur nicht immer diese unerwarteten Zwischenfälle wären …

»Erzählen Sie!«

Die Maori-Frau erläuterte: »Ich beginne mit einer Beobachtung in hundert Lichtjahren Entfernung. Die Astronomen waren damit beauftragt, die nähere Umgebung unseres aktuellen Standorts optisch zu erfassen und interessante Sterne und ihre Planeten ausfindig zu machen, die wir vielleicht als nächstes Ziel ansteuern könnten.«

»Ihre Erläuterungen sind wie immer sehr willkommen«, unterbrach sie der Kommandant, »aber momentan stehen wir leider unter Zeitdruck, weil sich die *Lascasas* jeden Augenblick melden kann und unsere Hilfe benötigt. Sie wissen, dass wir uns Sorgen um die *Delcano* machen. Also, kommen Sie bitte schnell zur Sache!«

Die Offizierin blickte etwas verlegen lächelnd zur Seite. Stets darum bemüht, alles richtig zu machen, auch niemanden zu enttäuschen und immer helfend für andere da zu sein, wie es ihr neuseeländischer Name *Whina, die Helferin,* verheißt, spürte die Maori-Frau, dass sie dieses Mal nicht den richtigen Ton gefunden hatte.

Xutl merkte sofort, dass ihr der Vorfall äußerst peinlich war, und überlegte, ob er vielleicht doch etwas zu ungeduldig reagiert hatte. Mit sich selber unzufrieden, biss er sich vorwurfsvoll auf seine Unterlippe. Dann wurde ihm deutlich: Er sollte einlenken, denn es würde ohnehin noch dauern, bis sich alle

Freiwilligen auf die Boote verteilt hatten und der Start erfolgen konnte.

»Entschuldigen Sie bitte, Sir!«, brachte die Neuseeländerin schließlich kleinlaut hervor. »Ich werde mir Mühe geben, dass so etwas nicht wieder vorkommt.«

»Es ist schon in Ordnung!« Xutl bemühte sich um eine moderate Umgangsweise. »Wir sind momentan alle etwas angespannt, und ich muss mich für mein schroffes Verhalten in aller Form entschuldigen. Fahren Sie mit ihrem Bericht einfach fort!«

»Danke, das tue ich gerne. Die Astronomen haben In hundert Lichtjahren Entfernung ein gigantisches Flimmern entdeckt, das sich in alle Richtungen über viele Lichtjahre erstreckt. Und hinter dieser Wand scheint der Weltraum sternenleer zu sein - eine andere Erklärung wäre, der Blick hinter diese Wand ist uns verwehrt. Aber die Wissenschaftler können noch keine Aussage über die Natur dieser Barriere treffen.«

»Ist es vielleicht die nächste große Leere?«, hakte Xutl nach.

Whina Takoto verneinte. »Zur nächsten Leere müssten es aufgrund unserer bisherigen, allerdings relativ wenigen Erfahrungen noch ungefähr acht Milliarden Lichtjahre sein. Das wäre also viel zu früh, außerdem haben wir im Grenzbereich zwischen Sternenuniversum und Leere noch nie eine flimmernde Wand beobachtet.«

»Das wäre also eine Untersuchung wert«, bestätigte Xutl. »Was haben die Wissenschaftler noch herausgefunden?«

»In zwanzig Lichtjahren Entfernung wurde eine Anhäufung von zwölf Sonnen entdeckt, die nur wenige Lichtstunden voneinander entfernt sind und an einen komprimierten Kugelsternhaufen im Kleinformat erinnern: Deutlich weniger Sterne und signifikant geringere Entfernung der Sterne untereinander. Aber das Seltsame ist: Sie stoßen gewaltige Protuberanzen aus. Eine

Sonne hat dabei so viel Strahlungsenergie und hochenergetischen Plasmafluss aufgenommen, dass es in ihrem Innern durch bisher nicht erforschte Quark-Gluonen-Wechselwirkungen zu einem beschleunigten Kernfusionsprozess kommt, der ihre Lebenszeit deutlich verringert.«

»Seltsam, seltsam! Es gibt immer wieder etwas Neues zu erforschen, aber alles zu seiner Zeit«, bemerkte Xutl. »Haben die Experten denn auch etwas in *diesem* System entdeckt?«

»Ja! Die Biosensoren haben nicht nur auf dem zweiten Planeten, sondern auch im unmittelbaren Bereich der Sonne angeschlagen. Es muss dort organische Masse existieren, aber die Werte sind so schwierig zu interpretieren, dass wir noch zu keinem gesicherten Ergebnis gekommen sind.«

»Naheliegend wäre für mich die Annahme, dass der innere Planet Leben beherbergt. Sind Sie denn bei den Messungen dort nicht fündig geworden?«, wollte Xutl wissen.

Nach kurzem Zögern antwortete sie mit angespannter Miene: »Wir haben auf dem ersten Planeten noch nichts entdeckt, suchen aber weiter. Die Messergebnisse bereiten den Astronomen erhebliche Kopfschmerzen, weil die organische Masse schwer lokalisierbar ist und jeder Erklärungsversuch absolut unglaubhafte Schlussfolgerungen implizieren würde. Die Messdaten deuten darauf hin, dass …«

»Stooopp!«

Die Technikerin hielt den Atem an. Verwirrt schaute sie auf Xutl. Was war mit ihm passiert? Warum unterbrach er sie ohne sichtbaren äußeren Grund mitten in einer wichtigen Erklärung?

Auch die Crew-Mitglieder in der Zentrale blickten irritiert und etwas hilflos auf ihren Commander.

»Was ist los mit Ihnen?« Tief besorgt eilte Ursel Zimmermann an die Seite ihres Vorgesetzten.

Aber Xutl zeigte auf ihre Frage keine Reaktion. Weit in seinen Sessel zurückgelehnt, starrte er wie geistesabwesend gegen die Zentralendecke und sagte kein Wort.

»Ist Ihnen nicht gut?«

Regungsloses Verharren. Betroffene Stille bei den anderen. Nach der Sorge kam die Furcht. Aber einige Momente später war der Marsianer wieder zur Normalität zurückgekehrt.

»Alles ok!«, sagte er und schaute wieder etwas entspannter auf seine Mitarbeiter. Die aber waren noch keinesfalls beruhigt. Xutl merkte, dass sie auf eine Erklärung warteten.

»Für einen kurzen Augenblick war ein fremder Impuls in meinen Gedanken«, berichtete er ihnen, »als ob jemand versucht hätte, mit mir telepathisch Kontakt aufzunehmen.«

»Konnten Sie die Quelle identifizieren?«, fragte Nyuta Jakande, die Offizierin für Raumüberwachung, neugierig nach. In ihren Augen las Xutl Unsicherheit und auch etwas Furcht. Dann schüttelte er den Kopf. »Dafür war der Impuls zu kurz und gleich wieder fort. Er dauerte nur den Bruchteil einer Sekunde. Ich weiß weder die Quelle noch irgendeinen Inhalt.«

In diesem Augenblick schallte Hank Mantels erregte Stimme durch die Zentrale. »Der Kontakt zur *Lascasas* ist abgebrochen!«

Xutl schnellte erregt von seinem Sessel hoch. Das Befürchtete war eingetreten.

»Seit wann?«

»Ge ... gerade eben!«, stammelte der Funker. »Aus Sicherheitsgründen stehe ich mit der *Lascasas* in permanenter Funkverbindung, damit wir sofort zu Hilfe eilen können, wenn das Schiff bedroht wird. Aber dieser ständige Kontakt ist von einem Augenblick zum anderen abgerissen, und das ohne irgendeinen Kommentar - als wenn Murella Mugasa ihr Funkgerät einfach ausgeschaltet hätte.«

»Versuchen Sie, den Kontakt wieder herzustellen!«, befahl Xutl, dann blickte er noch einmal in den Monitor der Bordsprechanlage. »Es tut mir sehr leid, Whina, Sie müssen Ihren Bericht ein anderes Mal fortsetzen. Jetzt haben die anderen Expeditionsschiffe absoluten Vorrang. Bereiten Sie alles für den Hypersprung vor. Die Position des Planeten ist Ihnen ja bekannt.«

»Zu Befehl, Sir! Wir werden unser Bestes tun, um Nick und Coomb zu helfen!«

Das Gesicht der Maori-Frau verschwand vom Bildschirm und Xutl gab an die Raumboote den Befehl zum Verlassen des Schiffes.

Einige Minuten später sprang die *Wilberforce* durch den Hyperraum, tauchte fast zur selben Zeit in der Nähe des dritten Planeten wieder im vierdimensionalen Raum-Zeit-Kontinuum auf und nahm Kurs auf Erde 2.

In der Zentrale herrschte äußerste Anspannung. Niemand wusste, welche Gefahren auf sie warteten oder welche Katastrophe über sie hereinbrechen würde.

»Versuchen Sie, mit der *Lascasas* und der *Delcano* Funkkontakt aufzunehmen!«, ordnete Xutl an.

Kurz darauf meldete Mantel: »Negativ, Sir! Beide Raumschiffe melden sich nicht.«

»Stellen Sie die Automatik auf Dauersignal. Vielleicht klappt es doch irgendwann.«

»Wird gemacht, Sir!«

Die Offizierin für Raumüberwachung wies er an: »Suchen Sie nach der *Delcano* und nach der *Lascasas*. setzen sie alle verfügbaren Messgeräte dafür ein. Ich will wissen, was aus den Schiffen geworden ist!«

»In Ordnung, Sir!«

Aber so sehr sich die Spezialistin für optische Erfassung auch bemühte, die Schiffe blieben spurlos verschwunden.

Inzwischen waren sie der zweiten Erde nähergekommen. Auf dem Panoramaschirm sahen sie die vertrauten Umrisse von Nord- und Südamerika und kamen aus dem Staunen nicht mehr heraus.

»Unsere Erde!«, schwärmte Ursel Zimmermann, stutzte dann aber und blickte verlegen auf Xutl. »Verzeihung, Commander, Sie sind mir schon so vertraut, dass ich völlig vergessen habe, dass Sie gar nicht von der Erde stammen, sondern vom Mars.«

Xutl lächelte und winkte ab. »Schon gut, Ursel. Ich fühle mich bei den Menschen so wohl, dass die Erde mein neues Zuhause geworden ist. Bei diesem Anblick kommen auch mir heimatliche Gefühle.«

»Und doch ist es nicht *unsere* Erde«, dämpfte Hank Mantel die Begeisterung der beiden. »Es ist ein allen physikalischen Gesetzen widersprechendes Duplikat, für das mir jede Erklärung fehlt.«

»Raskin hatte uns dazu eine interessante Theorie vorgestellt!«, warf Nyuta Jakande ein.

»Sie meinen die Hypothese mit der begrenzten Variabilität der Teilchenkombinationen?«, hakte der Funker nach.

»Genau die meine ich!«

Mantel reagierte skeptisch. »Ich habe da meine Zweifel und Raskin hat ja selbst angedeutet, dass es für diese Annahme noch zu viele offene Fragen gibt.«

Die Uganderin bleckte ihre hellen Zähne, die schneeweiß glänzend aus ihrem dunklen Gesicht herausleuchteten, und lächelte ihn in der ihr eigenen Freundlichkeit gewinnbringend an. »Ihre Zweifel in allen Ehren, Mr. Mantel«, entgegnete sie mit ihrer weichen, sympathischen Stimme, »aber dann legen Sie mir mal eine andere plausible Erklärung vor!«

Hank Mantel kam nicht mehr dazu, Nyuta eine Antwort zu geben. Auf dem Panoramaschirm vollzog sich eine unheimliche Veränderung. Das Bild von der Erde verschwand und ein rotes Pentagramm leuchtete bedrohlich auf.

Dann wiederholte sich In den nächsten Sekunden alles, was die Besatzung der *Lascasas* bereits durchmachen musste, und zum Schluss stimmten die Crew-Mitglieder in der Zentrale mit leeren Blicken in den Ruf des Unbekannten ein: »Lang lebe die *Große Fünf!*« Ihre Gesichter wurden ähnlich denen ihrer Kollegen auf der *Lascasas* ausdruckslos und leer, ihre Bewegungen erschienen wie in Trance. Und auch von den Stationen der *Wilberforce* hallte das Lob der *Großen Fünf* aus vielen Kehlen zurück.

Bis auf eine Ausnahme.

Als Xutl die fremden Impulse in seinem Inneren verspürte und begriff, dass sie seinen Geist besetzen wollten, schottete er sich mental gegen den Angriff ab. Er verstand, was mit den anderen Schiffen und Besatzungen passiert sein musste. Sofort reagierte er mit einem schnellen Tastendruck auf seinem Bedienungsfeld, um die Transitionsautomatik zu aktivieren. Er musste einen Blindsprung wagen. Es war die einzige Chance, dem unbekannten Gegner zu entkommen.

Aber die *Wilberforce* gehorchte seinen Befehlen nicht mehr. Unaufhaltsam wurde sie von einer unbekannten Kraft in die Tiefe gezogen.

Die beiden Raumboote gingen in einen Orbit um den zweiten Planeten. Unter ihnen breiteten sich Meere und Kontinente mit einer üppigen Flora und Fauna aus. Alles schien sehr friedlich und unberührt, aber plötzlich sprangen die Detektoren an.

»Eine größere Ansammlung von Metall auf der nördlichen Halbkugel entdeckt. Der geografische Standort lautet 48 Grad, 5 Minuten und 17 Sekunden nördliche Breite sowie 7 Grad, 2 Minuten und 43 Sekunden östliche Länge bei einem von der Automatik definierten Nullmeridian«, meldete die Stimme aus dem Computer. Der Kanadier McGyver, dem in seiner Funktion als Antriebsspezialist und Raumpilot die Leitung der X-1 übertragen war, reagierte sofort: »Vergrößerung laut Koordinaten einstellen!« Wenig später zeigte der Monitor einen Anblick, der den Crew-Mitgliedern in der kleinen Zentrale den Atem verschlug. Fünf Raumschiffe standen nebeneinander auf einer felsigen Ebene, einige waren zigarrenförmig, andere ellipsoid und eine dritte Kategorie hatte die Form einer Halbkugel.

»Was haben die Raumschiffe hier verloren?«, fragte sich der australische Geograf und Co-Pilot Mel Connan. »Es gibt auf dieser Welt nicht den geringsten Hinweis auf eine technisch fortgeschrittene Zivilisation. Wo sich die Schiffe befinden, ist ja nicht einmal eine richtige Landefläche. Ich frage mich, ob die alle freiwillig dort stehen oder von irgendjemandem auf diese Plätze gezwungen wurden.«

McGyver verzog seine Mundwinkel nach oben und zuckte mit den Schultern. »Vielleicht sollten wir versuchen, Funkkontakt mit den Raumern aufzunehmen«, bemerkte er schließlich.

»Das halte ich für zu riskant«, gab der Techniker Sergej Petrowitsch zu bedenken. »Wir wissen nicht, ob die Insassen uns friedlich oder feindlich gesonnen sind.«

Die Entdeckung des Raumschiffparks war noch nicht richtig verdaut, als die Crew der X-1 eine Schreckensmeldung von dem anderen Raumboot erhielt. »Der Kontakt zur *Wilberforce* ist abgebrochen!«

»Wie konnte das passieren?«

»Von einer Sekunde zur anderen war plötzlich keine Verbindung mehr da. Wie bei der *Lascasas* und der *Delcano*!«

Mel Connan bestätigte. »Wir haben auch keinen Kontakt mehr.«

An Bord der beiden Raumboote herrschte betretenes Schweigen. Nun war eingetreten, was man befürchtet, aber insgeheim nicht hatte wahrhaben wollen: Der Kontakt zum Mutterschiff bestand nicht mehr. Sie waren jetzt ganz auf sich allein gestellt.

McGyver durchbrach als Erster die eisige Stille. »Wir müssen der *Wilberforce* unbedingt zu Hilfe eilen. Wir sind die Einzigen, die noch etwas ausrichten können!«

Mel Connan widersprach: »Ich möchte Ihnen nicht zu nahetreten, Kollege McGyver, aber jetzt sind Sie wieder genauso blauäugig wie bei Ihrer Meuterei, als Sie der Überzeugung waren, Banks könnte die Expeditionsleitung stürzen.«

»Vergessen Sie das mal ganz schnell!«, winkte der Kanadier verlegen ab. Man spürte unvermittelt, dass ihn sein Fehltritt innerlich wurmte und er am liebsten nicht mehr daran erinnert werden wollte. »Ich habe ja inzwischen eingesehen, dass unser Aufstand eine eklatante Fehlentscheidung war. Aber warum sollten wir jetzt denn nicht helfen?«

»Drei große Schiffe sind auf dieselbe Weise verschwunden«, versuchte der australische Co-Pilot seine Haltung verständlich zu machen. »Wir wissen nicht, was mit ihnen passiert ist, und die Wahrscheinlichkeit ist groß, dass wir dasselbe Schicksal erleiden werden. Was Nick, Coomb und Xutl nicht zustande gebracht haben, werden wir wohl kaum besser lösen können. Niemandem ist gedient, wenn wir in dieselbe Falle tappen!«

»Was schlagen Sie vor?«

»Unser Auftrag ist eindeutig: Wenn die *Wilberforce* ebenfalls verloren geht, ohne dass es für uns einen Anhaltspunkt dafür gibt, wie wir ihr helfen können, sollen wir mit den Forschungsergebnissen zur Erde zurückkehren.«

»Aber wir können unsere Leute doch nicht einfach ihrem Schicksal überlassen«, ereiferte sich der Chefpilot.

»Wir können eine Sonde zu dem dritten Planeten schicken. Vielleicht werden wir von der Kamera Aufnahmen bekommen, die uns weiterhelfen. Wenn das keinen Erfolg hat, kehren wir zur Erde zurück«.

McGyver war einverstanden. »Dann bereiten Sie alles vor!«

Aber dazu sollte der Australier nicht mehr kommen. Von einem Augenblick zum anderen strahlten seine Augen plötzlich auf, das Gesicht leuchtete und auf seinen Lippen lag ein breites, gewinnbringendes Lächeln.

»Mutti!«, sprach er voll jubelnder Freude und atmete dabei tief aus. »Wie schön, dass du hier bist!« Mit diesen seltsamen Worten breitete er seine Arme aus, die aber ziellos ins Leere stießen.

Ein unbegreifliches Verhalten, doch niemand an Bord schien daran Anstoß zu nehmen - im Gegenteil.

»Endlich bin ich viermal Grand Slam Sieger geworden und der beste Tennisspieler der Welt!«, hörte man einen S-Mann durch die Übertragungsanlage des Bordsenders laut jauchzen, während er einem imaginären Publikum zuwinkte.

Eine Frau des Küchenpersonals saß vor einer unsichtbaren Konsole, ihre Hände wirbelten durch die Luft, als würden sie die Steuerung eines Sternenschiffes betätigen. »Ich bin Raumpilotin! Ich bin Raumpilotin! Oh, wie ist das schön!«, deklamierte sie voller Inbrunst und kindlicher Begeisterung.

Niemand kümmerte es, dass die beiden Raumboote auf die Oberfläche des Planeten gezogen wurden. Ihr Zielort: 48 Grad, 5 Minuten und 17 Sekunden nördliche Breite und 7 Grad, 2 Minuten, 43 Sekunden östliche Länge.

Zu einer Rettungsaktion für die vermissten Schiffe sollte es nicht mehr kommen.

»7 … 6 … 5 …«

In Todesängsten verfolgte Nick den Countdown zu seinem Ende.

Noch fünf Sekunden bis zum endgültigen Aus. Er schloss die Augen und wartete.

»4 … 3 …«

Da brach die Zählung plötzlich ab. Was war passiert?

»Segregation abgebrochen!«, hörte er die Stimme, und nach einer kurzen Unterbrechung teilte sie ihm unbeirrbar seinen neuen Status mit:

»Die *Große Fünf* hat ihre Pläne geändert!«

»Wie bitte?«

»Du sollst Hauptperson in einer großen Live-Show werden, die weltweit ausgestrahlt wird. Viele haben sich das gewünscht und die *Große Fünf* hat diesem Begehren nach reiflicher Überlegung gnädig entsprochen. Es lebe die *Große Fünf.*«

Nick war erleichtert und empört zugleich. Erleichtert, weil ihm das Leben kurz vor seinem sicheren Tod noch einmal zurückgegeben wurde, aber auch empört, weil er ahnte, was ihm stattdessen bevorstand. Seine Hinrichtung war nicht ausgesetzt, sie schien nur aufgeschoben.

Trotzig fragte er zurück: »Und wenn ich keine Lust habe?«

»Willst du lieber sterben?«

»Das werde ich ohnehin. Da wäre ein schneller und schmerzloser Tod gnädiger gewesen.«

»Das hängt allein von dir und deiner Entscheidung ab, wie du mit den Prüfungen umgehen willst, denen du dich in Kürze stellen musst, egal, ob du willst oder nicht.«

Nick wurde ungeduldig. »Was für eine Show habt ihr mit mir vor?«

»Du bist zum Kampf in der *Fünf-Epochen-Arena* verurteilt!«, gab die Stimme zur Antwort.

Also doch.

»Wie lauten die Spielregeln und was sind meine Aufgaben?«

»Die *Große Fünf* beherrscht nicht nur diese Welt und ihre Gegenwart, sie beherrscht auch die Vergangenheit und kann dich in eine andere Zeit versetzen. In fünf verschiedenen Epochen der Menschheitsgeschichte wirst du in eine Situation gestellt, in der es um Leben und Tod geht. Deine einzige Aufgabe besteht darin, zu überleben. Wenn du stirbst, hast du verloren und das Spiel ist zu Ende, aber wenn du überlebst, kommst du in die nächste Epoche. In fünf Zeitaltern der Menschheitsgeschichte musst du dich bewähren: in der Steinzeit, im Altertum, im Mittelalter, der Neuzeit und zum Schluss im Pentäon. Du erhältst Waffen der jeweiligen Zeit und wirst die Sprache der Menschen sprechen und verstehen, so dass du mit ihnen kommunizieren kannst. Wie man kämpft und überlebt, musst du selbst herausfinden.«

»Und wenn ich zwar lebend, aber schwerverletzt die Herausforderung bestehe? Wie soll ich dann für die nächste Prüfung wieder fit werden?«

»Für Verletzungen gibt es mentale Heilungsprozesse. Du wirst innerhalb kürzester Zeit für den Aufenthalt in der nächsten Epoche wieder kampffähig sein.«

Nick konnte sich eine ironische Bemerkung nicht verkneifen. »Wie rührend doch die *Große Fünf* um mein Wohlergehen besorgt ist. Mir kommen fast die Tränen!« Dann wurde er wieder ernster. »Und was ist, wenn ich alle fünf Epochen überlebe?«

Ein höhnisches Lachen erfüllte den Raum. »Das hat bisher noch keiner geschafft. Die meisten scheitern nach der dritten oder vierten Epoche. Einige ganz wenige haben es bis in die fünfte geschafft, aber im *Pentäon*, also unserer Gegenwart, hat keiner je eine Chance gehabt zu überleben.«

»Wenn man wie ich so hinterhältig reingelegt wird, kann ich das direkt glauben«, spottete Nick.

»Lästere die *Große Fünf* nicht. Sie ist anbetungswürdig und deine Herrscherin!« In der Antwort schwang Verärgerung mit.

»Ich erkenne sie nicht als meine Herrscherin an!«, entgegnete Nick bestimmt. »Und warum soll ich nicht lästern, wenn ich ohnehin sterben muss?«

»Schweig!«

Nick wurde erregt. »Ich schweige erst, wenn ich erkenne, dass man mich fair behandelt. Aber davon kann bisher mitnichten die Rede sein.« Mit erhobener Stimme wandte er sich an die *Große Fünf*, seine Worte nahmen an Heftigkeit zu.: »Wer bist du, der du dich die *Große Fünf* nennst und dich erdreistest, wie ein Gott zu regieren, aber wie ein mieser Tyrann zu herrschen, der unschuldiges Blut vergießt? Warum versteckst du dich vor den Menschen, dass man nicht einmal nach deiner Identität und den Anfängen deiner Herrschaft fragen darf? Bist du dafür zu feige? Ich will dir gegenübertreten und dich von Angesicht zu Angesicht sehen. Und ich frage dich, warum du zu der Menschheit so grausam und ungerecht bist. Ich will wissen, wer dir die Macht und das Recht dazu verliehen hat und woher du kommst.«

»Nick Steel!«, antwortete die Stimme im strengen Ton. »Du hast erneut die *Große Fünf* gelästert. Du stellst Fragen, die keiner stellen darf. Du erhebst Forderungen, die keiner erheben darf. Du willst die *Große Fünf* sehen, die keiner sehen darf. Aber die *Große Fünf* ist gnädig. Solltest du die fünfte Epoche wider aller bisherigen Erfahrungen lebend überstehen, wartet auf dich noch eine besondere Aufgabe, die aber am Ende deinen sicheren Tod bedeutet.«

»Hab‘ ich‘s mir fast gedacht. Dann komme ich wohl doch noch in die *Segregation*! Ihr seid keine Wohltäter, sondern elende Lumpen!«

Plötzlich wurde Nick von elektrischen Schlägen geschüttelt. Schmerzgepeinigt schrie er auf und sank anschließend physisch erschöpft in sich zusammen.

Wie aus weiter Ferne hörte er noch den Befehl: «Bringt ihn in die Transferkammer. Seine Versetzung in die 1. Epoche erfolgt in einer Viertelstunde.«

Nick wurde aus seinem Segregationsstuhl gelöst, eine unsichtbare Kraft hob ihn an und er schwebte wie ein Gleitflieger langsam aus dem Raum.

Epilog

*Ist der Wille verloren
Und das Ich eingesperrt
In dem Pfuhl des Vergessens?
Alle Hoffnung dahin
Wie zerrinnender Sand?
Ist das Ende beschlossen
und die Zukunft zerplatzt
wie ein bunter Ballon?
Was bleibt, ist das Ende,
das ahnend ich sehe
als fahlen Vollstrecker.
Ich spüre es schon –
das Ende.*

Demnächst

Der ersten transkosmischen Expedition droht ein vorzeitiges Ende. Die drei Sternenschiffe befinden sich in der Hand der *Großen Fünf*, die letzten freien Beiboote werden in einem Nachbarsystem auf einen unbekannten Planeten entführt, ohne dass es die Besatzungen zu stören scheint, und Nick muss zur Freude eines sensationsgierigen Publikums in die *Fünf-Epochen-Arena*, die nach Auskunft seiner Aufseher für ihn den sicheren Tod bedeutet, denn bisher hat es noch keiner geschafft, alle Herausforderungen in fünf verschiedenen Zeitaltern zu überleben. Welches Geheimnis verbirgt sich hinter der *Großen Fünf*, der absoluten Herrscherin auf einer parallelen Erde, und warum zeigt sie sich nie in der Öffentlichkeit?

Aber auch die anderen Sternenschiffbesatzungen werden mit unfassbaren Rätseln konfrontiert. Was verbirgt sich hinter der seltsamen flimmernden Wand, die sich über viele Lichtjahre erstreckt? Was ist ferner von der Entdeckung schwer lokalisierbaren organischen Materials im Bereich eines benachbarten Sterns zu halten und welches Schicksal hat die Beiboot-Besatzung ereilt, die unter dem Einfluss einer unbekannten Macht so merkwürdige und unverständliche Reaktionen zeigt?

Aber vor allem: Welche Gefahren muss Nick in den verschiedenen Geschichtsepochen überstehen? Und sollte er sie überleben, was wird dann mit ihm in den Händen einer übermächtigen Herrschaft passieren, der keine irdische Waffe gewachsen ist und die kein Interesse daran hat, ihn am Leben zu lassen?

Lesen Sie den nächsten spannenden Nick-Roman, in dem unser Held in fünf Zeitaltern albtraumhafte Abenteuer bestehen muss. Die vierte Folge des Roman-Zyklus *Unternehmen Magellan* trägt den Titel *Arena des Irrsinns*.

Glossar zum Nick-Kosmos

Dieses Glossar stellt eine Ergänzung zu den Fußnoten dar. Die Erklärungen sollen allen Lesern (und natürlich auch den Leserinnen), die mit dem Nick-Kosmos nicht so vertraut sind, den Zugang zu dieser Serie erleichtern. Die Heftverweise beziehen sich auf die Nick-Originalausgaben, nicht auf spätere Reprints.

André Coomb – Raketenjäger- und Raumschiffpilot, Teilnehmer an der ersten interstellaren Expedition und Nicks Begleiter zu einem nur noch von Maschinen beherrschten Planeten, auf den die Sternenschiffbesatzung nach einem totalen Energieverlust ihre letzte Hoffnung setzte, um an das für die Energieversorgung so lebenswichtige Uran zu kommen *(siehe Nick Piccolo, 1. Serie Teil a, Nr. 124: „Ferngelenkter Tod" und die folgenden).*

Colour - Welt, die ca. 26 Milliarden Lichtjahre von der Erde entfernt ist und von Lebewesen, einschließlich intelligenten mit einer hochentwickelten technischen Zivilisation, bewohnt wird, die als geometrisches Grundmuster eine Kugelform besitzen und sich dreigeschlechtlich vermehren. Die drei Geschlechter sind der *Brüter*, die *Eierlegerin* und der *Hauptbefruchter*. Morphologisch unterscheiden sie sich durch die Form der Tentakel (gepunktet, gekreist und gestrichelt), mit denen sie einem gelegten Ei die Hormone zur Befruchtung einspritzen, damit es sich zu einem neuen *Colourianer* entwickeln kann, außerdem verfügt der *Brüter* über natürliche Solarzellen, mit denen er für die Eientwicklung die notwendige Wärme erzeugt. Die

Kommunikation der *Colourianer* ist nicht akustisch, sondern optisch durch Lichtmosaike auf ihrer Schuppenoberfläche, die die Syntax von Konstellation, Helligkeit und Schattierung der im schnellen Wechsel auftretenden unterschiedlichen Farben als semantische Sprachsignale benutzen. Mittels eines für diese Sprache entwickelten Translators, der akustische Einheiten in optische umwandelt und optische in akustische, gelingt die Verständigung mit den *Colourianern*.

Durch ein missglücktes medizinisches Experiment entstand ein roter Nebel, der von der Sternenschiffbesatzung *Strukturverdünner* oder mit dem Kürzel SV genannt wurde und der sowohl Lebewesen als auch technischen Geräten die Energie entziehen konnte. Durch schnelle Teilung war es den *SVs* möglich, sich innerhalb von wenigen Jahren über den gesamten Planeten zu verteilen, fast alles Leben auszulöschen und alle technischen Prozesse zum Erliegen zu bringen.

Nachdem es gelungen war, ein Mittel zur Bekämpfung der *SVs* zu entwickeln, konnte *Colour* von dem *Roten Tod* befreit werden. Mit überlebenden *Colourianern* und befruchtungs- und entwicklungsfähigen Eiern startet die Expedition ein Wiederaufbauprogramm (das *Colour Restitutionsprojekt zur Wiederherstellung des biologischen Lebens*, kurz *CRPWL* genannt - siehe auch Stichwort), das den Planeten weitestgehend in seinen ursprünglichen Zustand zurückversetzen soll. (siehe Roman-Zyklus *Unternehmen Magellan* Folge 2: Angriff der Strukturverdünner)

Colour Restitutionsprojekt zur Wiederherstellung des biologischen Lebens - Dieses Projekt wird auch *CRPWL* genannt und bezeichnet den Wiederaufbau für das durch die Strukturverdünner weitestgehend zerstörte Leben auf *Colour*. Bei der intelligenten Lebensform geschieht dies durch die Gründung einer Kolonie Überlebender. Das tierische Leben soll im Falle des Fehlens von überlebenden, fortpflanzungsfähigen erwachsenen Tieren durch die Befruchtung von Eiern mit synthetisierten Hormonen und einer anschließenden artgerechten Aufzucht des Nachwuchses wieder aufgebaut werden, Pflanzen durch entsprechende Bestäubungsprojekte. (siehe Roman-Zyklus *Unternehmen Magellan* Folge 2: Angriff der Strukturverdünner)

Darial - Eine Welt degenerierter, auf der Kulturstufe Altägyptens lebender Nachkommen der Ree, die zur Zeit der Kolonisierung des Planeten noch auf hohem technischem Niveau standen. Durch einen Energieabsorptionsschirm strandeten Nick und Tom auf dem Planeten, aber es gelang ihnen die Flucht von *Darial* durch Entdeckung der noch intakten Ree-Station aus der Frühzeit der Besiedlung sowie der Deaktivierung des Schutzschirms. Vorher befreiten sie Prof. Raskin und Jane Lee mit Platos Hilfe (siehe Stichwort „Plato“) aus einem energetischen Fesselfeld, in das sie nach ihrer Rückkehr aus der Körperlosigkeit gesperrt und 1200 Jahre in einem Wach-Schlaf-Zustand gefangen gehalten wurden. Auch das Sternenschiff war auf der Suche nach den Verschollenen von einem fragwürdigen Geistwesen namens „Freund“, das einen Hypersprung manipulierte, 90 000 Jahre in die Vergangenheit versetzt worden. Unter Nutzung der Gesetze der Relativitätstheorie gelang es, per Zeitdilatation wieder in die Gegenwart des Nick-Kosmos zurückzukehren *(siehe Nick-Piccolo 1. Serie Teil b, Heft 260 - 284).*

Dr. May Caryll und Dr. Pete Gray – Energetiker, die auf Nicks erster Merkurexpedition überprüfen wollten, ob es möglich ist, Sonnenenergie drahtlos vom Merkur zur Erde zu übermitteln *(siehe Nick Lehning-Großband Nr. 1: „Unternehmen Gluthölle“ und die folgen-*

den), aber das Projekt scheiterte aus technischen Gründen *(siehe Nick Piccolo, 3. Serie, Nr. 111 „Hier spricht Harry Cates!“, S.7)*.

Eric Marsh, Peter Bruce, Richard Dickson – Als Raumkadetten hatten sie Nick auf einer Sternenschiffexpedition begleitet, in der es darum ging, den auf einem anderen Planeten verwahrten Diamantenschatz von Baltimore Lee, Jane Lees verstorbenem Vater, gegen die ehrgeizigen Bemühungen des kriminellen Raumschiffkapitäns Anderson sicherzustellen. Nick ahnte zu Beginn der Expedition nicht, dass ausgerechnet Eric Marsh, der Sohn des Präsidenten der Weltraumforschungsbehörde, mit Anderson zusammenarbeitete, weil er in dessen Schuld stand. Als sein Verrat herauskam, vergab ihm Nick *(siehe Nick Lehning-Großband Nr. 56: „Ein Verräter an Bord“ und die folgenden)*.
In späteren Jahren wurden die drei, inzwischen zu Offizieren aufgestiegenen Kadetten, zu 30-jähriger Zwangsarbeit auf den Merkur verurteilt, weil sie im Kampf gegen die „Neue Bewegung“, einer totalitären Gruppe, die die Menschheit unterjochen wollte, gegen einen Raumschiffkommandanten gemeutert hatten. Nick hat sich für ihre Rehabilitierung erfolgreich eingesetzt *(siehe Nick Piccolo, 3. Serie, Nr. 110: „Ein hartes Urteil“ und die folgenden)*.

Freund - Überlebender Colourianer, der den SVs entkam, weil er alle Körperfunktionen auf Null zurückschalten kann und von den Strukturverdünnern in diesem Zustand nicht mehr als Lebewesen, sondern nur noch als toter Gegenstand wahrgenommen wurde. Dieser *Colourianer* hat mit dem Geistwesen aus der Piccolo-Serie (siehe Stichwort „Darial“) nur den Namen gemeinsam.
HEK - Abkürzung für *Hyperenergiekonverter*, eine Erfindung von

Professor Raskin, mit der Energie aus dem Hyperraum für unseren Kosmos übertragen (konvertiert) und nutzbar gemacht werden kann. Durch dieses neuartige Gerät verfügen Raumschiffe über unbegrenzte Energien, die die Durchquerung des Universums erst ermöglichen.

Jane Lee – Zoologin und Tierfängerin. Sie stößt zu Nicks Crew, weil sie in einem Tierfang-Wettbewerb um einen Platz auf dem Sternenschiff für die erste interstellare Expedition gegen ihren rücksichtslosen Konkurrenten Jack Hunter wegen dessen krimineller Machenschaften den Vorrang bekam *(siehe Nick Piccolo, 1. Serie Teil a, Nr. 67: „Jack der Jäger" und die folgenden)*. Seitdem ist sie Nick bei vielen Abenteuern eine treue Begleiterin und wird später seine Lebensgefährtin *(siehe Nick Piccolo, 1. Serie Teil b, Nr. 243 „Ein seltsamer Unfall")*.

London 1972 – Die Handlung der im Februar 1958 gestarteten Nick-Serie beginnt - von diesem Zeitpunkt aus gerechnet - fünfzig Jahre in der Zukunft am 2. Februar 2008. Im Vorspann des ersten Piccolo-Heftes (*Nick Piccolo 1. Serie, Teil a, Nr. 1: „Sputnik explodiert", S. 1*) wird Rückblick auf die Entwicklung der zurückliegenden fünfzig Jahre gehalten. Die wichtigsten Ereignisse dieser Epoche sind der Start des ersten künstlichen Erdsatelliten, Sputnik I, am 4. Oktober 1957, der Untergang Londons 1972 durch einen abgestürzten Übungsbomber, der eine Wasserstoffbombe an Bord hatte, und die Bildung der Weltregierung im Jahre 1975. Außer dem Start des Sputniks sind alle erwähnten Ereignisse fiktiv.

Lorgs / Lorgos – Galaxis am anderen Ende des sichtbaren Kosmos, in der das Insektenvolk der *Lorgs* ein Imperium aufgebaut hatte. Nick drang mit dem Sternenschiff in den Kugelsternhaufen ein, um die *Lorgs* an gefährlichen Zeitexperimenten zu hindern. Dabei kam es bei militärischen Auseinandersetzungen zum unangemessenen Einsatz einer Zeitkanone, deren Energie die Zentralwelt der *Lorgs* in ihre Atome auflöste. Durch diesen Verlust verloren die *Lorgs* sämtlichen Lebensmut und beschlossen ihren eigenen Untergang, in den sie sämtliche Welten ihres Imperiums mit hineinreißen wollten. Nick und seine Crew konnten diesen gigantischen galaktischen Holocaust beenden und die verbliebenen Welten retten. Die letzten *Lorgs* begingen Selbstmord, indem sie sich mit ihrem Schlachtschiff vernichteten *(siehe Roman-Zyklus „Unternehmen Magellan", Folge 1: „Start in die Unendlichkeit", Kapitel 13 und 14).*

Nick-Kosmologie – Ein wesentlicher Gesichtspunkt des Nick-Universums ist die Struktur von größenordnungsmäßig (rangordnungsmäßig) unterscheidbaren Entitäten, die in der Serie auch als „höhere -" bzw. „niedere Dimension" bezeichnet werden, was aber nicht mit den geometrisch verstandenen drei Raumdimensionen Länge, Breite, Höhe, der Zeit als vierter Dimension und möglichen weiteren Dimensionen verwechselt werden darf, sondern in diesem Zusammenhang Größenordnungen meint. Solch eine Größenordnung ist zum einen unsere Atomebene (der Mikrokosmos) und zum anderen die aus den Atombausteinen des Mikrokosmos zusammengesetzte Welt (unser Kosmos). Der in diesem Zusammenhang verwendete Begriff „Dimension" ist sprachlich legitim, denn auch wir sprechen zum Beispiel von „überdimensional" großen Gebäuden, wenn wir damit den Gigantismus von Bauwerken zum Ausdruck bringen wollen, der alle bekannten Größenordnungen weit in den Schatten stellt, ohne dass wir darunter die mathematisch-physikalische Definition der drei Raumausdehnungen Länge, Breite und Höhe verstehen. Den ersten Ausflug in eine untergeordnete Dimension unternahmen Nick, Tom und Xutl mittels eines Dimensionsstrahlers, mit dem sie das erste Sternenschiff so weit verkleinerten, dass sie in einen Eisenwürfel eindrangen und in ein Mikro-Universum vorstießen, in dem Atomkerne die Sonnen sind und Elektronen die Planeten. In der Umkehrung kamen die „Supermenschen“ aus einer von uns aus gesehen größenordnungsmäßig höheren Dimension, für die unser Kosmos nichts weiter darstellt als die Atomebene dieser Makrowelt. Konfrontationen mit den Supermenschen gab es

1. bei der Entdeckung der Teleportationstechnik (siehe Stichwort) im Ko-System, *(Nick-Piccolo, 1. Serie Teil a, Nr. 98 „Wahnsinnig“ und die folgenden)*,

dann

2. im Abenteuer mit dem Raumschiffplaneten, als durch einen technischen Defekt bei einem Raumschiff der Supermenschen der Verkleinerungsprozess nicht vollendet wurde, sondern das Raumschiff auf Planetengröße geblieben war und ihre Besatzung aus einem Tiefschlaf nicht wieder aufwachte *(siehe Nick Lehning-Großband Nr. 79: „Einundachtzig Tage Frist“ und die folgenden)*

sowie

3. die Begegnung auf dem Planeten Xhorra mit dem Platon-Schüler Tagros, der von den Supermenschen für ein Gesellschaftsexperiment auf die Welt der Xhorraner versetzt wurde *(siehe Nick Piccolo, 3. Serie, Nr. 33: „Tagros“)*. Über den Zielen der Supermenschen liegt noch ein ungelöstes Geheimnis. Schritte zu dessen Lösung werden sich in noch unveröffentlichten Nick-Abenteuern finden.

Nick Piccolo-Serien - In den Fußnoten und diesem Glossar finden sich häufig die Begriffe „Nick-Piccolo, 1. Serie Teil a/b" sowie „Nick-Piccolo, 3. Serie". Was ist mit diesen Titeln gemeint und warum wird kein Bezug auf Nick-Piccolo, 2. Serie genommen? Der Name „Nick-Piccolo 1. Serie" bezeichnet alle Piccolos von Heft 1 bis 398 (wobei Teil a aus den Heften 1-139 der Lehning-Ära besteht) + die Hethke-Ausgabe 140 (sie enthält das Übergangsabenteuer von den Piccolos der Lehning-Zeit zu den Lehning-Großbänden - alle ausschließlich von Hansrudi Wäscher getextet und gezeichnet). Teil b bezeichnet die Piccolos 141 - 398 aus dem Hethke Verlag, die die Abenteuer aus der zuvor erschienenen Hethke Sonderband-Hardcoverreihe (Bände 1-11) inhaltlich fortsetzen. Während die 2. Piccolo-Serie lediglich eine Neuauflage der Wäscher-Piccolos darstellt und bei den Verweisen in diesem Glossar keine Rolle spielt, setzt die mit Heft 157 („Wieder vereint") inzwischen abgeschlossene 3. Piccolo-Serie (Ingraban Ewald-Verlag) inhaltlich die Nick-Saga nach dem Abschluss der 1. Serie (Heft 398 in den Varianten A und B) fort und erzählt neue Abenteuer unseres Weltraumhelden. Andere Verweise in den Fußnoten und diesem Glossar beziehen sich auf Einzelabenteuer und Sonderausgaben, die keiner Piccolo- oder Großbandserie zuzuordnen sind, aber trotzdem als integrierter Bestandteil zum Nick-Kosmos und der Nick-Storyline gehören. Die Handlung des Zyklus „Unternehmens Magellan" spielt einige Jahre nach den Abenteuern der 3. Serie.

Nick Steel – Weltraumfahrer, Raumpionier und Kommandeur des ersten interplanetaren Raumfluges zur Venus (siehe Nick Piccolo, 1. Serie Teil a, Nr. 2: „Fünf Minuten zu spät" und die folgenden Hefte) sowie der ersten interstellaren Expedition (siehe Nick Piccolo, 1. Serie Teil a, Nr. 79: „Proxima Centauri" und die folgenden Hefte). Zu Nicks besonders hervorzuhebenden Eigenschaften gehören neben Wagemut, gepaart mit hoher Intelligenz und unbeugsamer Entschlossenheit, auch ein unverbrüchlicher Optimismus, der ihn selbst in den aussichtslosesten Situationen nur selten im Stich lässt (Ausnahme: Nick Lehning-Großband Nr. 95: „Keine Chance"). Hohe ethische Maßstäbe, die bestimmt sind durch eine tiefe Menschlichkeit und entschiedener Ablehnung von Unterdrückung, Rassismus, Ungleichbehandlung intelligenter Lebensformen und Vergeltungssucht, prägen seine Lebenseinstellung; Hilfsbereitschaft selbst gegenüber seinen Feinden und Bekämpfung von menschenverachtenden Strukturen sind seine obersten Maximen.

Peter Bruce - siehe Eric Marsh

Professor Raskin – Professor Raskin (Räskin ausgesprochen) ist ein genialer Wissenschaftler. Als Leiter der Weltraumforschungs-Zentrale entwickelte er auf dem Versuchsgelände in der Wüste von Nevada neue Raumschiffantriebe (u.a. R3), mit denen zunächst die interplanetare, dann auch die interstellare Raumfahrt möglich wurde. Er gilt als Erfinder bahnbrechender technischer Entwicklungen wie dem Andruckneutralisator, dem Hypereffektneutralisatior (HEN), dem Überlichtantrieb (*siehe Nick Piccolo, 1. Serie Teil a, Nr. 44: „Überwindung von Raum und Zeit" und die folgenden*) und den Dimensionsstrahlen (Verkleinerungsstrahlen), mit denen das Eindringen in den Mikrokosmos möglich wurde (*siehe Nick Piccolo, 1. Serie Teil a, Nr. 46 „Reise in den Mikrokosmos" und die folgenden*). Andere bedeutende Erfindungen sind die Teleportation (*siehe Nick Lehning-Großband Nr. 32 „Professor Raskins Erfindung"*), der Hyperenergie-Konverter (HEK), der Rekapitulator, Zeitreise-Technologien, Dimensionsfeld-Spürer, ein Anti-Ortungssystem und weitere technische Neuerungen, die in bisher noch nicht veröffentlichten Abenteuern zum Tragen kommen werden. Professor Raskin setzt sich stets für Menschlichkeit und Frieden ein. So hat er seine Erfindung der Teleportation aus Angst vor Missbrauch nie aus den Händen gegeben. Raskin gehört zu Nicks engstem Freundeskreis.

Rekapitulator - Eine Erfindung Professor Raskins: Dieses Gerät ist ein Empfänger von Spuren, die jedes Ereignis, jeder Vorgang und jeder Prozess im Hyperraum hinterlässt. Auf diese Weise können in der Vergangenheit liegende Handlungsabläufe rekapituliert und auf einem Bildschirm sichtbar gemacht werden.

Richard Dickson - siehe Eric Marsh

Strukturverdünner - Rötlicher Nebel, der seine atomare Struktur so weit reduzieren kann, dass er nur noch aus subatomaren Teilchen besteht und jedes materielle Hindernis durchdringen kann. Er entstand durch ein fehlgeschlagenes medizinisches Experiment und wurde zum tödlichen Faktor einer ganzen Zivilisation, weil der Energiehunger der SVs dazu führte, dass jedem Lebewesen und jedem technischen Gerät die Energie entzogen wurde, was zum Untergang der *Colourianer* und ihrer Zivilisation führte (siehe auch Stichwort *Colour*).

SVs - siehe *Strukturverdünner*

Teleportation – Technologie, mit der man in Nullzeit beliebige Entfernungen überwinden kann (vergleichbar mit dem

Beamen aus der Fernsehserie „Star Trek“). In der Nick-Serie funktioniert dieser Transport mittels Strahlenfeldern, die jedes Objekt aus dieser Raumdimension hinausschleudern und es in einem vorher justierten Zielfeld wieder rematerialisieren. Während der ersten interstellaren Expedition wurden Nick und seine Crew im Ko-System zum ersten Mal mit dieser Technologie konfrontiert. Sie entdeckten dort geheimnisvolle, ca. drei Meter hohe und technisch noch intakte Bögen, die bei einem Durchschreiten den Vorgang der Teleportation auslösten *(siehe Nick-Piccolo, 1. Serie Teil a, Nr. 98: „Wahnsinnig“ und die folgenden)*. Als Urheber dieser Technik ermittelte die Expedition sog. „Supermenschen“, die aus einer größenordnungsmäßig (nicht geometrisch) höheren Dimension gekommen waren *(siehe auch das Stichwort „Nick-Kosmologie“)*. Als Professor Raskin nach der Rückkehr der ersten interstellaren Expedition von den Teleportationsbögen hörte, entwickelte er selbst diese faszinierende Technik *(siehe Nick Großband Nr. 21-34, Lehning-Verlag)*, mit der wiederholt Invasion von überlegenen Intelligenzen *(z.B. den Eboniden, siehe Nick Piccolo, 1. Serie Teil b, Nr. 372-398)* zurückgeschlagen wurden. Wegen der Gefahr des Missbrauchs hat Raskin seine Teleportationsanlage nach erfolgreicher Abwehr der jeweiligen Bedrohung immer wieder zerstört.

Tom Brucks – Weltbekannter Biologe und Nicks engster Freund, der seit dem ersten Abenteuer sein Begleiter ist. Im Gegensatz zu Nick neigt Tom zum Pessimismus und sieht sich schnell verloren, aber wenn es darauf ankommt, kann er entschlossen und klug handeln, z.B. als er Nick im zweiten Venus-Abenteuer aus den Fängen der Ork befreit *(siehe Nick Piccolo, 1. Serie Teil a, Nr. 34 „In den Sümpfen der Ork“ und folgende)*.

Xutl - Der grünhäutige Marsianer ist der einzige bekannte Überlebende der ursprünglichen Marsbevölkerung, die den Terranern wegen deren Neigung zu Krieg und Aggression die Raumfahrt verbieten wollte. Es ist Ironie des Schicksals, dass schließlich auf dem Mars Krieg ausbrach und sich die Bewohner in einer atomaren Kettenreaktion selbst auslöschten. Xutl war ursprünglich marsianischer Agent, gehörte undercover zu Professor Raskins engsten Mitarbeitern und nahm unter dem Namen Bentley zusammen mit Nick, Tom und Professor Raskin an der ersten Expedition zur Venus teil *(Nick Piccolo, 1. Serie Teil a, Nr. 1: „Sputnik explodiert" und folgende)*. Xutl erkannte die Hybris seines Volkes und verhalf Nick und Professor Raskin zur Flucht von seiner sterbenden Welt *(Nick Piccolo, 1. Serie Teil a, Nr. 24: „Atombrand" und folgende)*. Seitdem gehört er zu Nicks besten und treuesten Freunden. Als hochqualifizierter Astronavigator ist er auf den Expeditionen unentbehrlich, und als Telepath war er letzte Rettung in aussichtslosen Situationen *(z.B. Nick Lehning-Großband Nr. 65: „Die Geheimwaffe" und „Nick Piccolo, 3. Serie, Nr. 123 „Zerstörung")*.

Die Größe des Universums im Nick-Kosmos

Vorbemerkung:
Die folgenden Berechnungen sind rein hypothetisch. Der einzige wissenschaftlich anerkannte Parameter ist die sichtbare Grenze des Universums, die sich nach gegenwärtigem Stand der Astronomie in etwa 13 Milliarden Lichtjahren Entfernung befindet.

Voraussetzung der Berechnungen:
Die Expeditionsschiffe haben vom sichtbaren Rand des Kosmos (Galaxis *Lorgos*) in weiteren 13 Milliarden LJ einen neuen Horizont ausgemacht und diesen per Hypersprung erreicht, sodass jetzt die gesamte bisher zurückgelegte Entfernung zur Heimatgalaxis 26 Milliarden LJ beträgt. Bei dieser Größenordnung war eine hinlänglich sichere Messung bezüglich einer möglichen Krümmung des Kosmos möglich.
Das Ergebnis: Eine Krümmung wurde ermittelt, und unter der Voraussetzung, dass das All gleichmäßig in allen Richtungen gekrümmt ist, entsprechen 26 Mrd. Lichtjahre der Größe einer Bogenminute.

Berechnung des Gesamtumfangs:
1. Berechnung der Größe eines Grades:
60 Bogenminuten = 1 Grad
Daraus folgt die Rechnung:
26 Mrd. LJ (= 1 Bogenminute) multipliziert mit 60 = 1560 Mrd. LJ (oder 1 Billion 560 Mrd. LJ) = 1 Grad
60 Bogenminuten (1 Grad) sind also 1560 Mrd. LJ (= 1 Billion 560 Mrd. LJ).

2. Berechnung des vollen Kreisumfangs (= Umfang des Kosmos):

Kreisumfang = 360°

Daraus folgt die Rechnung:

1560 Mrd. LJ (= 1 Grad) multipliziert mit 360 = 561 600 Mrd. LJ (oder: 561 Billionen 600 Mrd. LJ)

Der Umfang des (Nick-) Kosmos beträgt 561 600 Mrd. LJ (= 561 Billionen 600 Mrd. LJ)

Daraus folgt folgende Anzahl an Hypersprüngen bei einem Sprung von je 13 Mrd. LJ:

561 Billionen 600 Mrd. LJ : 13 Mrd. = 43 200 Sprünge)

Das bedeutet bei einer vorgegebenen Zeitspanne der Expedition von 3 Jahren (= 1095 Tagen)

39 Sprünge pro Tag.

Bücher und Websites zu Themen dieses Romans

1. Carolin Lüders „Neues Leben“ in Klewer (Hrsg.) „Alien Eroticon - erotische SF“, Eridanus Verlag, Bremen 2019
2. https://www.paradisi.de/krankheiten/progerie/
3. Max Tegmark „Unser mathematisches Universum - Auf der Suche nach dem Wesen der Wirklichkeit“, Ullstein, Berlin 2015
4. https://welt-der-indianer.de/geschichte/wounded-knee/
5. Fred Hartmann „Der Turmbau zu Babel - Mythos oder Wirklichkeit?“, Hänssler Verlag, Neuhausen Stuttgart, 2. Auflage 2001

Danksagungen

Mein Dank für hervorragende Zusammenarbeit und hilfreiche Verbesserungsvorschläge geht an Sonja Stocksmeier, die mich mit erheblichem Zeitaufwand u. a. bei naturwissenschaftlichen, historischen und inhaltlich-logischen Fragen beratend zur Seite gestanden hat, dann gilt mein Dank Carolin Lüders mit ihrer Erzählung „Neues Leben“ (siehe „Literatur zu Themen dieses Romans“). Die darin beschriebene Lebensform hat mich für die Darstellung der *Colourianer* sehr inspiriert. Vielen Dank, Carolin, dass ich deine Ideen übernehmen und weiterentwickeln durfte. Darüber hinaus danke ich Ingraban Ewald für beratende Hilfe bei der Entwicklung des Plots, Reinhard Armbrüster für die Erstellung des Layouts und nicht zuletzt den Rechteinhabern der Nick-Serie Helga Wäscher und Hartmut Becker für die Genehmigung zur Publikation dieser Ausgabe.

Bereits erschienen: Band 1

Bereits erschienen: Band 2